姜铁军 /著

血搏

天津出版传媒集团

百花文艺出版社

图书在版编目（ＣＩＰ）数据

血搏 ／ 姜铁军著. — 天津 ：百花文艺出版社，
2012. 1
ISBN 978-7-5306-6043-0

I. ①血… II. ①姜… III. ①纪实文学—中国—当代
IV. ①I25

中国版本图书馆 CIP 数据核字(2011)第 257082 号

天 津 出 版 传 媒 集 团
百花文艺出版社出版发行
地址:天津市和平区西康路35 号
邮编:300051
e－mail: bhpubl @ public.tpt.tj.cn
http://www. bhpubl.com.cn
发行部电话:(022)23332651　邮购部电话:(022)23332478
全国新华书店经销
天津新华印刷三厂印刷
＊
开本 787×1092 毫米 1/16　印张 12.5　插页 2　字数 190 千字
2012 年 9 月第 1 版　2012 年 9 月第 1 次印刷
定价:25.00 元

目　录

引 子

绝密。

"据报:汪精卫携家人和亲信已到达越南河内。具体活动情况不详。"

落款时间是"1939年2月16日"。

国民政府国防部军事统计调查局局长戴笠眨巴眨巴眼睛,紧盯着眼前这份情报上的每一个字,生怕漏掉了什么。情报上头用鲜红印泥钤盖的"绝密"两个字,像两把利剑刺痛着戴笠的眼睛。作为蒋介石侍卫随从出身的军统局局长戴笠对蒋介石的脾气性格喜好心思是摸得最透,有的人形容他是蒋介石肚子里的蛔虫,是最能迎合蒋介石、最受蒋介石重视的一个人。他知道蒋介石现在正在想什么,那就是立刻锄掉汪精卫,不管用什么手段,不管付出多大的代价!

戴笠点上一支香烟,深深地吸了一大口,看着"绝密"两个字,想着自己的心事。嘴里禁不住骂出一句脏话来:"汪精卫,我日你八辈祖宗!"汪精卫到底做了什么事情,叫戴笠这样恨之入骨?蒋介石为什么要对汪精卫痛下杀手呢?

事情还得从头说起。

1937年发生了七七事变,抗日战争全面爆发。战争一开始,日军得意忘形,许多日军高级将领更是在开战前夸下海口,说在两个月的时间就结束战争,占领全中国,三个月就让中国灭亡。他们小看了中国人民的抗战意志,小看了中国的军队——包括国民党军队和中国共产党领导的军队。战争爆发近一年,在中国战场上日军并没有取得他们想象的那么大的胜

血搏

利。日军高级将领说的话已经成为历史的笑柄。以日本的兵力、财力是经不起持久战消耗的,以致日本国内政局动荡。这就迫使日本政府和军界不得不改变原来的策略。速战速决的阴谋破产了,为了在中国应付长期战争,日本只能考虑把在中国的军事进攻作为辅助行动,把政治诱降作为主要工作来抓。俗话说"擒贼先擒王",政治诱降必须要先搞定国民政府的头面人物,否则就是竹篮打水一场空。当时身居显位的一个是蒋介石,一个是汪精卫。他们分别是中国国民党的总裁、副总裁,又是国民政府的主席、副主席,搞定他们两个事情就成功了大半。

叫日本人没有想到的是,行伍出身的蒋介石根本不为所动,表示要抗战到底。而汪精卫则是对此事表现出浓厚兴趣,为什么呢?1938年3月,蒋介石当选国民党总裁,这叫汪精卫感到十分失望,见大权旁落,以后自己就很难与蒋介石抗衡了。根据汪精卫这些年来对蒋介石的了解,在蒋介石手下做事,自己以后也不会有什么更好的位置坐,这叫他十分不甘心。另外,他看到同日本开战以来国民党军队节节失利,连南京都沦陷了,只好跑到重庆偏安一隅,他对抗战的前景极为悲观。汪精卫私下里和他的心腹陈公博、周佛海说:"中国灭亡那是早晚的事,和日本作对,我们根本不是对手!"汪精卫的这些谈话和媚日表现很快就被日方所掌握,于是,他们锁定了身为国民党副总裁的汪精卫为劝降首选目标,加上他的国民参政会议长和国民党中央政治委员会主席的头衔,汪精卫出面做伪政府的头目最合适不过了,他符合日本建立统一的中央伪政权首领的条件和资格。诱降者和投降派一拍即合。

经过密谋,汪精卫决定先和家人、亲信秘密逃出重庆,经昆明,到达越南河内。在那里看一下风头,然后再做下一步的打算。汪精卫的出逃,叫蒋介石恼怒不已,但对于汪精卫的处置问题蒋介石一时还拿不准主意,左右摇摆。但他很快就下定决心,不惜一切代价锄掉汪精卫。促使蒋介石痛下决心的诱因,是汪精卫在1938年的最后一天,在香港《南华日报》上发表了以"善邻友好、共同防共、经济提携"为内容的叛国电报,史称"艳电"。"艳"字实际上是电报代表的一个日期,因为在当时,电报的发报速度比较慢,为了节省时间,尽可能减少字数,所以把日期都用一个汉字来代表,鲜艳的艳是代表29号。"艳电"的原文是这样的:

重庆中央党部，蒋总裁，暨中央执监委员诸同志均鉴：

今年四月，临时全国代表大会宣言，说明此次抗战之原因，曰："自塘沽协议以来，吾人所以忍辱负重与日本周旋，无非欲停止军事行动，采用和平方法，先谋北方各省之保全，再进而谋东北四省问题之合理解决，在政治上以保持主权及行政之完整为最低限度。在经济上以互惠平等为合作原则。"自去岁七月卢沟桥事变突发，中国认为此种希望不能实现，始迫而出于抗战。顷读日本政府本月二十二日关于调整中日邦交根本方针的阐明：

第一点，为善邻友好。并郑重声明日本对于中国无领土之要求，无赔偿军费之要求，日本不但尊重中国之主权，且将仿明治维新前例，以允许内地营业之自由为条件，交还租界，废除治外法权，俾中国能完成其独立。日本政府既有此郑重声明，则吾人依于和平方法，不但北方各省可以保全，即抗战以来沦陷各地亦可收复，而主权及行政之独立完整，亦得以保持，如此则吾人遵照宣言谋东北四省问题之合理解决，资为应有之决心与步骤。

第二点，为共同防共。前此数年，日本政府屡曾提议，吾人顾虑以此之故，干涉及吾国之军事及内政。今日本政府既已阐明，当以日德意防共协议之精神缔结中日防共协议，则此种顾虑，可以消除。防共目的在防止共产国际之扰乱与阴谋，对苏邦交不生影响。中国共产党人既声明愿为三民主义之实现而奋斗，则应即彻底抛弃其组织及宣传，并取消其边区政府及军队之特殊组织，完全遵守中华民国之法律制度。三民主义为中华民国之最高原则，一切违背此最高原则之组织与宣传，吾人必自动积极地加以制裁，以尽其维护中华民国之责任。

第三点，为经济提携。此亦数年以来，日本政府屡曾提议者，吾人以政治纠纷尚未解决，则经济提携无从说起。今者日本政府既已郑重阐明尊重中国之主权及行政之独立完整，并阐明非欲在中国实行经济上之独占，亦非欲要求中国限制第三国之利益，惟欲按照中日平等之原则，以谋经济提携之实现，则对此主张应在原则上予以赞同，并应本此原则，以商订各种具体方案。

以上三点，兆铭经熟虑之后，以为国民政府应即以此为根据，与日本政府交换诚意，以期恢复和平。日本政府十一月三日之声明，已改变一月十六日声明之态度，如国民政府根据以上三点，为和平之谈判，则交涉之途径已开。中国抗战之目的，在求国家之生存独立，抗战年余，创巨痛深，倘犹能以合于正义之和平而结束战事，则国家之生存独立可保，即抗战之目的已达。

以上三点，为和平之原则，至其条例，不可不悉心商榷，求其适当。其尤要者，日本军队全部由中国撤去，必须普遍而迅速，所谓在防共协议期间内，在特定地点允许驻兵，至多以内蒙附近之地点为限，此为中国主权及行政之独立完整所关，必须如此，中国始能努力于战后之休养，努力于现代国家之建设。中日两国壤地相接，善邻友好有其自然与必要，历年以来，所以背道而驰，不可不深求其故，而各自明了其责任。今后中国固应以善邻友好为教育方针，日本尤应令其国民放弃其侵华侮华之传统思想，而在教育上确立亲华之方针，以奠定两国永久和平之基础，此为吾人对于东亚幸福应有之努力。同时吾人对于太平洋之安宁秩序及世界之和平保障，亦必须与关系各国一致努力，以维持增进其友谊及共同利益也。谨此提议，伏祈采纳！

汪兆铭　艳

二十七年十二月二十九日

"艳电"在香港报纸上一发表，汪精卫就彻底暴露了他卖国求荣当汉奸的嘴脸，他的投敌行为也是白纸黑字罪证确凿了。

有的人不明白，汪精卫在这封艳电上，怎么会属上"汪兆铭"这三个字。"精卫"这个名字，本来是他早年写文章时所用的一个笔名。因为在《山海经·北山经》里有"发鸠之山有鸟焉，名曰精卫，其鸣自詨，常衔西山之木石以堙于东海。"所以他就沿用了这个名字一辈子，而"兆铭"的本名除在官方文书中使用外，别处则少见。汪精卫当年参加革命活动时见于中国革命事业前途之艰巨，故用"精卫"之名，借以引喻他知其不可而为之的苦心与毅力。但他后来背叛了自己的民族，成为人人唾骂的大汉奸，不是他当年参加革命活动时能想到的吧！

汪精卫于1938年12月29日发表"艳电"后,1939年元旦,也就是"艳电"发出后的第三天,中国国民党召开临时中常会,讨论汪精卫的"艳电"以及恶劣影响。参加会议的中国国民党中常会的委员们非常愤慨汪精卫的叛国行径,一致要求开除汪精卫的党籍。会议经过讨论,最终做出决议"永远开除汪兆铭党籍"决议文如下:

"汪精卫承本党付托之重,值抗战紧急之际,擅离职守,匿迹异地,散发违背国策之主张。艳(二十九)日来电,竟主张以敌相近卫根本灭亡我国之狂悍地声明为根据,而向敌求和;一面腾之报章,广为散发,以建议中央为名,逞蛊惑人心之技。而其电文内尤处处为敌人要求曲意文饰,不惜颠倒是非,为敌张目;更复变本加厉,助售其欺。就其行为而言,实为通敌求降……"

对这样的卖国贼,必须严惩不贷!

蒋介石对汪精卫的态度很快就被戴笠知道了。戴笠一直叫蒋介石"校长",以显示他和蒋介石不同寻常的关系。知道蒋介石对汪精卫大动肝火,戴笠知道不对汪精卫痛下杀手是不行了。一来可以消除蒋介石对汪精卫的心头之恨,二来在这个时候杀了汪精卫,自己也可以赚个为国锄奸的好名声,何乐而不为呢?很多人知道戴笠这个人恶名昭著,他所领导的军统局在国共两党的斗争中,双手沾满了共产党人的鲜血。但在此时此刻,正当国家生死存亡之际,戴笠还不算糊涂,民族大义是第一位的,现在斗争的主要矛头是日本,一切与日本侵华势力勾结,卖国求荣的汉奸都是主要的斗争对象。消灭汪精卫就成为当务之急!

戴笠从笔筒里抽出一支钢笔,在情报旁边的空白处竖着写了一行字:

"速召天津站陈恭澍!!!"

在批示的后面他一连写了三个大大的惊叹号。

准备暗杀

晚上十一点钟，床头柜上的电话突然响了起来。

正在酣睡的军统局天津站站长陈恭澍一个机灵，马上醒了。不等电话响第二声，他就把电话接了起来。"喂，我是陈恭澍。"电话那面的人说："陈站长，有绝密电报，请你立刻签阅。"深更半夜来电话就为了一封电报，陈恭澍知道一定有非常紧急的事情，"我马上就到！"陈恭澍放下电话，从床上爬起来。这时候，陈太太也醒了，嘴里嘟囔着："干什么啊，深更半夜的。""我有事，你睡吧。"陈恭澍穿好了衣服，轻手轻脚地走出了卧室。

楼下已经有一辆灰色的轿车在等他。

这几天陈恭澍的感觉一直不太好，有时候莫名其妙自己的眼皮就会一阵狂跳，让他感到心惊肉跳。陈恭澍做事一向相信自己的直觉，每逢有什么大事来临，他的眼皮都会这样，鬼使神差他自己也说不出什么原因来。为了这个，他曾专门找过一个算命先生给看过，那个算命先生给他批了八个字"顺其自然，平安无事"。打那以后，他的心情多少平静了一些，感到眼皮跳打前兆，倒也是个好事。这次，眼皮又无缘无故地跳了起来，他就预感到会有什么事情发生了。"到底是什么事呢？"坐在轿车里，陈恭澍心里不住地画魂。虽然猜不出来，但他知道事情非同小可，不然不会半夜叫他去站里看这份电报。

到了军统局天津站，下了轿车，陈恭澍三步并作两步走进了自己的办公室，看到译电员拿着电报已经站在门口等他了。

这是一份密码电报，在电文的开头写着"十万火急"，下面是"亲译"，译成明文,只寥寥数语:"速来香港。"下面是一个地址。这类没头没尾的绝密电报陈恭澍平时是很少见到的,他知道一定是有重大的事情发生,不然的话,戴笠就用不着千里迢迢,让他亲自出马。陈恭澍这样想是有道理的,他和赵理君、王天木、沈醉四个人并列被称为军统局的"四大金刚",也有人称他们为"四大杀手",在军统系统里名声显赫,一般的事情他们是不会亲自出马的,除非是十分棘手又难缠的事,戴笠才会交给他们四个人办。何况国民政府迁都重庆后,和老板戴笠见面变得十分困难,一般情况下都是电报联系,除非特别紧要的事情才会安排到香港见面。从他到军统天津站当站长以后,还从来没有发生过去香港与戴笠会面的事。现在忽然来了紧急命令,让他到香港与戴笠见面,显然要交代给他的任务非同小可。"会是什么任务呢?"陈恭澍绞尽脑汁在想这个问题,怎么也想不出来到底是个什么特殊的任务。

陈恭澍在军统局里不是等闲之辈。他是河北人,20岁时到广州黄埔军校就读,是第5期警政科毕业。后来又到南京中央军校特别研究班深造。这个特别研究班是为培养特务骨干而成立的,参加人员也是千挑万选,可以说是百里挑一。这个训练班冠以"特别"二字,与一般的特务训练机构不同:第一,它没有班址,因陋就简地在军校政治部一间办公室中摆了几张长条桌,两个人合坐一条木板凳,就凑合了。第二,不规定制服,着中山装、西装都可以,只要不着长衫短裤就行。因为不穿制服,所以也不作军事管理。但是在课程方面却有许多特别之处,平时来上课的教官都是某专业的顶尖高手,绝非等闲之辈。看看他们学习的课程,就知道他们将来要干什么了。

速记——选用"张才速记法"由速记专家张才的得意门生担任。

速绘——要求学生迅速掌握一个人的特点,哪怕只见过一面,背着要把这个人的面貌画出来,而且要画出他的特点来。

摄影——包括照相机的使用,及暗房显影技术等。要求熟练掌握微型照相机的使用,知道隐藏微型胶卷的方法。

驾驶——分汽车驾驶、火车驾驶。要求非常严格,人人上车实习,必须人人过关,成为驾驶的高手。

爆破——从基础开始学起,从配置炸药到自制爆破罐,每个人都要成为这方面的行家里手。

射击——包括各式枪支的分解与装配。每天都有实弹射击。要求也很严格,在手枪下面用绳子吊着一块砖,伸手举着,练到最后几乎个个都是神枪手。

讯鸽——学习驯养通讯鸽子的方法,学习怎么培养信鸽传递信息。

生化——主要是了解毒药的药性,如麻醉、兴奋、窒息等。

侦察——学习内容主要是怎样深入到敌人内部进行侦察,怎样伪装自己。

通讯——主要包括电讯、密码、密写、密语等。属于专门技术,短期训练后,要求学员熟练了解掌握。

情报搜集——这是一门学员必须掌握的主科,非常实用,还有实习,学员要提交报告和作业。

行动破坏——学习怎样在敌人内部进行破坏。

秘密结社——讲解哥老会、青帮、红(洪)帮的源流。怎么利用他们来进行工作。

陈恭澍有很强的出人头地的欲望,自从进了这个特别研究班后,就一直非常努力,什么事情都走在前头。又喜欢结交朋友,常常把同学聚会到一起吃吃喝喝,仿佛他是同学们的头头一样。有一个星期天的晚上,特别研究班的几个同学又在一家小酒店聚会。一个姓郑的同学说,我有一个浙江老乡,是咱们下一期的,喜欢凑热闹,喝酒,我把他叫来好不好?喜欢喝酒的人不怕酒友多,人越多,喝酒越有气氛,再说也不差一个人了。陈恭澍说:"你快去叫他来!"那个同学急匆匆地走了出去。

过了大约一刻钟的时间,姓郑的同学领进来一个二十多岁的青年,面皮白净,很秀气,一看就是典型的南方人。姓郑的同学给大家介绍说:"这是我老乡小戴。""各位叫我戴笠好了!"那个青年很是客气,点头哈腰和大家说。于是,陈恭澍摆手叫戴笠坐到自己身边,一边给戴笠倒酒一边说:"别客气,别客气,都是自己人,先喝杯见面酒。"说着,陈恭澍自己先端起酒杯把杯里的酒喝了个一干二净。戴笠也不示弱,端起酒杯也把酒喝得干干净净,还恭恭敬敬地说:"我们都在一个特别研究班,有事情还请大家照顾!"一边说一边给自己面前的酒杯里倒满了酒,说:"我敬各位一个,以后有时间各位请到我那里玩!"说完,端起酒杯把酒喝了。戴笠给陈恭澍的初次印象是一个很豪爽的人。

大家在一起喝酒,时间过得很快,不知不觉就到了小半夜。大家喝酒喝得兴起,索性又要了两瓶白酒,准备好好的尽兴。戴笠看看手表却说:"我还有点事情先走一步,请各位包涵!"说完,向大家抱拳表示歉意,先走了。戴笠一走,大家免不了对他品头论足,其中有一个同学对戴笠的老乡说:"你这个同乡其貌不扬的,将来肯定比不了你!"姓郑的同学说:"你是不了解戴笠这个人,城府深得很。为什么不喝酒走了,他给自己定了条纪律,晚上十点一定回宿舍。他是个说得到做得到的人,你可不要小看了他。说实在话,我是看他日后准定有出息,才把他介绍给各位的。说不定以后有什么事情就要用得到戴笠呢!"大家听了"哈哈"大笑,说还不一定谁用得着谁呢,他一个小小戴笠有什么了不起啊!

接着,大家又喝酒,谁也没把这件事情放在心里。陈恭澍甚至有点瞧不起戴笠,不过是个乘酒喝的小混混罢了。他当时无论如何也想不到,自己以后的前途会和戴笠紧紧地绑在一起。

又过了一年,陈恭澍从特别研究班毕业了。本来对自己的人生做好了规划的陈恭澍想从此大干一场,飞黄腾达,很是踌躇满志的样子。没想到,身边的同学一个个都有比较理想的去处,只有他和另外一个同学被留校当了教员。这对于胸怀大志有抱负的陈恭澍来说,简直像掉到了冰窖一样。他觉得自己的日子就像白开水一样平淡,没滋没味。闲暇的时候,他就到酒馆里喝酒消愁。真应了那句古语"抽刀断水水更流,举杯消愁愁更愁。"

有一天晚上,陈恭澍又到当学员时大家经常一起来的小酒馆喝酒,真是物是人非啊,当初大家在一起喝酒的情形还历历在目,而现在自己是孤零零的一个人,郁郁寡欢不得志,实在是咽不了这口气啊!凭本事、论能耐自己不比谁差,为什么没有人赏识自己呢?

就在陈恭澍一个人喝闷酒的时候,忽然有一辆轿车停在门口,一个人影在眼前一闪,是戴笠!陈恭澍急忙跑出门来喊住戴笠,他也没别的意思,就是想找一个人陪自己喝酒,说说话而已。在陈恭澍看来,戴笠混得也不会比自己好到哪里去,应该是同病相怜吧。

戴笠转身走进酒馆，一屁股坐下，就和陈恭澍对饮起来。陈恭澍一边喝酒一边发牢骚，说了半天才想起来，忘了问戴笠现在干什么了。一问不要紧，把陈恭澍吓了一跳，戴笠说他在蒋介石手下做事。戴笠眉飞色舞地说："我在蒋校长手下做事，管着复兴社特务处，眼下正缺人手。老兄你能文能武是块材料，当个小教员有什么发展前途，不如到兄弟我这里干，肯定有机会，如果能得到蒋校长的赏识，说不定就一步登天了！"

这几句话一说出口，把陈恭澍的心里说得痒痒的。心想，男儿志在四方，我也不能在这里憋屈死啊！戴笠看出他的心事，追着问："你来还是不来，考虑考虑给我一个回话。过了这村可没这个店了！"说着，把酒杯里的酒喝光了。陈恭澍想，机不可失，失不再来。尽管自己有点看不起戴笠，可人家混得比自己好，也得跟着人家了。想到这里，陈恭澍一口答应，到戴笠那里做事。戴笠"嘿嘿"一笑，"放心，陈兄，我戴某是不会亏待你的！"两个人又一次碰杯，这件事情就说定了。

陈恭澍很快就成为戴笠手下的干将，因为心狠手辣，做事果断不拖泥带水，很受戴笠的赏识，成为一名职业杀手，外号"辣手书生"。暗杀张敬尧、绑架吉鸿昌等一连串惊天大案，都是他主持策划的，也算闯出了名气，很快就得到戴笠的提拔重用。1938年8月成立国民军事委员会调查统计局（军统局）后，论功行赏陈恭澍先任军统局华北区副区长，后来当了天津站的站长，身居要职。戴笠每到关键时刻总会第一个想到陈恭澍，由他来执行自己制订好的计划，是最放心不过了。

陈恭澍接到戴笠的命令不敢怠慢，立刻赶赴香港和戴笠会面。

戴笠见到陈恭澍，立刻向他传达了蒋介石的指示。

1939年元月，蒋介石召集国民党中央执行、监察委员召开临时紧急会议，决定要抢在汪精卫离开河内到南京筹组伪政府之前将其杀掉。蒋介石当时的指示是"不惜一切代价"。戴笠奉蒋介石之命，马上行动。尽管军统局在暗杀方面轻车熟路，但对这次在国外组织暗杀还是没有多少把握。戴笠在军统局有"四大金刚"也被人称为"四大杀手"——陈恭澍为首，被称为"辣手书生"，还有赵理君，人称"追命太岁"，另外两个是沈醉和王天木。

戴笠在这四个人之间挑来选去最后定下由陈恭澍来执行这项任务，任命陈恭澍为行动组组长。和陈恭澍谈完话以后，戴笠像往常一样，拍着陈恭澍的肩膀说:"这不是一个好完成的任务,所以我才选你做。我相信你能做得比别人好。执行任务的人你在军统局里随便挑,执行任务的经费花多少核销多少,给你最大方便。我要求的就一条,只许成功,不许失败!"

　　陈恭澍腾地一下从沙发上站起来,拍拍自己的胸膛,说:"请戴老板放心,一定完成任务!"戴笠摆摆手,叫陈恭澍坐下。"你别把事情想得太简单了,这是在越南的河内,不是在中国。很多事情非常棘手。"戴笠对陈恭澍说,"因为越南是法国的殖民地,法国人历来对殖民地的治安抓得很紧。在河内不管什么人都是禁止携带武器。还有语言不通、地形不熟、风俗不同等等,外面的人进去很扎眼,容易引起怀疑,这些都会给暗杀行动带来很大的困难。你必须做好充分准备才行!"听到戴笠这样说,陈恭澍也觉得自己有点低估了这次行动的困难, 可他嘴上还是很硬,"戴老板不要长别人的志气灭自己的威风,我就不信他汪精卫长了三头六臂!"听到这话,戴笠很少露出笑容的脸上出现了一丝微笑,"很好,我相信自己没找错人!"戴笠拉住陈恭澍的手,一边摇晃着一边说。

　　在香港与戴笠会面后,陈恭澍秘密回到内地,很快就在军统系统内选定了执行任务的怀绝技的军统特工,有岑家焯、魏春风、余鉴声、张逢义、王鲁翘、唐英杰、郑邦国、陈布云等人,都是身怀绝技的老牌特工,加上陈恭澍共18人,号称"十八罗汉",他们组成了特别行动组。通过各种渠道秘密潜入到越南河内,准备暗杀汪精卫。

　　陈恭澍接受任务之初,还不知道汪精卫确实住在河内什么地方。得来的情报资料,也过于笼统,所以无从加以判断。这个情报说汪精卫隐居在一个无名小岛上;那个情报说汪精卫可能在某个酒店开有房间,而河内的酒店都是用外文标示名称的,一时也无从寻起。陈恭澍和他的手下行动队员认真分析了这些情报,觉得汪精卫是保持高度警觉的,在酒店里住安全保卫是个大问题,他绝对不会住在这样的地方。这种有头无尾的消息,实在是确定不了汪精卫到底住在哪里。这样耽误了十几天,也没有理出个头绪来。陈恭澍急得嘴巴都起了燎泡,嗓子也肿疼。

　　戴笠等了一段时间,没有听到汪精卫被暗杀的消息,也沉不住气了。从重庆打电报来,问陈恭澍事情进展得如何。电报说"据报,汪某即将离越赴港转日,或径行去欧,是否有此迹象,速即查报,并希妥为布置为盼。"

收到戴笠的这封电报，陈恭澍也很着急。因为经他策划实施的暗杀计划还没有失败过，这回无论如何也要成功，何况自己在戴笠面前是拍了胸脯下了保证的。陈恭澍于是和大家商议怎么办。可谁也提不出具体意见解决问题，这么重要的事，不能够光凭道听途说做决定啊！

戴笠在重庆还等着听陈恭澍的回话，陈恭澍没有办法，只好硬着头皮给戴笠回了电报，"暂时不宜行动，尽快落实汪某确切位置后，立即处置。"可这个"暂时"是多长时间呢，总不能无限期拖延下去吧？陈恭澍给自己定了一个时间表，就是在两天之内找到汪精卫的住处，如果找不到，他就决定向戴笠汇报实情。

两天时间，在人生地不熟的河内找一个人的住处实在够难的。

到哪里去找汪精卫的住处呢？

天无绝人之路，就在陈恭澍一筹莫展的时候，事情忽然出现了转机。

特别行动队队员王鲁翘这天出去到一家咖啡馆喝咖啡，看见外面走进来一男一女，猛地一看那男的很眼熟，可一时想不起来在哪里见过他了。两个人走到王鲁翘旁边的一张桌子前坐下来，要了两杯咖啡，一边喝一边聊天，王鲁翘竖起耳朵听他们聊什么。两个人说话音很小，有时听得清，有时听不清。但是有几个关键字还是飞到了王鲁翘的耳朵里。"育中读书……爸爸贪污吃了官司……"就是这么几个字，叫王鲁翘一下子想起这个男人是谁了。

王鲁翘有一个邻居是一个大学的老师，有一天忽然找到他，说有事情请他帮忙。话还没开口，先递给他两根金条，王鲁翘立即感觉到这不是一件好办的事。果然，邻居一开口就把王鲁翘吓了一跳。原来这个大学老师有一个表哥叫关声，在一家银行工作，扯上了贪污官司，被抓了起来。王鲁翘问，为什么贪污？大学老师说，表哥有一个儿子想送到法国留学，为了凑足学费，表哥一时起了贪念，做了不应该做的事。现在东窗事发，人坐了大牢，如果不疏通关节，恐怕凶多吉少，这家子就完了。所以，无论如何请王鲁翘帮忙把人救出来。王鲁翘问了问是谁承办关声这个案子，说来也巧了，正好是他朋友的一个舅舅，于是王鲁翘就点头答应帮忙。

为了把关声救出来，王鲁翘费了不少周折，也花了关家不少钱，最后总算没白费劲，还是把关声从大牢里救出来，了结了官司。关声一家感激不尽,特意在一家大酒店宴请王鲁翘,还特意带来自己在育中读书的儿子和王鲁翘相见,给王鲁翘磕了三个头。这件事给王鲁翘留下非常深刻的印象,关声的儿子叫关叙平,当年十四五岁的样子,在南京市育才中学读书。官司了结后,王鲁翘和关声也就没了什么来往,事情很快过去了。

现在一听到"育中读书……爸爸贪污吃了官司"这句话,王鲁翘立刻想到了当年的往事,难怪自己看着这个青年人眼熟呢。想必他就是关声的儿子关叙平。本来做特工的有任务在身是不允许随便与外人联系的,可王鲁翘很想知道关声现在干什么,于是就转过身来,叫了一声"关叙平!"

听到有人叫自己的名字,关叙平一愣,在河内能有人叫出自己的名字来,实在是太稀罕了。他看看王鲁翘,似乎有点印象,但也想不起来是谁了。王鲁翘张嘴说:"想不起来了,我姓王,当年你爸爸在银行……"没等他说完,关叙平想起来王鲁翘是谁了。马上说:"是王叔,您看我这记性。您怎么会在这里啊?"

"做笔生意……"王鲁翘敷衍道,又问:"你父亲还好?"关叙平回答:"早不在银行干了,去了一家法国人开的保险公司。公司在河内有分公司,我爹当副经理。我也跟来了。"一边说一边把自己的女朋友介绍给王鲁翘,他女朋友说还有别的事,就告辞先走了。关叙平叫服务生过来,要了鸡尾酒和点心,和王鲁翘一边喝鸡尾酒一边聊天。关叙平说:"也不凑巧,我爸到西贡去谈一笔生意,要一个星期才能回来,不知王叔在河内待几天,能不能和我爸见一面。我爸一定非常高兴!"王鲁翘不便多说,含糊其辞,把话扯到了别处。闲聊了一会儿,就扯到了关叙平的工作上来,关叙平说自己在河内的外办处工作,主要是管理外国人出入境。说者无心,听者有意,王鲁翘的心猛地一跳,"他知不知道汪精卫的事呢?"心里这么想着,脸上不动声色,和刚才没什么两样。"听说汪精卫好像也在河内。"王鲁翘看上去是不经意地问。"是啊,这家伙一天到晚神神秘秘的。"关叙平回答。这一刻,王鲁翘的心都要跳出来了,没想到就这么容易得到了汪精卫的消息,真是喜出望外啊!可王鲁翘的表情一点喜悦之色都没有,轻描淡写地问:"他在这里也算是外国人了?""那是。"关叙平喝了一口鸡尾酒,说:"没想到当年激昂慷慨的汪精卫现在竟然成了怕死鬼。""这话是怎么说的?"王鲁翘没有正视关叙平,好像是无意问问。关叙平说:"他住在高朗街27

号,平时很少出门。又怕在河内不安全,现在正在办理出境手续,准备去日本。"王鲁翘听到这话,心里一喜,总算知道汪精卫的下落了。"你怎么知道汪精卫住在哪里的?"王鲁翘问关叙平。"我女朋友是越南人,她有一个表哥在警察局当密探,前几天忽然被派到高朗街附近一带巡逻、守护。回来后大发牢骚,说为了一个中国人下这么大的力气,不值得。"后来我女朋友说,他们是应一个姓汪的请求,才被派去保护那条路的。王鲁翘想,真是"踏破铁鞋无觅处,得来全不费工夫"啊!"汪精卫可能感到在河内不安全,正在想办法离开河内。"关叙平又说。事不迟疑,必须马上向陈恭澍汇报。想到这里,王鲁翘对关叙平说:"我今天还有点事情要办,就到这里吧。改天有时间我和你联系。"关叙平急忙从口袋里摸出一个名片盒,从里面拿出一张名片双手递给王鲁翘说:"这上有我的电话,你可以随时联系我。最好等到我爸回来,你们好好叙叙。"王鲁翘说:"好好"。收好名片,匆忙和关叙平告辞了。

回到特别行动队的住处,王鲁翘急忙把自己得到的情报向陈恭澍作了汇报。开始陈恭澍还有点儿不相信,特别行动队十几个打听汪精卫的下落都没打听到,王鲁翘怎么会这么轻易就搞到了情报?"不会是敌人下的圈套吧?"陈恭澍半信半疑。"绝对不会!"王鲁翘拍着自己的胸脯说:"我到咖啡馆是个偶然,遇到他也是个偶然。他事先也不知道我去那里,怎么会下圈套,再说从种种迹象看,关叙平也不像是做情报的人,不至于和汪精卫扯上关系。就是给汪精卫办理出境手续而已。"陈恭澍听王鲁翘这么说,觉得有道理,便说:"宁可信其有,不可信其无,我们就到那里去看看!"陈恭澍决定亲自出马,和王鲁翘一起到河内高朗街27号去探察一番,然后再做决定。

陈恭澍和王鲁翘两个人化了妆,装扮成卖槟榔的小贩,挑着装槟榔的担子,来到汪精卫住在河内高朗街27号。

高朗街离着闹区并不远,但很僻静,属于高级住宅区。27号门前有一片草坪,不过平常却难得看见有人在草坪上停息或玩耍。街道宽阔,路上还有一排高大的棕榈树。从街道对面望过去,房子都被遮没了,什么都瞧不清楚。左邻右舍,住的多半都是外国人,其中以法国人居多。平时有警察巡逻队不间断巡逻,治安戒备森严。汪精卫住的地方是一栋独立三层西式楼房。楼房的前面是一个花园,地势比较开阔。从这里进去不好接近楼房。陈恭澍看到大门站岗的是一个越南警察,花园里还有两个流动哨,楼房门口另有两个保镖,安全防范十分严密。

陈恭澍和王鲁翘挑着担子,又转到了楼房的后面,陈恭澍把肩上的槟榔担子放到了地上,一边用毛巾擦着脸上的汗,一边观察楼房后面的地形。楼房后面有一个小院,开了一个后门,从后门出来有三条道路,各向东西北三个方向。暗杀汪精卫后,从这里撤离比较安全,地形也十分有利。陈恭澍看到后院的门已经用砖头垒死了,无法进入。看来汪精卫对自己的安全工作是很重视的,他太了解蒋介石了,知道蒋介石不会轻易放过自己。汪精卫自己早年参加过暗杀行动,所以防范很严。到了河内以后,对自己寓所的安全保卫工作特别关注,住处的每个保卫细节汪精卫都自己亲自过问、亲自安排。

陈恭澍还想再仔细观察一下,这时候,两个巡逻的越南警察从对面走过来,用手里的警棍指着他们,问:“喂,你们在这里磨蹭什么?还不快走?”陈恭澍听不懂越南话,王鲁翘赶紧点头,说:“我们马上走,马上走!”王鲁翘和陈恭澍挑上槟榔担子,大步离开了那里。汪精卫流落异地,根据越南法令,随身侍卫都不能携带武器,所以他深居简出,大小事务都由妻子陈璧君和秘书曾仲鸣奔走打点。汪精卫从不抛头露面。军统局的特工想暗杀汪精卫唯一的办法就是潜入室内行刺。

陈恭澍和王鲁翘离开汪精卫的住处后,来到一条偏僻的小巷里,放下肩上的槟榔担子,商量对策。陈恭澍说:“看来在外面动手是不可能了,只能进到里面去。这样就必须探明屋子里面的布局和警戒情况,不然我们进去了也是瞎子摸象,反倒坏了事。”王鲁翘点头表示同意,说:“要想进到里面也不容易,你没看院子里的警戒情况,还是很警惕的。”陈恭澍说:“汪精卫不害怕那是假的,他也知道自己是提着脑袋过日子。现在最要紧的是把里面的情况弄清楚,抓紧时间执行暗杀计划。”“夜长梦多,万一他离开河内去了日本,我们的计划可就全泡汤了!”王鲁翘提醒陈恭澍。“只要舍得花钱就一定有人肯冒险!”陈恭澍显得很有信心。

事情的进展果然像陈恭澍预料的。因为汪精卫不敢轻易出来活动,他和自己手下的日常用品都是通过一家法国人开的配送公司上门送货。陈恭澍得到这个情报后,决定买通配送公司的送货员,借给汪精卫寓所送物品的机会进入房子里侦察情况。开始的时候,这个送货员还有点儿犹豫,可是看到陈恭澍把两根金条放到桌子上以后,立刻满脸堆笑,一口答应下来。陈恭澍提出的条件是:送货员带着一个伪装成送货员的特工进入到汪精卫的住处进行侦察。听到这个条件,送货员面带难色:"我自己的事情我可以说了算,可是我怎么和我的伙伴说,叫他送货的时候不要来呢? 和他一说他不就起疑心了吗?"陈恭澍"嘿嘿"一笑,"那你就不要管了,这事我会给你摆平的。你把我交代给你的事情做好就是了!""那好,那好!"送货员揣着两根金条走了。陈恭澍跟王鲁翘交代道:"行动那天把另外一个送货员截住,不要耽误我们的事。"王鲁翘笑了笑:"你放心,这点小事对我们来说太微不足道了!""大意失荆州,还是小心一点好。这里不比国内!"陈恭澍嘱咐王鲁翘。

陈恭澍回到了特工们住的地方。这次来执行暗杀任务的18个特工为了不引起别人的注意,是分三个小组分别住在三个地方。陈恭澍住的地方最隐蔽,是在一条很窄的巷子里,与他同住的还有另外四个特工。他回来的时候,另外两个小组的人马已经在等他了。看到陈恭澍回来,魏春风先开口问:"组长,情况怎么样?"陈恭澍端起茶杯喝了几口水,放下水杯抹了抹嘴巴,说:"情况不太好,戒备很严,很难接近目标。"魏春风说:"我们干这事也不是一次两次了,想做了他,总是有办法的! 你说是来软的还是来硬的吧?"魏春风说的这个软硬是指军统的暗杀手段。通常情况下,军统特工的暗杀手段分为"软性行动"和"硬性行动"。所谓的"软性行动"主要采用无声武器,像使用刀斧砍杀,或用毒药毒毙;所谓的"硬性行动"是使用有声武器,就是用枪械击毙。他们每次行动主要根据袭击对象的情况与当时的环境,确定使用什么样的暗杀手段。

"当然用软的比硬的好了!"陈恭澍说,"尽量不要弄出动静来。"他把话题一转,又说:"问题是汪精卫很少露头。像乌龟一样缩在乌龟壳里,这就不好办了。"魏春风说:"他不出来就没办法收拾他了?他总得吃喝吧?我们想办法在他吃的东西里下毒,毒死他这个龟儿子!"叫魏春风这样一说,大家都觉得是个办法。陈恭澍点头道:"能毒死汪精卫最好,是上策。怎么下毒呢?"大家七嘴八舌议论起来。河内因为是法国的殖民地,这里的人们多数喜欢吃西餐,对面包非常感兴趣。有的特工提议,想办法在汪精卫吃的面包里下毒,毒死这个卖国贼。这个主意一提出来,很多人赞成,陈恭澍认为可以试一试。

在"十八罗汉"中有个化学专家,就是为投毒做准备的。这个化学专家准备好了三种剧毒毒药,人只要吃进一毫克就会毙命。他的想法是把毒药注射到面包里,然后通过给汪精卫寓所送面包的面包房的送货员把面包送进汪精卫的住处,用毒面包把汪精卫毒死。他先把面包注射进毒药进行试验。过十几分钟后把面包掰下一小块,用放大镜仔细观察,看不出有什么变化。然后再拿切面包的刀子切了几片,一片一片观察,看到第三片面包时,发现不对劲了,发现在面包里有淡黄色的斑点,其接触注入药水那一部分,结成了黄豆大小的块状,好像变质了。这样的面包别说是汪精卫,就是他的手下也不会吃的。又过了一会儿,面包又发生化学反应,白色变成粉色,肉眼都能识别出来。有的特工提出来,就算面包不变色,面包送进去以后,汪精卫就一定会吃这只毒面包吗,如果毒面包被别人吃了怎么办?那不是打草惊蛇反倒引起汪精卫的警惕,给暗杀增加困难吗?这种说法马上得到大家的赞同。觉得下毒不是好办法。这个计划行不通,"软性行动"的提议到此为止了。

化学专家又从他随身带的一只小匣子里,取出一件金属小圆筒给陈恭澍看。陈恭澍从来都没有见到过这个东西,像一个小罐子,上面有盖儿,旋转开,又有一层扣紧的复盖,再把它掀掉,顶端有许多小孔,类似装胡椒粉的小瓶那种样子。化学专家摆弄着小瓶子,一方面解释给陈恭澍听,他说:"这里是液体,有极大的挥发性,遇热,它的挥发性越大,吸入人体,可由休克导致死亡。如果放置在洗澡房里,又是洗热水澡,挥发就特别快,那就更见效果。""你是什么意思?"陈恭澍问。化学专家说:"我的意思是想办法把这东西放在汪精卫的洗澡间里",不等他说完,陈恭澍已经明白他的意思了,他是要把这件东西摆在汪家的洗澡间里,等到汪精卫洗热水澡的时候,从此就出不来了。陈恭澍说:"没那么简单,怎么才能把这个摆到汪精卫的洗澡间里是一个问题。另外一个问题和毒面包是一样的,我们怎么敢肯定去洗澡的就一定是汪精卫,万一换了别人怎么办?这个办法不行!"陈恭澍把这个方案否定了。

血
搏

就在这个时候，传来了一个叫行动队比较振奋的消息，戴笠已经派人通过关系找到在河内工作的一个华商，他给法国驻河内的军队供应食品，可以打通关节把行动组需要的手枪和子弹带进河内。有了武器，行动组如虎添翼，顾虑也就没那么多了，他们决定采取"硬性行动"暗杀汪精卫。

　　躲在高朗街27号里的汪精卫日子也不好过。汪精卫每天几乎不出门，即使在房间里，窗户上也都挂上厚厚的窗帘。他太了解军统局的暗杀手段了，生怕自己挨了黑枪。有人说汪精卫在河内的日子是深居简出，其实他是深居不出，根本就让暗杀行动组的杀手找不到行刺的机会。

暗杀失败

汪精卫这段时间内心是孤独和失落的。

1939年1月4日,日本近卫内阁辞职,继任的首相是平沼骐一郎,他对扶持中国伪政权不感兴趣,因此冷落了汪精卫,让汪精卫的情绪十分低落,也感到从未有过的惆怅和迷惘。他每天躲在房间里,从不外出散步。他在日记里这样写道:"脱离了重庆,在河内过了孤独的正月,在我的一生中是不能忘却的。"汪精卫的内心也十分焦虑,如果日本人把自己"晾"在河内,自己怎么收场呢?自己不能坐以待毙,一定要到日本去,到了那里就安全了。

手里有了武器,暗杀行动组的特工在焦急地等待暗杀时机。他们像一群饿虎在等待猎物的出现,只要发现猎物,他们就会毫不犹豫地扑上去。此时,汪精卫也正在焦急地等待着日本方面的回应。汪精卫向日本提出了要求,认为在河内很不安全,他要求把自己转移回国内,找一个更安全的地方居住。原本和汪精卫达成协议的近卫内阁的突然倒台,打了汪精卫一个措手不及,平沼骐一郎内阁还无暇理会他。汪精卫就像被关在笼子里的一条狼,充满恐惧和不安,他不知道会是什么时候,会从什么地方突然射来冷枪,结束他的生命,汪精卫感到从来没有过的恐惧。

看到汪精卫每天惴惴不安的样子,汪精卫的老婆陈璧君非常焦急,生怕汪精卫憋屈出毛病来。有的时候,她硬逼着汪精卫到花园里走走,散散步,以化解汪精卫紧张的情绪。可在花园里没走多久,汪精卫就会说:"我们还是回去的好,说不定有人会打冷枪。"看到汪精卫神经兮兮的样子,陈璧君也不敢硬拗,生怕把汪精卫逼出毛病来。

3月19日这天,连日来一直阴沉的天忽然放晴了,出了太阳。陈璧君走到汪精卫的房间和他说:"河内的三月难得有这么好的天气,我们出去踏青吧!"这天,正赶上汪精卫的心情好一些,他也腻烦了天天憋在屋子里的生活,答应陈璧君出去逛逛。

汪精卫和陈璧君乘坐的车子开出高朗街27号,他们一共有四辆汽车,汪精卫和陈璧君坐一辆车,汪精卫的大女儿汪文惺夫妇坐一辆车,汪精卫的秘书曾仲鸣和保镖们分坐其余两辆车。说到曾仲鸣,了解汪精卫的人都知道他和汪精卫的关系非同一般,凡是汪精卫出现的地方必有曾仲鸣,他对汪精卫忠心耿耿,唯汪精卫马首是瞻,是汪精卫心腹里的心腹。汪精卫曾经私下里和别人说,曾仲鸣对我来说亲如儿子,可见曾仲鸣对汪精卫的重要。汪精卫的许多点子都是由曾仲鸣策划的,这次出逃河内曾仲鸣和汪精卫陈璧君夫妇一起商议了好几次,分析了其中的利弊,最后才决定铤而走险的。到了河内以后,汪精卫的大事小情都由曾仲鸣打理,成为汪精卫不能离开的左膀右臂,汪精卫走到哪里,曾仲鸣就跟到哪里。

汪精卫他们这个车队一出门,立刻就被暗杀行动组盯上了。他们一直在寻找暗杀的机会,没想到会这么快就到来了。陈恭澍害怕人多目标太大,只带了两个特务乘坐一辆道奇牌黑色轿车跟在汪精卫车队的后面,只要出现机会,今天就是汪精卫的死期。陈恭澍的枪法精准,他对击毙汪精卫还是很有信心的。

前面出现了一片树林,还有一条河,正是踏青的好地方。陈璧君叫司机把车子停下来,"我们就在这里待上一会儿,山清水秀的,是个好地方。"保镖把车门打开,让汪精卫和陈璧君下了车。后面的车上走下了曾仲鸣,他可没心情游山玩水,一双小眼睛滴溜溜地乱转,不时观察着四周的动静,生怕有人窜出来做出对汪精卫不利的事情。对这次春游,曾仲鸣原本是反对的,就害怕出什么意外,但他拗不过陈璧君,最后也只好答应了。可曾仲鸣一丝一毫也不敢大意,时刻准备应付出现的意外情况。看到曾仲鸣小心翼翼的样子,汪精卫倒是没那么紧张,也许是到达河内后还一直太平,多少让汪精卫宽心了一些。他招呼曾仲鸣说:"仲鸣,你不是说你夫人要到河内来吗,怎么还没动静,到底来不来啊?"曾仲鸣笑了笑,回答:"女人家就是事多，说还有一些事情要办，弄好了就动身，估计这几天就到了。"听曾仲鸣这么说，陈璧君插话道："她来了正好，打麻将就够手了，免得老是凑不起来人。"听陈璧君这么说，曾仲鸣一笑："好啊，可夫人不能老是赢她的钱啊，我们小户人家输不起的！"汪精卫哈哈大笑，"没关系，没关系，输了我付钱好了。"难得汪精卫有这么好的心情，陈璧君想，今天叫汪精卫出来春游是对的。

看到汪精卫的车队把车子停下了，陈恭澍赶紧叫司机停车，自己和两个特工下了车。"做好战斗准备！"陈恭澍一边从枪套里拔出手枪一边吩咐，两个特工把手枪的子弹推上了枪膛，就等着对汪精卫下手了。

就在这时候，猛然听到身后有动静，回头看，两辆警车呼啸而来，陈恭澍和两个特工赶紧钻进了轿车里，不知道发生了什么事情。警车从他们的轿车旁边开了过去，一直向汪精卫下车的地方疾驶而去。陈恭澍有些莫名其妙，发生什么事情了？

两辆警车在汪精卫的身边"嘎"的一声停住了。一个法国警察和一个翻译跳下车来。看到突然出现的警车，汪精卫和在场的人都很吃惊。那个法国警察跑到汪精卫身边用法语说了一通什么，翻译在旁边给汪精卫说："我们队长说，请汪先生停止活动，马上回家。"陈璧君有些不痛快地问："为什么啊？"她心里想，我好不容易说服汪精卫出来活动活动，你们一来就把他弄回去了，我不是白费劲了吗？那个法国警察又说了写什么，好像很激动，脸都憋红了。翻译赶紧给汪精卫和陈璧君翻译道："我们警方获得了消息，有人把一批武器偷偷运进了河内，恐怕对汪先生不利，在我们没找到这批武器之前，请你们还是小心为好！"叫翻译这么一说，曾仲鸣立刻感到了事情的严重，马上对汪精卫说："不怕一万就怕万一，我们还是回去吧，保险一点！""马上回去！快！"陈璧君同意曾仲鸣的意见，马上叫司机发动汽车准备走。曾仲鸣一边说话一边用身体护住汪精卫，让他钻进了轿车。

警车在前面开路，护送汪精卫的车队离开了那片树林。

车队从陈恭澍他们坐的那辆汽车前驶过，因为车窗上都拉上了窗帘，陈恭澍无法辨别汪精卫坐在哪辆车里，坐在什么位置，只好眼看着车队远去，暗杀计划失败了。本来是暗杀汪精卫的一个好机会，因为出现了意外变故没有成功，陈恭澍为此很懊恼。尤其是在以后几次暗杀汪精卫没有成功后，陈恭澍更是责怪自己，如果那次能豁得出去的话，能早点动手的话，汪精卫怕是已经毙命了。

这次踏青汪精卫接到警告后，就再也没有出来过，即使是在花园里散步，旁边总有三四个保镖护着他，几乎没有下手的机会。要想暗杀汪精卫只有深入到他的住处，这样暗杀的难度大大增加了。

陈恭澍制定了周密的暗杀计划，决定晚间潜入汪精卫的寓所动手。在这之前行动组也是有所准备的。他们买通了配送公司给汪精卫寓所送食品的送货员，侦察了汪精卫住的房间，还画好了草图，准备强行进入汪精卫的寓所，杀掉这个汉奸卖国贼。在"十八罗汉"中，陈恭澍精挑细选最后确定六个人参加暗杀行动。

为了保险起见，临行动前，陈恭澍把汪精卫寓所的图纸又拿了出来，铺到桌子上让参加行动的特工好好看了一遍，千万记住汪精卫住的房间，别走错了地方，杀错了人。在汪精卫的寓所图纸上，标注着汪精卫住在二楼的209房间，朝南，是二楼最大的一个房间，209房间的西边是208房间，是个小房间，住着汪精卫的秘书曾仲鸣，为的是照顾汪精卫生活方便，有事情好招呼他。一楼西侧是汪精卫保镖住的房间，陈恭澍嘱咐，进去以后，一定要把这几个保镖控制住，不能叫他们破坏了暗杀行动。他用红铅笔在209房间画了一个圈，对行动组的特工说："我们这次行动目的就一个，除掉汪精卫！记住，进去后直接奔汪精卫住的地方，杀人后马上撤退，不能恋战。根据测算，枪声响后顶多六七分钟，巡逻的警察就会赶到，务必在这几分钟时间里撤出来。我带出来多少人，要带回去多少人！""明白！"几个特工异口同声地说。

21日深夜，陈恭澍驾车带着行动组的6个人出发，他们都是身经百战的杀手，陈恭澍信心满满，认为这次暗杀汪精卫有成功的把握。他相信这些特工的能力，他甚至在想暗杀成功后，怎么分配军统局给他们的奖金。

前面忽然出现两个越南警察，向车子摆手，叫他们停下。这里已经很接近汪精卫的寓所了，陈恭澍一边紧急刹车，一边思考着怎么应对突然出现的情况。两个越南警察叫他们从车里出来，嘴里还不时地说着什么。陈恭澍他们没一个懂越南话的，不知道他在说什么，也不知道怎么对付。陈恭澍急中生智，把口袋里的钱夹子掏出来，把里面的钞票全部掏出来塞到两个警察的手里，两个警察用越南话嘀咕了几句，叫他们上了车，挥挥手放他们走了。

汽车开到了高朗街27号后门，陈恭澍把车停下，然后给六个特工做了分工：自己留守车上准备接应，两个人留在外边放哨，余鉴声、唐英杰、郑邦国和王鲁翘四人潜入寓所进行暗杀！目标就是汪精卫，不要拖泥带水，一定要干净利落，暗杀成功后马上撤退！王鲁翘、余鉴声、郑邦国、唐英杰四个人点头表示明白，鱼贯钻出了汽车，悄无声息地从汪精卫寓所的后院越墙而入。郑邦国随身带了一把利斧，这是准备用来劈楼房门的。

四个人蹑手蹑脚来到寓所的前大门，看到有一个保镖在站岗。正值深夜，站岗的保镖已经十分困倦，免不了有些懈怠。唐英杰猛地从暗地里窜了过去，伸手拧住保镖的脖子，不等他反应，人已经昏了过去，被撂倒在地上。随后的三个人跑到门前，用手推门，果然在里面锁死了。郑邦国举起自己带的利斧，"咔嚓""咔嚓"几斧下去，门就被硬生生地劈开了，四个特工飞身上楼。

楼下的动静把寓所里人惊醒了。住在一楼的一个厨师开门伸头出来想看看出了什么事，唐英杰上去就是一脚，把这个厨师踹回了屋子里。"再看，我要你的命！"那个厨师吓得大气不敢出，哪里还敢再惹是生非。郑邦国听到保镖住的房间里有动静，他先发制人，"砰砰"就是两枪，高声吼道："老子是来杀汪精卫的，与你们没关系，谁敢出来，老子就地正法！"听他这么一喊，房间里的几个保镖吓得不敢露面了，主要的原因是他们出境后无法带武器，所以不敢轻举妄动。又不知道外面到底有几个特工，被堵在房间里，从房门里出去不是出去一个送死一个吗，所以，就没人敢动弹了。这时候，另外三个特工已经冲上了二楼。

王鲁翘上了二楼直奔汪精卫住的房间。他一推门，推不动。显然屋中的人把房门反锁上了。郑邦国跑过来用手中的利斧将房门劈了个洞，伸出手想扭动门闩，想不到里面已经锁死了。王鲁翘透过门上的窟窿向房间内看，见里面亮着一盏台灯，灯光昏暗，在灯光照射下，只见床下趴着一个男人，床上有一个女人盖着毛毯瑟瑟发抖。那个男的腰背双腿暴露在外，一定是听到楼下的动静后不知所措，才藏到床下的。王鲁翘想：这小子一定

血搏

是汪精卫了。没想到你会死在我的手里。杀掉中国头号卖国贼,我也青史留名了!他毫不犹豫,一连开了三枪,听到"噢"的一声,那个男的脸朝下趴在地上不动了。眼看行刺成功,王鲁翘赶紧招呼其他几个特工撤离。这时,远处已经传来了警车警笛刺耳的尖叫声。

看到远处响起的警笛声,坐在汽车里的陈恭澍把心都提到嗓子眼,生怕万一暗杀不成功,又撤不出来,事情可就闹大了。还好,几条黑影"嗖嗖"地从墙头翻了出来,跳进汽车里,王鲁翘按捺不住内心的喜悦,叫了一声:"成了!"陈恭澍驾车飞驰而去,把高朗街27号汪精卫的寓所远远地抛在了后面。

陈恭澍他们安全回到了住处,心里就别提有多高兴了。这可是蒋介石亲自下达的命令,那在总裁面前是个多露脸的事啊!陈恭澍挨个和执行任务的特工握手,说:"就等着受表彰吧!"他们找出来事先准备好的白酒,每个人都倒了满满的一杯酒,先小庆祝一下,回到国内再大张旗鼓地庆祝庆祝。

他们在狂欢中迎来第二天黎明。

出去探听消息的王鲁翘神色慌张、气喘吁吁地跑到陈恭澍的房间。陈恭澍见到他的神色,感到有点不对头。急忙问:"汪精卫死了吗?"王鲁翘喘着粗气摇头,"我们杀错人了,打死的是汪精卫的秘书曾仲鸣……"这句话像晴天霹雳,把陈恭澍炸懵了,简直不敢相信自己的耳朵。陈恭澍大声问:"有没有搞错啊?这怎么可能呢?"王鲁翘喘了口气,肯定地回答:"没错,杀的就是汪精卫的秘书!"陈恭澍仿佛有盆凉水从头上浇下来,一直凉到脚下。他做梦都没想到,十拿九稳的计划,最后竟然会杀错了人!愤怒中,他把桌子上的酒杯狠狠地摔到了地上……

明明十分周密的暗杀计划,怎么会失手呢?陈恭澍想不明白了。他不知道这完全是因为一个偶然因素,叫汪精卫逃过一劫。

这个偶然因素就是暗杀发生前一天,曾仲鸣的妻子方君璧来到越南河内探望曾仲鸣。正是她的到来,改变了这场暗杀的结果。这是叫军统局暗杀行动组万万没有想到的。因为方君璧来了,陈璧君对汪精卫说:"曾秘书的夫人老远从国内跑到河内来,咱们不能委屈了人家。曾秘书住的房间小点,咱们临时把住的大房间让给他们两口子好不好?"汪精卫听了,满口答应。就这样,他们让曾仲鸣夫妇住了汪精卫的房间,汪精卫和陈璧君住到了二楼的另一个房间去了。这临时调换房间只是汪精卫的一种客气,可来执行暗杀任务的军统特工是不知道这个变化的,他们还是按照原来的计划把三楼作为进攻的重点,汪精卫住的房间是攻击的目标。而那天晚上恰好是曾仲鸣和方君璧住这个房间,他们误杀了曾仲鸣。加上没有来得及进到屋子里验证打死的到底是不是汪精卫,匆忙收场撤退,叫汪精卫死里逃生。

河内暗杀计划的失败,让戴笠感到十分沮丧。为此,他毫不留情地训斥了陈恭澍,责令陈恭澍做深刻检讨。陈恭澍也没想到自己这个军统局的王牌杀手也有失手的时候,感到十分没面子。他承担了全部的失败责任,向戴笠当面检讨自己的失败责任,还写了十几页的检讨书,全面检讨了暗杀汪精卫没有成功的原因。陈恭澍非常希望通过这次行动的失败积累经验教训,为下一次暗杀行动做好准备。因为他熟知戴笠的做事风格,一旦认准的事情,没有做成是绝不会罢手的。事情也果然像他预料的一样,军统局并没有就此放弃暗杀汪精卫的计划,戴笠命令手下做好准备对汪精卫实行再一次暗杀。

血搏

魔窟开张

1937年七七事变后，中国全面开始抗战已经持续了近一年，日本想速战速决的战略并没有达到，反而在战争的泥潭里越陷越深。全国到处都燃起抗日的烽火，把日本侵略军打得焦头烂额，这是日本没有想到的。中国各地都因为战争而愁云惨淡，唯独上海的租界，依靠外国人的势力，依旧超然于战祸之外，成为一个"世外桃源"。日本军方改变战略，决定要扶持一个中国伪政权达到"以夷制夷"的目的，上海成为扶持伪政权的首选之地。于是，曾经策划了"皇姑屯事件"、九一八事变的日本间谍头目土肥原贤二被日本军方派到上海筹划这件事情。

1938年6月，日本为在占领区组织统一的伪政权，成立了对华特别委员会，调土肥原贤二负责，称"土肥原机关"。因为这个名称太过露骨，后来改称"重光堂"，在上海设立了办事处。这是一个特务云集，专门拉拢汉奸，扶植伪政权的机构。日本将汪精卫作为统一中国伪政权的对象，并在1938年11月20日，日方代表和国民党副总裁汪精卫的代表签订了卖国密约《日华协议记录》。随后，汪精卫害怕蒋介石与他算账，匆忙逃往越南河内。因为日本政府刚刚换了新内阁，对汪精卫能不能担当起统一中国伪政权的重任心存疑虑，所以在汪精卫逃到河内后，对接他回中国主持伪政权没有表示出太大的兴趣。当初和汪精卫定约的日本代表全力游说新内阁，尽快把汪精卫接到上海，但一直没有引起重视，汪精卫好像被抛弃的棋子，撂在河内无人理睬。

令人没有想到的是，就在这时，发生了军统局在河内暗杀汪精卫事件。河内的枪声震动了日本朝野。1939年3月22日,日本驻河内总领事馆就暗杀汪精卫一事向日本政府作了详细报告。日本政府里原来极力主张招降汪精卫的派系四处游说,向当局施压,新内阁也通过这件事意识到了汪精卫的利用价值。

日本政府遂即召开五相会议,以谋取处理之计。在会议中决定派遣参谋本部中国课课长影佐帧昭赴河内负责接运并护送汪精卫至一处较为安全地点,然后再作进一步的磋商。影佐祯昭奉命后,立即组织一队精干人员,并从山下汽船株式会社租赁了一艘货轮“北光丸”,专程前往越南。此项行动都是在极其秘密的状态下进行的。“北光丸”从码头起锚的时候行动队的队员还不知道此行的目的地和行动目标。直到“北光丸”航行到茫茫的大海上,影佐祯昭才宣布此行的目的地是越南的海防,到那里干什么,他还是没有交代。

“北光丸”于4月16日在越南海防靠岸。

影佐祯昭带领行动队到来的消息马上通知了日本驻河内总领事馆。总领事河洋派人与汪精卫取得了联系,商量下一步行动计划。

汪精卫已经被军统的暗杀吓破了胆,恨不得马上离开这个是非之地,立刻答应与影佐祯昭见面商量具体的行动计划。本来是想在日本驻河内总领事馆开展协商活动,可汪精卫死活不敢走出寓所一步,日本人也害怕再发生不测,最后决定就在汪精卫的住处进行商谈。

他们会商的结果,达成了三点协议:

一、在越南当局的协助下,速离河内;

二、采纳汪精卫的意见,搭乘日轮“北光丸”秘密潜赴上海;

三、有关未来“合作”问题,等到上海后,从长计议。

根据此项协议,4月25日深夜,在越南警察的严密护送下,汪精卫携带家人悄悄离开了河内,从加特巴岛乘法国轮船出发,又在拜亚士湾东北方换乘了“北光丸”,先去台湾基隆暂为停泊,加添油料、采办食物,然后从基隆起航驶往上海。

5月8日,“北光丸”抵达上海虹口,汪精卫秘密登陆,隐匿于法租界愚园路的一座洋房里,随后就展开了制造傀儡政权的活动。

这一切都在暗中秘密进行,只有汪精卫的极少数心腹知道。

日本军方在上海的特务机构"重光堂"的头目知道，军统局在河内暗杀汪精卫失败以后，一定不会轻易放过汪精卫，在他回到上海后，还会继续对汪精卫进行暗杀，必须做好保护汪精卫的工作。当时国民党中统、军统在上海和南京沦陷以后，都有计划地潜伏了大批的特工，伺机暗杀汉奸和日本人，刺探情报，给日本人制造了很多麻烦。日本人想抓他们，但是抓不到。在上海这个特殊的地方，因为其他外国势力的存在，还有外国租界日本人管不着，使日本间谍无用武之地，土肥原贤二要怎样才能跟国民党中统、军统特工一搏高下呢？必须要找到一个好办法才行。因为保护不了汪精卫的人身安全，成立伪政府就找不出合适的主持人，就会大大影响日本的对华策略，保卫汪精卫成为日本特务机关的最重要的任务。土肥原贤二是个中国通，他知道在上海这个地方，仅仅依靠日本特务是保护不了汪精卫的，必须成立一个由中国人自己主持的特务机关来保护汪精卫，保护他的安全。可是，特务机关要找到一个合适的人选绝非易事，这个人不仅仅是个铁杆汉奸，还要深谙特务之道，懂得如何防止暗杀活动，不是好找的。为此，土肥原贤二派出了自己的心腹到处网罗这样的人才，他相信中国的一句俗语"只要工夫深，铁杵磨成针"，下得工夫就会找到自己的意中人。

这一天，日本驻沪大使馆书记官清水董三，带着两个人来到土肥原贤二的面前。这两个人都三十多岁，一个又白又胖，一个又矮又瘦，两个人站到一起，形成了鲜明的反差。看到他们，土肥原贤二眼前一亮，这不是在国民党军统、中统工作的李士群和丁默村吗？那个高个子，长得白胖，大眼睛的叫李士群，早年曾经参加过共产党，后被捕叛变加入中统，是受命潜伏在上海的特务之一。矮个子的男人叫丁默村，也是军统局的特务，曾担任军统局第三处处长。他们在军统、中统干得好好的，怎么会跑到"重光堂"来呢？土肥原贤二心里有点犯嘀咕。

李士群是浙江遂昌人，曾经加入中国共产党。他在上海做地下工作时，被公共租界的巡捕房逮捕，为避免被引渡给国民党，他托人疏通了青帮"通"字辈大流氓季云卿的门路，由季云卿将他保释出来。出狱后，李士群就拜季云卿为师父。后来，李士群被国民党中统特务逮捕，他贪生怕死叛变了，从此开始了他的特务生涯。李士群虽然全心全意为国民党效命,但因为是叛变过来的,又没有靠山一直没有得到重用。权衡利弊之后,李士群决定改换门庭投靠日本人。他先跑到香港,拜见了日本驻香港总领事中村丰一,说明自己的所谓弃暗投明的理由,得到中村丰一的赏识,再把他介绍给上海的日本驻沪大使馆书记官清水董三。当时清水董三正好受土肥原贤二的委托物色特务机关的领导人选,真是"踏破铁鞋无觅处,得来全不费工夫"。清水董三看到李士群提交给自己的简历,对他说:"以你的资历在我们这里谋一官半职的没有问题。""多谢书记官栽培!多谢!"李士群像条哈巴狗似的给清水董三点头哈腰。"可是,"清水董三把话头一转,又说,"你这个资历还是有点浅,当一个机关的负责人还是有点嫩啊!"听到清水董三说这话,李士群忙不迭地说道:"还请书记官指点一二。"清水董三淡淡一笑:"这个还用我教你吗?找个资历更深一点的,比你名头更大一点的来,你们一起合作,一起来当负责人,他就是一块招牌,权力可以你掌握着。"叫清水董三这么一说,李世群忽然开窍了,连连点头:"还是书记官高啊!您这么一点拨,我知道应该怎么办了!"清水董三微微一笑,又说:"你把这个人物色好了,带来见我,如果可以的话,我就带你们去见土肥原贤二先生。"听清水董三这句话,李士群简直要美出鼻涕泡来,我的天啊,能见到土肥原贤二的话,我李士群飞黄腾达的日子可就来了!当即李士群就答应清水董三,一定尽快把他说的这样的人物找出来。

告别了清水董三,李士群回到自己的寓所,高兴得半宿没睡着觉。李士群也算得上是个人物,1938年到上海后,他就努力组建自己的情报网,准备待价而沽将来和对方讨价还价。开始只有他一个人搞情报,从过去的中统同事那里收买情报。后来他的情报来源扩大到国民党上海支部的中层干部,还有青帮成员。到丁默村来上海时,李士群已经组成了一个7人核心小组,其成员大多数是前中统的特务。李士群没想到会这么顺利和日本人接上头,真是天上掉馅饼砸着脑袋了。可一转念,又有点发愁,到哪里去找清水董三说的那种人呢,这么合适的人实在是难找啊。如果找不到的话,自己的前程也会被殃及,无论如何要找到这样一个人。费尽脑汁,想来想去,他冷不丁地想起一个人来——丁默村!

丁默村是湖南常德人,早年和李士群一样投机革命,后来当了叛徒投靠国民党军统局。陈果夫、陈立夫兄弟利用其在国民党中央执行委员会举足轻重的影响,组成强大的政治派别CC系,作为CC系情报机构的主要人物丁默村曾担任国民政府军委会调查统计局第三处处长。他与一处(中统)的徐恩曾、二处(军统)的戴笠是同事关系。地位一度曾经和戴笠差不多,因此成为戴笠的眼中钉。后来戴笠得到蒋介石赏识,步步登高,丁默村不断受到排挤,职务停滞不前。最后,军委会调查统计局第三处被裁撤,其组织被戴笠的军统接收,他只挂了个军委会少将参议的空名。

关于国民党的军统和中统的区别,很多人搞不清楚,有必要说明一下。国民党的军统的全称是国民政府军事委员会调查处,后期发展成为军委会统计调查局、国防部保密局。因其属于军队序列,所以一般称其为军统。军统局负责军、宪、警部门以及对外的情报安全工作。但是,由于军统局成立后不久国民政府就西迁重庆,加上形势严峻,军统局也担负了一些诸如对行政机关、交通、金融等要害部门的监控,这样一来就引起了与中统局的权限冲突。军统局的雇员都为终身特务,抗战期间军统局得到很大发展,在敌后进行了大量的破坏、暗杀活动。

中统的全称是国民党中央党部统计调查处,后期发展成为中央党部调查委员会,国民政府统计调查局。因其始终为国民党中央组织部所掌控,故称其为中统。中统局负责除军、宪、警等军事部门外的情报安全工作。实际工作中也是基本上维持在这个范围之内的,因为军统局也不允许中统局干涉越权。中统局的工作重心在党政机关内部,另一个重点就是暗中打击一切反对派政党,尤其是中国共产党。此外对于社会舆论、思想言论也负有监控责任。

在1940年以前,中统的势力非常大,因为实际上国民党的各级基层党组织,都是中统的特务网延伸。许多基层党部的负责人,本身就是中统的基层负责人。抗战以后,由于国民党的情报工作对象有所改变,从以对付中国共产党向对付日本侵略军转变,因此中统的地位开始下降,军统地位不断提升。同时,由于大片国土沦陷,中统的组织系统遭受严重破坏,其又不能及时联络这些基层组织,逐渐为军统所取代。军统头目戴笠对蒋介石有知遇之恩和师生之情,对蒋介石言听计从。而中统主要为国民党CC系的大老陈立夫、陈果夫兄弟所掌握,在人事上蒋介石不能直接控制,也逐渐失去了蒋介石的扶持。国民党败退到台湾后,蒋介石对两个特务组织进行了改组,成立了国家安全局和军事情报局。实际上就是中统与军统的延伸,并对双方的工作范围进行了区分,明确了国安局以对内安全为主,重点是侦查岛内的中共组织。军事情报局以对大陆为主,重点是对大陆侦察、派遣、破坏和武装袭扰。到蒋经国执政时,开始改组台湾情报特务组织的系统与任务范围。国安局逐渐取代军事情报局,成为岛内最大的情报机关,并开始掌握对大陆的特务与情报活动的主导权。而军情局反而变成了单纯的军事情报机构了,主要负责对大陆军事系统的情报工作。

丁默村原本是属于中统的,被收编到戴笠手下,使得他对戴笠极其不满,一直想找机会脱离国民党另换门庭,只是一直没有找到好的门户接受自己。他的这种状况,李士群是了如指掌。李士群心想,策反丁默村应该是水到渠成的事。他听说丁默村最近到上海养病,如果能趁这个机会拉他入伙,可真是天赐良机啊!于是,李士群千方百计打听丁默村的下落,最后竟然叫他把丁默村找到了。于是,他给丁默村打电话,邀请丁默村到一家酒店喝酒。丁默村正是官运不济受人排挤的时候,很多人怕得罪戴笠都离他远远的,生怕惹祸上身。这个时候,难得有人宴请自己。虽然有点看不起李士群,丁默村还是答应会来喝酒。

尽管落魄到了这个地步,喝酒的时候,丁默村还是没忘了吹嘘自己,打肿脸充胖子。说自己是奉陈立夫之命而来的,为了国家的前途,陈立夫要他到上海探探路,准备在上海做出一些大动作来。李士群看着丁默村在那里胡吹乱吹,心想:丁默村啊丁默村,这都到什么时候了,你还在我面前吹牛,其实你就是到上海养病来了。人不得志就低头吧,再吹自己有什么用,手里不是没有一兵一卒吗?李士群心里这么想,嘴上可不说什么,还一个劲儿地吹捧丁默村,"大哥你是个人物,戴笠算什么东西,没有老蒋宠着他,早他妈的完蛋了。他那两下子哪里比得了你啊!"叫李士群这么一吹捧,丁默村更是飘飘然了,大骂戴笠不是东西,说到伤心处,禁不住抽泣起来。这时,酒喝得也差不多了,李士群觉得该是把底牌亮出来的时候了。"听说戴笠往死里整你,弄得你人不人鬼不鬼的!"李士群一开口,就说到了丁默村的痛处,"既然国民党不要你了,凭你这本事和资格到哪里还不是香饽饽,到哪里还不能做出一番事业来?""可是,不是说一下就找到合适的地方……"丁默村也是试探着说话。"跟日本人干怎么样?"李士群问他。丁默村虽然早就料到他会说这句话,可真说出来的时候,他还是一愣。"那可就是汉奸啊!这辈子的名声……"没等他说完,李士群就说:"别他妈的假正经了,什么汉奸不汉奸的,有权有钱就行!打开天窗说亮话,我已经和日本人联系上了,还缺一个搭档,你愿意干,咱们就坐一条船,你不愿意干,过这个村可就没这个店了!"李士群眨巴眨巴眼睛,看他有什么反应。

听到李士群把话说得这样明白,丁默村沉默了。李士群看出丁默村有点犹豫,又说:"你不愿意我也不勉强,想入伙的人有的是。"丁默村想了想,下定了决心,端起桌子上的酒杯,把里面的酒喝个一干二净。"我同意!"丁默村看着李士群说。李士群哈哈大笑,把两只空酒杯倒满了酒:"痛快,咱们明天就去见土肥原贤二。"丁默村端起酒杯和李士群干杯,放下酒杯说:"我看先不要着急。"李士群以为丁默村要反悔,忙问:"为什么?"丁默村道:"我们就这样空手去,怎么能显示我们的实力?""你是说得有个见面礼?"李士群心领神会。丁默村点点头。李士群一拍大腿,"还是你想得周到啊,咱们一上手就得叫他另眼看待,你想得比我高!"李士群也不得不佩服起他来。"咱们拿什么做见面礼好呢?"李士群又问。丁默村一笑,凑到李士群跟前和他耳语起来。李士群一边听一边点头:"好,好,真是个好主意啊!"

过了几天,在清水董三的引荐下,丁默村和李士群见到了土肥原贤二。

土肥原贤二遇到了很麻烦的事情。日本扶持的伪维新政府外交部长陈箓在日本军警的眼皮底下,被军统特工暗杀在上海愚园路的家中。自从日本开始拉拢汉奸,扶植伪政权,军统潜伏在上海的特工就不惜一切代价,惩贼锄奸。陈箓的被杀好像是给了土肥原贤二一记狠狠的耳光。这个日本的王牌间谍,尝到了从未有过的失败滋味。而他对军统的潜伏特工也束手无策,找不出更好的对付办法。这个时候,丁默村和李士群出现了。更叫土肥原贤二意想不到的是,两个人还带来了一份见面礼,一本名为《上海抗日团体一览表》的册子,这是丁默村和李士群为了证明自己对日本人的忠诚而献给土肥原贤二的,上面记录的是丁默村和李士群知道的国民党、中统、军统在上海潜伏的特工名单,上海抗日组织负责人名单。看着丁默村和李士群递上来的见面礼,土肥原贤二禁不住狂笑起来。还有谁能比这两个人更适合来当特务机关的头子呢？还有什么比成立一个和军统一样的特务机构来对付军统潜伏特工更有效呢？丁默村和李世群就是中统、军统里资深的特务，他们非常了解国民党潜伏特工的情况，这些人中有的就是他们的老同事、老战友，他们出头组织特务机构对付过去的战友和同事，一定是十分有效的，因为他们太了解这些人了，太了解这些人的活动规律了。中国特务对付中国特务，太有意思了，肯定比日本特务对付中国特务的效果要好得多。土肥原贤二憋不住又笑了起来，这是老天在帮助我大日本帝国啊，他心里这样想。

"重光堂"的这次会面，让李士群和丁默村投靠新主子。但是，真正让土肥原贤二下决心成立与军统对抗的特务组织，还是河内暗杀汪精卫的这次行动。要保护汪精卫的安全，就必须依靠中国的本土特务，土肥原贤二相信李士群和丁默村能够担当起这样的责任，保护汪精卫的安全，在上海与军统、中统潜伏的特工抗衡。

土肥原贤二很快就为即将成立的特务组织申请了一笔经费，还为他们找到了一个组织据点，这就是后来臭名远扬的极司菲尔路76号。李士群和丁默村得到了组织特务机构的经费后，两个人一起搬到了76号。上海历史上最让人闻风丧胆的特务机构就此成立了。丁默村被任命为主任，李士群被任命为副主任。魔窟76号成为这个特务机关的代名词，它的全称是中国国民党铲共救国特工总部，也是中国历史上最臭名昭著的特务机关。这里的中国国民党并不是真正的"中国国民党"，而是汪精卫冒用其名而已。

76号是一处大宅院，占地八亩多，位于上海公共租界越界筑路西区的极司菲尔路，这里曾经是军阀陈调元的私产。他曾任安徽省及山东省的主席，抗战时期任军事参议院院长。走进76号大门，右边是一道长约三十米的甬路，两面南北相向各有一排平房，间隔成一间一间的小屋子，坐南朝北的一排，头一间就是审讯室。76号抓来的人，照例先送到这间审讯室进行初步询问，并做简单的录取"口供"。对面的一排，属于特工总部第一处行动科的，办案时用。与之相邻的，是给所谓的犯人用刑的地方。与一进来那条甬道口相对有一小门，以方便出入，也免于暴露在街道上受到袭击。有卫兵站岗的大门左边，是一条衖堂，名为"华村"，它并不是陈调元的产业，可是却被76号圈进了自己的范围，当作特务们的宿舍。进76号的院子除必经过大门外,别无门路可走。进了大门一道二门,看不见门岗,但有便衣特务在附近游动。看上去好像很平静,其实戒备森严。距二道门约百米,是一座大楼,这就是汪伪特工总部的办公大楼。门前双警卫站岗,进去,是一间大厅,过大厅是楼梯直接通到楼上。

二门右侧有一大片房舍,这就是76号的监牢。监牢面积约占地150平方米隔离成十几个小间,每间另加木栏铁锁,打地铺,可卧二十多人,全部监牢能容纳四百人左右。其中有一间专关"女犯"。上午让"犯人"轮流出来盥洗,下午一次到空场上"放风"。被关在这里的"犯人"有的是共产党的地下工作者,有的是国民党军统特工,有的是被76号特务以莫须有的罪名抓来的各种"嫌疑犯"……前两者想要从这里出去比登天还难,或者当叛徒投靠76号,或者被枪决,除此以外没有别的出路。而以莫须有的罪名抓进来的那些所谓的"嫌疑犯"主要是为了敲诈他们的钱财。只有拿出数目可观的"保费"或者"赎金",就可以从76号释放。拿不出钱的,人就别想好好地从这里出去了,76号的特务们总会找到各种借口拷打折磨"嫌疑犯",让"嫌疑犯"求生不能求死不得。最后即使有幸从这里释放的"嫌疑犯",也是遍体鳞伤,落下残疾。所以,76号叫老百姓闻之色变,视为魔窟。

虽然特务机关建立起来了,可李士群和丁默村感到最棘手的一件事情是缺少人手。没有打手和爪牙,日本主子交代给他们的打击军统潜伏特工和保卫汪精卫的任务就很难完成,招兵买马成为76号亟须做的工作。在国民党特务系统里,丁默村比李士群的官阶高,但能量没有李士群大。李士群拉丁默村入伙,主要还是想借用丁默村这块牌子,并不想和丁默村真正分享权力。看到现在正是招降纳叛扩大自己势力的机会,李士群哪里肯放过,他决定主动出击,把主动权掌握在自己的手里。谁掌握兵马谁就有发言权,古往今来都是一样的。丁默村不是看不出来李士群的阴谋诡计,只是自己在上海还没有站稳脚跟,奈何不了李士群。

李士群准备招兵买马,他首先想到了一个人,就是青帮头子季云卿。青帮里分为大字辈、通字辈、觉字辈、悟字辈,季云卿开始就是通字辈,后来升到大字辈。他在上海青帮的地位虽然不像杜月笙、黄金荣、张啸林三个流氓大亨那么高,但也有自己的一方势力,在上海滩也是数得着的人物了。杜月笙、黄金荣、张啸林三个流氓大亨对季云卿的作为也是睁一眼闭一眼,互相让一步,求个安生。别看季云卿在青帮里是二流的,但也见多识广,算个头面人物,上海滩不少白道黑道的事情找到他都能摆平。

李士群和季云卿是有渊源的。当年李士群在上海搞特务活动,被租界工部局逮捕,差点要了他的命。后来通过季云卿的门路才被放出来。李士群亲自送拜帖到季云卿府上,磕头认了师父。现在,李士群有日本人撑腰,搞起了特务机关,请季云卿帮帮自己也是应该的。李士群之所以敢找季云卿,也是把算盘打好了:你现在帮我,日后我发达了在上海也一样照顾你,咱们是互通有无,各得各的好处。季云卿是个见过世面的人,不会不算这个账。当年他收李士群当徒弟,就是看中了李士群心狠手辣,能做点大事情。现在靠上了日本人,在上海说一不二,和他扯上关系对自己肯定有利,于是满口答应。"我现在就给你介绍一个人,你师弟吴四宝,他手下有帮小兄弟,都是能做事的人,你用好了,就打下江山了!"季云卿一边说一边派人去叫吴四宝。

不一会儿,吴四宝来了。只见他身材魁梧,一脸横肉,两个眼珠子露着两道凶光,怪吓人的。吴四宝是江苏南通人,目不识丁,看上去凶神恶煞一般。他早年在公共租界跑马厅当马夫,后改行当汽车司机。先拜大流氓荣炳根为师父,后又拜另一个流氓头子高鑫宝为师。最后投奔到季云卿门下,给季云卿当专职司机。季云卿为什么看上了吴四宝呢,他这个人的枪法非常好,可以说是百发百中,季云卿看中了这一点,让他当自己的专职司机兼保镖。别看吴四宝性格粗鲁野蛮,但知道怎样对季云卿恭顺,只要能博得季云卿的欢心,他什么都会做,所以非常得季云卿的欢心,说他是个能成大器的材料。吴四宝听到师父要把自己介绍到76号去做事,满脸堆笑,毫不迟疑地说:"能跟着李大哥干事,是我这辈子的福气,以后李大哥叫我做什么我就做什么,天下没有我不敢干的事!"季云卿用手指头敲着桌子问李士群:"你看你这个师弟怎么样啊?"李士群赶紧向季云卿拱手答谢:"师父把这么好的兄弟推荐给我,徒弟一定让他发挥自己的才能,给师父争光,给76号争气!"这个事情,当场就拍板定了。吴四宝就这样走进了76号,成为上海滩上臭名昭著的"杀人魔头"。

吴四宝进入76号后,按丁默村的意思先给他一个小队长之类的职务干着,考察考察再说。可李士群没理会丁默村的建议,直接任命他为警卫大队长。这让吴四宝很是提起了精神，觉得在76号前途一片光明，更是死心塌地为李士群卖命。很快就将自己的狐朋狗友都拉进76号，组成了一支四五十号人的警卫大队。李士群的人马一下壮大起来。76号在很短的时间内就"兵强马壮"，有了三百多个特务，叫日本人都对李士群刮目相看，这个白胖胖的有点像书生的中统投诚分子还有两下子。李士群从这三百多人当中挑出150个身手敏捷的，成立了"行动大队"。凡是进入"行动大队"的特务，在薪金和津贴上都高于其他特务，李士群布置给"行动大队"的主要任务，就是搜捕国民党在上海的潜伏特工。"抓活的更好，打死的也欢迎！"这是李士群给"行动大队"特务们说得最多的一句话。他知道，只有破获了国民党军统局的潜伏特工，他才能显示出自己的存在价值，才能和日本人讨价还价。

狼狈为奸

　　上海是个很特殊的地方，不管哪方势力想在这里站稳脚跟，都必须和上海滩的黑帮流氓势力沆瀣一气，否则很难打开局面。李士群当然知道这里面水的深浅，除了巴结季云卿外，他想到的另一个人就是青帮头子杜月笙。杜月笙本名叫杜镛，杜月笙是他的别号。生于上海浦东高桥，从小家境贫寒，是个街头小混混。后来他跑到黄金荣开的"大世界游乐场"门口摆水果摊卖水果，并代客人削水果皮。因为他贩卖的多是莱阳梨，许多人送他外号"莱阳梨"。他一向以善于出主意而出名，慢慢在帮会中混出了点名气。这事传到青帮头子黄金荣老婆的耳朵里，于是就把他找去谈话，发现他果然有不少歪点子，能搞点名堂，于是就决定把他收归到黄金荣的帐下，他是抱着黄金荣这条粗腿慢慢发展起来的，自己的势力做大后脱离黄金荣自立门户。后来因为投靠蒋介石镇压上海工人运动有功，得到蒋介石的赏识，上升势头迅猛，坐上了上海青帮的第一把交椅，与黄金荣、张啸林一起被称为上海滩青帮三巨头。1937年，上海沦陷后，杜月笙拒绝日本人的拉拢，于当年11月带着家眷迁居到香港。他虽然在香港，但是还控制着上海的帮会势力，利用自己的帮会关系，遥控他的徒子徒孙在上海继续活动。这些人巧取豪夺，走私绑票，把地方治安弄得乌烟瘴气，有时还和日本人作对，搅闹得日本人不得安生。杜月笙人在香港，可对上海滩的影响分毫未减。想在上海站住脚，没有杜月笙的配合很不好办。

　　李士群和丁默村主持的76号成立不久，李士群最先想到的就是借助杜月笙的势力来为自己办事。他知道，搞特务工作离不了情报，没有情报什么也做不成。而杜月笙的爪牙遍布上海的各个角落,对自己获取各种情报是非常有利的。他的想法和日本特务机关"重光堂"办事处想到了一起。此前,"重光堂"办事处通过秘密工作弄到了一份关于杜月笙的资料,名为《杜月笙在上海的势力》。李士群拿到这份资料后,自己都十分吃惊,没想到关于杜月笙的资料会如此详细。里面详细记载了杜月笙在上海的势力范围,经营的企业,帮派的分支机构,负责人是谁……还有他和黄金荣、张啸林等青帮头子的关系,在哪些行业和领域有利益冲突,杜月笙打压对方的手段有哪些……杜月笙与法租界工部局的往来,与烟、赌、娼等行业之间的关系和控制等,这份资料几乎囊括了杜月笙在上海全部的"盘子",简直就是他的"命根子"。李士群要站稳脚跟,非常希望杜月笙能够出山,或者得到杜月笙的默许,他的特务生涯才能好做一些。可是以李士群的身份,在青帮里只是一个小字辈,要和杜月笙联系上不容易。没想到,关键时刻,"重光堂"办事处送来了这册《杜月笙在上海的势力》,这让李士群看到一线曙光。李士群想:杜月笙在香港做梦也不会想到他的家底会被日本人弄得一清二楚,他自己看到这份资料会作何感想呢?

可是,仅仅凭《杜月笙在上海的势力》就能敲开杜月笙的大门吗?李士群知道,杜月笙是个韬略很深的人,不然他也不会在短短十几年的时间就超过了黄金荣、张啸林这样的大帮会头子成为上海有名的流氓大亨。怎样利用好这份资料让李士群破费脑筋。这天,他又拿着这份《杜月笙在上海的势力》翻来覆去地看,想着拉拢杜月笙的办法。一个小特务给他送来几份报纸,有《中美日报》、《大晚报》、《大美晚报》、《中央日报》。他顺手拿起一张《中央日报》看到上面登了一条消息"大律师汪曼云打赢一场棉纱官司……"下面刊登的是什么他都不注意了,眼前一亮的是"汪曼云"这三个字。汪曼云是什么人,为什么叫李士群这么感兴趣呢?

汪曼云原来是国民党上海市党部的执行委员,也是个律师。据李士群的了解他也是杜月笙的门徒,是青帮里的主要骨干。汪曼云是个脑瓜灵活的人,在上海滩和各方面的关系搞得都比较好,是一个吃得开的人物。想到汪曼云的特殊身份,李士群就想:我为什么不好好利用一下汪曼云呢?李士群赶紧叫来手下的小特务,叫他去查一下汪曼云住在什么地方,他要登门拜访。

过了三天，一辆福特轿车开到汪曼云的寓所的大门前。司机给守门人递上了一张名片，叫他和主人报告。

守门人看看这张名片，没有什么特别的，就简单印了"李士群"三个字和一个电话号码，觉得没什么了不起的，一副怠慢的模样。司机悄悄说："这位是76号的李主任。"守门人一听，哪里还敢再犹豫，一溜小跑，到汪曼云的办公室报告。汪曼云看看名片，急忙跟着守门人下楼，他知道这可是一个得罪不起的主儿。

汪曼云就亲自跑到大门口，嘴里还说着："不知道李主任来，有失远迎，还请见谅。"李士群拱手说："不客气，不客气。冒昧打扰，还请汪大律师多包涵。"汪曼云把李士群请进了客厅。

两个人落座，先是客套了一番，汪曼云亲自给李士群倒茶，表示对李士群的尊重。两个人东拉西扯了一阵，才慢慢转向了正题。汪曼云看到李士群欲言又止的样子，眼睛瞟瞟站在一边的用人，觉得他一定有什么要紧的事情和自己说，于是向站在旁边的用人摆摆手："你下去吧，我和李先生说几句话。"用人答应着退出了客厅，把房门关上。

"有什么话，你就直说好了。"汪曼云毫不避讳，直奔主题。"既然汪兄不见外，我也就不遮遮掩掩了。"李士群一边说一边从身边的公文包里拿出一份资料来，正是他研究了许久的《杜月笙在上海的势力》。"这是……"汪曼云手指着资料问。"老兄自己看好了。"李士群把资料放到汪曼云面前的桌子上，自己端起茶杯悠然自得地喝着茶水，嘴上还故意说："这是正宗的六安瓜片，味道太地道了。"汪曼云没闲心说别的，急忙把《杜月笙在上海的势力》拿起来，只看了两三页，脑门子上的汗就冒出来了，禁不住倒抽了一口凉气。"你，你这是，是从哪里得到的……"他紧张得都有点结巴了。这正是李士群想看到的效果。这说明，这份资料上说的全是真的。可他脸上一点表情都没有。"是日本人搞到的，好像是杜月笙一个弟子投靠日本人后写的。"李士群轻描淡写地说。"真他妈的不是玩意儿，卖主求荣啊，查出来就得千刀万剐啊！"李士群表现得义愤填膺，好像他自己不是卖主求荣似的。"这事情与我没什么关系，我就是看不过去，才冒风险把它弄出来的，给你看看，这里说的是不是真的。也许都是胡说八道糊弄日本人呢。"李士群把手里的茶杯放到桌子上，看看汪曼云说。

血
搏

听到这话,汪曼云脑子在飞快地转着,想想应该怎么办。就自己看的这些,大部分是真的,可一些更机密的,说实在自己也拿不准是真是假,只得由杜月笙来判断。那样的话,就必须把资料留下不可。想到这里,汪曼云笑了笑,说:"哎呀,你带来的这份材料太长,我一时半时也看不完,难辨真假,能不能先放到我这里,叫我研究研究再给你?"其实,李士群等的就是他这句话,还故意装出为难的样子:"这可不好办啊,我从日本人那里拿出来是签了字的。这……"汪曼云说:"拖几天嘛,你会有办法的。我不会白看的,一定有重谢,重谢!"李士群见目的达到,也就不再坚持,只是嘱咐:"原文你看过后,一定要还我,不然我在日本人那里没法交代。""一定一定!"汪曼云满口答应。

李士群从汪曼云那里回来,十分得意,一路哼着江南小曲走进了76号,在走廊里正好碰到了丁默村。见到李士群高兴的样子,丁默村问他:"什么事让你这么高兴啊,捡到金元宝了?"李士群说:"比那还高兴,我这次押宝要是押正了,咱们的队伍还得扩大,到那时,军统在上海的特工就不是咱们的对手了!"李士群越说越高兴,本来平时不太和丁默村合作的,今天一反常态,拉着丁默村去自己的办公室,他要把自己的想法好好和丁默村说说,叫丁默村也眼馋一回。

76号的李士群在招兵买马,国民党军统局局长戴笠也没闲着。河内暗杀汪精卫没有成功,叫他十分恼怒,行动组回撤回到香港后,他把陈恭澍骂个狗血喷头。可是骂归骂,执行暗杀任务还得靠行动组的特工。戴笠在香港接见了行动组的成员,与大骂陈恭澍不同,他好言好语夸奖行动组的特工辛苦了,还发了奖金。然后把话题一转,说:"我已经得到可靠情报,汪精卫将在5月26日抵达上海,我们决定对汪精卫进行第二次暗杀,还要靠各位同志多多努力!"

这次行动组没完成暗杀任务,特工们心里个个忐忑不安,生怕戴笠怪罪。没想到戴笠非但没有怪罪,还发了奖金,真是喜出望外。一听到戴笠又布置新的暗杀行动,一个个是摩拳擦掌,表示一定不惜一切代价完成任务。

上海一直是戴笠苦心经营的地盘,也是国民党军统特工活动的主要地区之一,被划为上海区,设有上海站。上海沦陷后,军统局的特工利用外国租界作为活动地盘,通过各种渠道刺探情报。他们在上海经营多年,关系网四通八达无所不包,各个层面都有他们的触角,无孔不入。军统上海站把上海按照地域划分为四个组,在上海的南市、法租界、公共租界(主要是英国人把持)和沪西分别进行秘密工作。日军占领上海前,军统上海站曾有计划地组织特工人员进行潜伏,特工们配备的武器精良,组织结构完备,领导系统顺达。戴笠非常自信,只要汪精卫敢回上海,暗杀行动组在上海潜伏特工的配合下,一定要汪精卫的命,他不会活着走出上海。戴笠对上海站的潜伏特工还是非常有信心的。

戴笠是浙江江山人,他初到上海闯江湖的时候,只是一个小瘪三。后来投靠了青帮头子杜月笙。那时候杜月笙在上海已经是一个呼风唤雨的大人物了。杜月笙看中了戴笠,就提携他,戴笠的羽翼渐渐丰满,后来成为国民党特务头子,和杜月笙的交情一直非常好。在戴笠看来,利用好杜月笙在上海的帮派势力,对暗杀汪精卫也会有一定帮助。

暗杀行动组里的六个人被挑选出来,带着再次暗杀汪精卫的任务,从香港乘船,直接去上海。陈恭澍因为上次执行暗杀汪精卫任务不利,被调回重庆军统局总部工作。暗杀行动组从香港刚刚出发,潜伏在上海的军统局特工就得到了消息,早早地给他们租了一幢小楼,作为活动的据点。为了遮人耳目还特意在门前挂了一块“大东贸易公司”的牌子,好像有家公司在这里办公,以免引起别人的注意。

再说汪曼云从李士群手里拿到了那份《杜月笙在上海的势力》,不敢耽搁,马上就赶到了香港,见到杜月笙。

对汪曼云这个人,杜月笙一直很器重他,不仅仅因为他帮自己打赢了好几场很棘手的官司,更要紧的是,汪曼云在关键的时候总拿得出一些好主意,化解了不少难处理的事情。杜月笙对汪曼云是另眼相待的。看到汪曼云急匆匆赶到香港见自己,杜月笙知道一定是出了什么大事情,要不然的话汪曼云不会急着见自己。杜月笙把汪曼云领进自己的密室,让他坐下,问:“出什么事了,把你慌张成这样?”

汪曼云就把李士群来找自己的事情跟杜月笙如实做了汇报,还拿出了李士群给他的那份《杜月笙在上海的势力》。其实,他们都没想到,李士群想走的就是这步棋,他把材料交给汪曼云看的目的就是要和杜月笙搭上关系,借杜月笙的势力大张旗鼓地开展特务活动。

看到汪曼云带来的材料,杜月笙的反应和汪曼云差不多,直出冷汗。如果日本人不给面子,按照材料上写的,把杜月笙的老窝给端了,等于是挖了杜月笙的根基,他在上海的势力一定会受到沉重打击,地盘也会被另外的帮会势力接收,杜月笙可就惨了。想到这里,杜月笙不禁打个寒战。杜月笙急忙叫来他的贴身秘书,把这份生死攸关的材料抄写了一份,自己留做备份,然后才把原件交给汪曼云带回上海送还李士群。

汪曼云临别杜月笙,问他:"李士群把这么重要的东西给我们看,绝不是一时心血来潮,他是有目的的。"杜月笙点点头,说:"我明白,他是想用我的人,利用我的地盘。""杜老板的意思是……"汪曼云试探杜月笙的态度。杜月笙沉吟了一会儿,才说:"李士群这也算是送我们一份大礼,总要给点回报的。"可到底应该怎么办,杜月笙还是有点拿不准主意。杜月笙虽然是个帮会头子,可这个人有时候还算仗义疏财,比较讲义气。上海沦陷,日本人拉拢他给日本人做事,他怕背上汉奸的名声就跑到香港去了,不和日本人合作。上海八一三抗战时,杜月笙还组织过一支民间的抗日武装"苏浙别动队"参加抗日。外界不少人对他的举动很赞赏,说他是主张积极抗日的人。其实,他做这些都是为了给自己增加光环,牟取更大的政治利益和经济利益。

看到汪曼云要自己拿主意,杜月笙顺水推舟,问汪曼云道:"你觉得怎么好呢?"汪曼云想想说:"现在是日本人在上海横行霸道,咱们惹不起,李士群给日本人做事,咱们硬碰不是办法。我看,是不是可以叫他用咱们一部分弟兄,这样等于是支持了他,暗地里也保护了咱们的势力和生意,总比被日本人抄了老窝强。""与李士群合作就等于和日本人合作,咱们就是汉奸。"杜月笙犹豫着说。汪曼云又说:"那就看咱们怎么做了。这边和李士群合作,那边也别冷落了戴笠,脚踩两只船,总比吊在一棵树上强,有进有退!"听完汪曼云的话,杜月笙拍拍他的肩膀,"知我者,汪曼云也。就这么办了。你回去给李士群带点礼物给他,他就明白了!"说完,杜月笙叫用人拿来一只金怀表和两套西装毛料,交给了汪曼云。

没多久,汪曼云从香港回到了上海。

司机开车来接汪曼云,打开车门汪曼云坐到后座上,司机按照惯例准备把轿车开回家,没想到汪曼云说:"不回家,去76号。"这是司机从来没遇到的事情,急忙把轿车调头,直奔76号去了。

76号的门口警卫给李士群通报,有一个姓汪的要见他。李士群一想就是汪曼云,看来自己的计谋奏效了。乐得他手舞足蹈,"快让他进来!"放下电话,李士群叫秘书沏好茶水,就等着汪曼云来了。

不一会儿,门口响起一阵皮鞋声,秘书打开门,把汪曼云迎了进来。

李士群看到汪曼云非常高兴,说:"那东西你看完了,应该还我了吧?"汪曼云连连点头,打开自己随身带的一只皮箱。先拿出那份《杜月笙在上海的势力》给李士群,说:"我这是完璧归赵,你好好检查一下。"李士群接过材料说:"不看了,你们当律师的最讲诚信了,还能缺斤短两吗?"说着话,把材料放到一边。眼睛可还瞄着皮箱。那意思说,就光还我材料吗?

汪曼云当然明白他的意思,马上拿出那只金怀表和两套西装毛料,递给李士群,说:"这是杜老板送你的礼物。"李士群立刻眉开眼笑,眼睛乐得眯成了一条缝,他知道,只要杜月笙有礼物回馈,就等于默认了对他的支持,可以在他的势力范围内招兵买马,扩大实力,和上海的军统特工相抗衡。李士群执意要留下汪曼云喝酒。

酒席间,李士群与汪曼云推杯换盏,敲定了李士群从杜月笙的势力范围内可以获得的人马等细节,李士群利用杜月笙这步棋终于获得成功,人手和安全保卫问题很快就可以解决了。

杜月笙不是等闲之辈,哪里会看不出李士群的意思,在和李士群狼狈为奸的同时,他也留了一手,与戴笠暗中勾结,仍然担任着军统在上海的特务组织——"军事委员会苏浙行动委员会"的常务委员,对军统局特工在上海收集情报和暗杀汉奸、特务的活动也暗中支援。杜月笙的两面派手法,蒙蔽了不少人,许多人认为他还是为抗日出过力的,甚至有的人赞扬他有民族气节。

李士群得到杜月笙的暗中支持,使得76号的特务队伍迅速扩大,对抗日组织的镇压、对爱国人士的迫害也更加疯狂。特别是对军统局潜伏在上海的特工们的搜捕几乎到了疯狂的地步,李士群知道,只要这些潜伏特工一天不铲除,他就一天没有安生日子过。

除此之外,李士群还利用杜月笙的青帮势力做了一件让他的日本主

血搏

子非常赞赏的事情，就是帮助日本军方把大量的伪法币投入到市场，扰乱金融秩序，用伪法币在上海购买大量的军需物资，支持日本军队对华作战。

这里先要说一下法币的来龙去脉。1935年4月，国民政府宣布实行法币改革，发行国家信用法定货币，取代银本位的银圆，由中央银行、中国银行和交通银行(后加入农民银行)发行钞票，限期收回其他纸币。并规定一切公私款项必须以法币收付，将市面银圆收归国有。法币发行统一了国内货币，把通货发行权控制在政府手里，国内白银等硬货币也因此集中到政府手里，这对抗战时中国的财政维持起到了很大作用。

日本国内资源贫乏，一直受到外贸入超的困扰，陷入对华战争的泥沼后，军费开支过大，外汇资源更加缺少。当时，中国法币仍可在上海租界及香港等地的中外银行买卖外汇，日本需要大量外汇到国际市场购买军用物资，因此伪造法币将成为一种获取战略物资的手段。1938年12月，由日本参谋总长，陆军大臣下达命令，正式落实伪造法币的《对华经济谋略实施计划》，将伪造法币的秘密活动称为"杉工作"，在上海实施伪造法币的秘密机关称为"杉机关"，由参谋本部第八课的冈田芳政兼任机关长。据有关史料统计，"杉机关"在战时印刷和发行的假法币共达40亿元。日军用大量伪币在日占区大量换取法币，然后到上海用法币换取美元、英镑，再到中国以外购买大量战略物资以供侵略中国。这些伪造的法币从日本本土秘密运送到中国上海等地，将真假币混合使用，鱼目混珠，悄悄打入中国金融流通领域抢购物资。其中以上海使用最多。

怎样才能把这些伪造的法币使用出去呢？上海日本宪兵司令部和76号的特务头目们没少动脑筋，其中一个行之有效的办法，就是让日本人与中国人合办公司，在驻地日军的庇护下，进行"特殊贸易"，即利用假钞票高价向国统区购买医药用品和日用工业品，以公司的名义把这些伪造的法币花出去。日本特务机关要李士群物色开公司的中国人。李士群想到了杜月笙在上海的帮派势力，利用他们是再合适不过了。杜月笙的帮派势力有很强的渗透力，触角边及上海的各个角落，由他们出面，不怕这些伪造的法币花不出去。

在李士群的指示下，李士群找到杜月笙在上海的管理工厂和贸易的几个弟子,要求他们和日本人合作开公司,做贸易。杜月笙的这些弟子知道李士群是什么货色,不买他的账。李士群从口袋里掏出杜月笙给自己的金怀表给他们看。"我和你们杜老板不是一般的交情,这金怀表你们可都认得吧。他为什么把这金怀表给我啊,就是叫你们知道,我说的就等于是他说的,你们照办没错!"杜月笙的几个弟子看看李士群的金怀表,是杜月笙的东西没错,可他们还是怕李士群假传圣旨,便派了一个代表跑到香港问杜月笙是什么意思。当时杜月笙正在打麻将,没说话,就是点了点头,默许了这件事情,叫弟子帮李士群的忙。派去的代表回上海传达了杜月笙的意思,几个弟子听了,就照杜老板的意思办吧。没多久,就和日本人一起开办了华新、民华、诚达等贸易公司,为虎作伥帮助日本人使用伪造的法币。除了直接使用伪造的法币外,他们还以每百元假钞换法币60元的代价,卖给钱摊、不法商人进入内地使用,以假乱真,疯狂地在国统区抢购物资,增加大后方的法币流通量,造成法币的膨胀压力,扰乱法币市场和破坏法币信用,以制造混乱。

这个过程长达几年,一直持续到日本宣布战败投降。李士群为他的日本主子是出了大力的,尽了犬马之劳。这些由日本人操控的贸易公司在中国兴风作浪,把金融秩序搞得乌烟瘴气,真正为此付出代价的是普通老百姓,他们在精神上受到奴役的同时,经济上还要受到层层盘剥。

血搏

血溅报馆

1939年5月底，汪精卫悄悄回到了上海，但还是走漏了风声，上海的各大报纸纷纷登载汪精卫到达上海的消息，纷纷揭露汪精卫卖国贼的丑恶嘴脸。

上海沦陷以后，日本加强了对新闻的检查和控制。日本检查的范围是中国人在租界里办的华文报纸，而外国人办的报纸可以不接受日本人检查，这里就有了一个空子可钻。因为有了这个空当，利用外国租界的中立政策，外国人的新闻自由政策，在夹缝中，上海的抗日爱国力量打开了一条渠道，就是办报纸，宣传爱国抗日。

1938年1月，《每日译报》出版，这是一份由中国共产党领导，以英商名义出版的报刊，利用租界的特殊条件，摆脱了日伪的新闻检查，向读者宣传爱国抗日的主张。几天以后，以抗日救亡为主旨的英商报纸《文汇报》出版。再接着，《申报》以美商哥伦比亚出版公司名义复刊出版，一再强调"主和即汉奸"、"媾和即灭亡"的抗日观点。许多进步团体和爱国抗日人士纷纷利用外国租界的特殊地位，以公司和企业的名义创办报纸，宣传抗日主张，揭露汉奸们的卖国行径，这在当时形成了一种十分独特的沦陷区文化现象。大批的进步文化人士聚集在上海，通过报纸进行抗日宣传，扩大了他们的影响。在上海的外国租界，出版了许多在国内颇有影响的报纸。除了上面提到的报纸外，还有《中美日报》、《大晚报》、《大美晚报》、《中央日报》等等。同时，由国民党派驻在租界的特工也通过各种渠道与各报保持着密切的联系，提供各种收集到的抗日消息，通过报纸宣传为抗日工作扩大影响。

这些报纸上的抗日报道如针芒在刺，让上海宪兵司令部和"重光堂"办事处的日本特务还有76号的特务们惶惶不可终日，这些报纸成了他们的眼中钉。

这天上午，76号出去收集报纸的几个特务回来了，他们每人手里都有几份当天出版的新报纸。很快，这些新报纸就出现在李士群和丁默村的办公桌上。

报纸上的那些醒目的标题，像一把把尖刀刺痛着李士群和丁默村的眼睛：

《大汉奸汪精卫秘密潜回上海，准备主持伪政权》
《76号特务为虎作伥残害抗日同胞》
《日军秘密从上海调出棉纱支援前线》
…………

李士群和丁默村的脸色气得铁青，李士群一扬手，把桌子的报纸一下子都划拉到了地上，空气仿佛都凝固了，只听到两个人"呼哧、呼哧"喘气的声音。

就在这个时候，电话响了。李士群和丁默村犹豫了一下，最后，还是李士群伸手拿起了话筒。电话是日本宪兵司令部的大佐山木次郎打来的，丁默村离电话挺远，都能听到了山木次郎的咆哮声："看到今天的报纸没有？你们都干什么了？混蛋，再这样下去，76号通通给我滚蛋！……"山木次郎大骂了足足有十分钟才气哼哼地把电话摔了。李士群和丁默村像个孙子似的，大气不敢出，直到山木次郎把电话挂断，两个人这才擦擦脸上的冷汗。

李士群和丁默村互相看了一眼，几乎是同时喊出了一个字"杀"！

先从哪里开刀呢？

他们把这些宣传抗日主张的报纸排了一下队，名气太大的不宜动手，害怕"吃不了兜着走"名气太小的动手后影响力又小，不符合他们杀一儆百的初衷。最好找既有一定影响力，名气又不是很大的报纸动手，给他们点颜色看看。李士群和丁默村初步商议出了一个意见，就交给下面的小特务去办了。

不久，一份拟好的名单放到了丁默村和李士群的面前，这是一份暗杀报界人士的黑名单。名单上的人都是当时在上海比较知名的新闻记者。丁默村和李士群两个人头挨着头，一起研究这份名单，最后被两个人通过的记者的名字下李士群都用红笔打了一个大大的红钩，那就意味着死亡。"我倒是要看看，到底是你们的笔头子硬，还是我的枪杆子硬！"李士群恶狠狠地说，一使劲，把手里的红铅笔都戳断了。

这份新闻记者黑名单被丁默村和李士群两人签署通过后，很快就在上海的新闻界刮起了血雨腥风。他们首先瞄准的是那些与军统局保持千丝万缕联系的报社和新闻记者。他们的意图也十分明白，就是给军统局一点颜色瞧瞧。

1939年6月，正值上海的黄梅天。这天早晨，天空淅淅沥沥下起了小雨，一直没停，到处都是湿漉漉的，让人心烦意乱。

将近七点钟的时候，从一条弄堂里走出来一个眉清目秀的小伙子，文质彬彬的，戴着一副金丝眼镜，手里拎着一只黑色的牛皮公文包。他走到弄堂口，在一个卖早点的小摊前停了下来，从口袋里摸出几张零钞票。卖早点的小贩都认识他，知道他是《大晚报》的记者，叫王显文。每天早晨他都会准时出现在小摊前，买一碗米粥，两个包子。吃完后，就会叫上一辆黄包车，上班去了。今天早晨，王显文又准时来了，还是买一碗米粥，两个包子，坐到了摆在路边的小桌子边上，低头喝米粥。谁也没注意到，一个穿黑衣黑裤的男子骑着自行车从远处过来，走到王显文的身后，什么也没说，从口袋里掏出手枪，朝他的后脑勺一连开了三枪，然后扬长而去。

在场的人全都惊呆了！

不知道杀手是谁，不知道为什么杀人。

王显文的头歪倒在小桌子上，头上流出的血和碗里的米粥混到了一起，从小桌子上往地下滴答……

最近接二连三发生暗杀事件，几乎每天都有人倒在街头小巷，惨死在血泊中。市民谈论的话题，就是这些死者的神秘身份和刺客的指使者是谁？他们为什么被杀，杀手为什么要杀人？

这些事情很快就在报纸上被披露出来。

通过新闻报道，市民们知道了被暗杀的往往是军统潜伏特工，有的是中共地下党员,还有进步的新闻工作者。而实施暗杀的人,是上海最为猖獗的特工组织——76号的特务们。这些真相的披露得益于那些坚持真理,无畏邪恶的新闻记者。

就在王显文被暗杀的同一天,《大美晚报》副刊编辑朱惺公像往常一样走进了《大美晚报》馆。他一进报馆的大门,就觉得今天报馆里的气氛不大对头,大家交头接耳在小声议论着什么。人们窃窃私语,脸色惊恐。"你们这是怎么了?"他拉住一个记者问。那个记者也不答话,把手里的一张纸塞到了他的手里。

这其实是一封信,是一封恐吓信。信中说:"近来发现你报馆大肆宣扬抗日救国,有和共匪与国民党串通之嫌疑。命令你们立即改变态度,改邪归正。如果执迷不悟,继续发表不当之言论,有反汪拥共拥蒋,反对和平建设新上海的报道,就是共党之爪牙,国民党之信徒,就是企图颠覆本党及危害国家,绝不再作任何警告和通知,即派员执行死刑。"落款是:中国国民党铲共救国特工总指挥部。难怪报馆里的人惊恐万分。这不是吓唬吓唬,而是真的实行暗杀。

自从汪精卫到达上海后,就一直在积极筹组伪国民政府,同时推行所谓的"和平运动"。他的卖国投敌活动,受到上海舆论界的一致谴责,许多报纸不遗余力地揭露汪精卫的卖国贼嘴脸,使他狼狈不堪。《大美晚报》就是其中之一,它不仅把矛头对准汪精卫、周佛海、丁默村、李士群这些公开投敌的汉奸,还在报纸上连载《汉奸史话》,把参加汪伪组织的一些所谓名流骂得体无完肤。丁默村、李士群对《大美晚报》恨之入骨,所以才发出恐吓信进行警告。

为了对付进步舆论,在汪精卫的精心部署下,他们也办起了《中华日报》,充当起汪精卫阵营的喉舌。还有一批汉奸亲日派也办报纸,宣传日中亲善,为侵略者唱赞歌。在恐吓和利诱下,也有一些新闻从业者投入到了汪伪政权,76号把他们安插在新办的各报馆之中,让这些人成立新闻小组,收集新闻动态,凡是和他们唱反调的报馆就会受到疯狂的报复。

投出恐吓信以后,李士群以为已经把进步报馆摆平了,以后不会发生叫76号难堪的事了,丁默村不这么认为。他是国民党老牌特务,深知那些新闻业者都是硬骨头。送几封恐吓信解决不了大问题。李士群还不信,当即叫小特务拿来一张当天的《大美晚报》。一翻开报纸,李士群的鼻子都气歪了,报纸赫然印着大字标题《汪派投函,恐吓报馆》,李士群万万没想到,《大美晚报》会和自己对着干,不但没有在恐吓面前退缩,还将恐吓信刊登在报纸上,公之于众。他把拳头狠狠地砸在了报纸上。

时间仅仅隔了一天,《大美晚报》又在报纸上转载重庆消息,刊登题为《汪精卫在东京签卖国协定》一文,把汪精卫"和平运动"背后的卖国阴谋彻底抖落了出来。这好像是投下了一颗炸弹,对汪精卫这群投降派的杀伤力有多大可想而知。

76号安插在报界的特务向李士群和丁默村报告,主使《大美晚报》这样做的,主要就是副刊主编朱惺公,他一直和伪政权作对。丁默村和李士群看了这份情报后,觉得必须要杀一儆百,不然这股反日反汪的浪潮掀起来的话,他们没法和日本人交代,自己的地位恐怕也保不住了。

这天晚上,76号派出了三十多个特务直扑《大美晚报》报馆。看门的门房一见事情不好,从门卫室里走出来,想把大门关闭反锁,没想到走在前面的特务一脚把大门踹开,用手里的匕首抵住门房的脖子,恶狠狠地问:"朱惺公在哪里?"门房看到来者不善,摇头说:"我就是一个看大门的,不知道你说的人是谁?"特务气得踹了门房几脚,后面的特务冲进了报馆,看到人就打,见到东西就砸,十分疯狂。他们得到的情报是朱惺公一般晚上都会在报馆加班,加上晚上来不太惹人注意,所以才决定晚上行动。没想到,那天晚上正好有一个朋友来找朱惺公出去喝酒,所以没找到朱惺公。这帮特务一不做二不休,把办公室里的东西砸完后,又跑到报馆的排字车间,捣毁了里面的排字架。正在上夜班排字的几个工人见状急忙上前阻拦,惹恼了恼羞成怒的特务,其中领头的掏出手枪,喊着:"今天找不到朱惺公,就找一个垫背的!"连开数枪,打中了两个工人,一死一伤,剩下的几个排字工哪里还敢反抗,蹲在地上不敢动弹,任凭特务们把排字车间砸得稀巴烂,扬长而去,临走还警告说:"告诉朱惺公,再他妈的不老实,明天就叫他见阎王!"

特务们回到76号,向李士群和丁默村作了汇报。李士群一边听一边点头,说:"这只是个小菜,下次就没这么客气了,直接要朱惺公的命!"李士群以为经过这样的恐吓,《大美晚报》总会老实一些日子。没想到,《大美晚报》根本不买李士群的账,自己的排字车间被捣毁了,他们借别的报馆的排字车间,继续出版了第二天的报纸,头版就是拳头大小的标题《血洗报馆绝没好下场恐吓暗杀吓不退抗日志士》,全部版面都是抨击76号暗杀暴行,揭露汪精卫卖国行为。更叫李士群和丁默村恐慌的是,这次暴行非但没有把各家报馆恐吓住,反倒激起更强烈的反抗,多家报纸一致对76号口诛笔伐,让他们如坐针毡,惴惴不安。后来又发生了一件叫汪精卫恐慌不安的事情,使李士群和丁默村决定不惜一切代价除掉朱惺公。

这是一件什么事情呢?

原来,汪精卫早年参加革命党时,曾经行刺清朝摄政王未遂,被清朝官府捉拿。汪精卫在监狱里为了表达自己的革命意志。写下了绝命书《狱中诗》。其中有《引刀成一快》的四首绝句,题为《被逮口占》。诗曰:

> 衔石成痴绝,沧波万里愁,孤飞终不倦,羞逐海鸥浮。
> 姹紫嫣红色,从知渲染难;他时好花发,认取血痕斑!
> 慷慨歌燕市,从容作楚囚。引刀成一快,不负少年头!
> 留得心魂在,残躯付劫灰,青磷光不灭,夜夜照燕台。

同时另有一首《秋夜》,是写给陈璧君和胡汉民的,诗曰:

> 落叶空庭夜籁微,故人梦里两依依,
> 风萧易水今犹昨,魂度枫林是也非;
> 入地相逢虽不愧,擘山无路欲何归?
> 记从共洒新亭泪,忍使啼痕又满衣!

又有《狱中杂感》诗曰:

> 西风庭院夜深沉,彻耳秋声感不禁;
> 伏枥骅骝千里志,经霜乔木百年心。
> 南冠未改支离态,画角中含激楚音;
> 多谢青磷慰岑寂,残宵犹自伴苦吟。

汪精卫的这些在监狱中写的诗在社会上引起很大的反响，他被人称作"革命少年"。在绝命诗中，汪精卫写下了"慷慨歌燕士，从容作楚囚"的诗句，感动过许多人，认为他是一个坚定的革命者，是杀身成仁的义士。汪精卫也很为自己的行为自豪，经常拿出来做吹嘘的本钱。

《大美晚报》发生血案之后，朱惺公辗转反侧，一定要找出最犀利的手段反击汪精卫。于是，他就想到了汪精卫当年写的绝命书《狱中诗》。朱惺公按照汪精卫绝命书的原样，写了一篇《改汪精卫〈狱中诗〉》，把其中的"慷慨歌燕士，从容作楚囚"改写成"当时慷慨歌燕市，曾羡从容作楚囚。恨未引刀成一快，终惭不负少年头。"在文章的后面还加了注释，揭露汪精卫怎么从一个革命者堕落成了头号卖国贼。把汪精卫大汉奸的嘴脸暴露在光天化日之下。

这简直是投下了一颗震撼弹！

这张《大美晚报》一上市就被市民抢购一空，争相传阅。一时间，大街小巷都是谈论《改汪精卫〈狱中诗〉》之声，大骂汪精卫卖国无耻。

汪精卫犹如火烧屁股再也坐不住了，在他看来，这首诗对他的讽刺和揭露，不比真枪实弹的暗杀对他的伤害小。舆论使他无地自容，如果这样的事情都摆不平的话，将来他是无法维持伪政权的，日本主子也会对他的能力产生怀疑。汪精卫立刻把李士群和丁默村叫到自己的寓所，声嘶力竭命令他们火速稽查，从严惩办。

回到76号，李士群的脸色铁青，问丁默村："丁主任你看怎么办？"丁默村没说话，只是用红铅笔写了一个大大的"杀"字。他们明白，对朱惺公这样坚定的反汪抗日的义士，除了让他永远消失外没有别的好办法。

有了上次捣毁报馆的教训，李士群和丁默村决定这次不在报馆动手，改在报馆外面。但是，为了达到杀一儆百的效果，暗杀朱惺公的地方离报馆又不能太远。为了暗杀朱惺公，他们精心挑选了三个特务来执行任务，组长叫黄保平。

1939年8月30日，连续数日的高温天气把上海变成了一个大蒸笼，到处飘荡着滚烫的热气，几乎使人喘不过气来。傍晚，三个车夫拉着三辆黄包车来到离《大美晚报》报馆不远的一个十字路口，黄包车停了下来。黄包车上的三个特务下了车,成三角形分开,他们的眼睛全部盯向《大美晚报》报馆的门口。

5点多钟的时候是下班时间,朱惺公像平时一样走出了报馆的大门。他并不知道,前面不远的十字路口,76号的特务正在准备暗杀他。

朱惺公左手提着一只公文包,右手拿着几张报纸,向十字路口走来。来到十字路口,他发现有三个人向自己靠拢过来,觉得有点不对头,本想快步离开,发现前面的路已经被挡住了。黄保平用手枪指着他的脑袋说:"现在回头还来得及,只要你保证不再发表反汪言论,不和我们作对,今天就可以放你一马!"朱惺公大声说:"你们当卖国贼的鹰犬,还好意思把这猪狗不如的话说出来,真是不要脸到了极点!我长这张嘴就是骂汪精卫卖国贼的!"朱惺公没有一点惧色,从容淡定,叫三个特务大吃一惊,没想到朱惺公的骨头会这么硬。他们害怕夜长梦多,黄保平随即扣动了手枪的扳机。朱惺公仰面朝天倒在街头,倒在血泊中。当时他只有39岁。

之前被暗杀的王显文是军统局上海外围地下抗日组织的成员,曾经为军统局提供过有价值的情报,他的被杀让军统局潜伏在上海的特工十分恼火,决定要以血还血。朱惺公是一位爱国抗日的义士,在社会上影响很大,也曾经给军统局潜伏特工提供过帮助,他的死激起了军统局上海站头目的极大愤怒,决定立即对76号展开报复。另外一个原因就是从河内来的暗杀行动小组一直暗杀汪精卫没有成功,叫戴笠感到很恼火,决定暗杀行动小组与上海潜伏的特工一起组成新的锄奸行动队对大汉奸和特务实施暗杀,叫他们知道知道军统局不是好惹的。

汪精卫到达上海不久,为了与反对自己的部分新闻媒体相对抗,他召集了一些汉奸文人创办报纸,为自己摇旗呐喊,像《国民新闻》等报刊就是在这个时期出版的。

朱惺公遇刺后,军统局上海站领导召开了紧急会议研究对策,商量对付76号的办法。最后,做出了决定:马上组织力量,对汪精卫手下的汉奸文人进行暗杀,对76号派出的暗杀王显文、朱惺公的特务进行报复。要求是更准、更狠!

汪精卫在他的贴身秘书曾仲鸣被暗杀以后,很快又找到了一个秘书,这个人叫刘呐鸥,也是一个铁杆汉奸。汪精卫召见刘呐鸥的时候说:"你给

血搏

我当秘书可是有风险的,曾仲鸣被暗杀你是知道的,跟我做事虽然不能说是刀口舔血,但确实很冒险。你要有充分的心理准备。当然,我也不会亏待你,在薪水和待遇方面,一定叫你满意的!"刘呐鸥想,看现在这阵势,中国就是日本人的天下了,汪精卫成立新的国民政府,就是一号人物,跟着他做事是不会吃亏的,高官厚禄是少不了的,有人骂卖国贼又能怎样,老子还不是吃香的喝辣的,享受一天是一天。想到这里,他对汪精卫说:"您就放心好了,我选定了跟您的这条路,就没想回头!"

汪精卫听了非常高兴,当即决定把他留在自己的身边。

接受了曾仲鸣被暗杀的教训,刘呐鸥深居简出,每次不管是陪伴汪精卫活动还是自己活动,都是小心翼翼,不敢有半点马虎大意。他知道自己这是每天提着脑袋做事,大意失荆州,不敢拿自己的命开玩笑。所以到上海以后,也倒平安无事,连他自己也很得意,有的时候自吹自擂起来:"军统有什么了不起,他们能把老子怎么样,一群饭桶!"他不知道,危险已经在悄悄降临到了他的头上。

军统局为了打击汉奸特务的嚣张气焰,授权军统局上海区可以根据形势需要随时除掉那些与军统为敌的汉奸、特务、日本军警人员。为此,军统局上海区特意拟订了一个暗杀目标的标准。具体内容是:

一、以着军服的日本军人为格杀对象,无论其阶级高低,官职大小,遇见就杀。

二、必须在日军管辖区或占领区执行,除越界筑路地带外,不许在两租界(法租界和英租界)有所行动。

三、预估行动后的正面影响,以及可能产生的反作用;例如对肇事地区一般居民的危害。

制订这样的标准对具体执行时,执行特工比较好把握,不至于轻举妄动,而且牺牲小、威力大、影响广。

军统局上海区为暗杀刘呐鸥组织了一个三人暗杀小组。小组长是一个叫王勃的人,他是军统局潜伏在上海的一个老特工,四十五六岁了,这个年纪在这个行当里就是"老人"了,之所以没把他从上海撤走,军统局看中的就是他丰富的地下斗争经验。

王勃给三个人做了分工,第一步就是摸清刘呐鸥的活动规律,在合适的地方下手。上级不能无限期的等待，必须最近动手，以打击76号的嚣张气焰。侦察了两天，发现很难找到机会，因为刘呐鸥只要出来活动，最少有四个保镖跟着他，其中两个一直不离他的左右。这是汪精卫下的死命令，别看刘呐鸥只是个秘书，可如果出了意外汪精卫就太没面子了，连身边的秘书都保护不了，他这个大汉奸还能保护谁？所以，对刘呐鸥的安全工作汪精卫是很上心的。刘呐鸥也很知趣，一般的时候很少出来活动，所以要找到机会暗杀他确实很难。

工夫不负有心人，王勃他们终于找到了一个机会。

刘呐鸥母亲要做七十大寿，决定在万豪酒店举办寿筵。这个敏感的时候，老太太为什么要这么大露风头呢？因为儿子当汉奸，周围的冷眼太多，老太太要举办寿筵给这些人看看，儿子给自己带来多大的风光，也是显摆显摆。刘呐鸥开始不太同意，后来一想我投靠汪精卫为什么啊？不就是为光宗耀祖吗？现在天天不敢出去算是怎么回事啊？好歹也得适当露露脸，叫人看看我刘呐鸥不是孬种！再说了，又有76号保航护驾，我怕什么啊？这么一想，胆子可就大了，决定大摆寿筵风光一回。当然，出席寿筵的人也是精心挑选的，人不能太多，太多了容易出乱子，不利于安全；也不能太少，太少了怕冷场叫人笑话。再说，刘呐鸥还想借这个机会捞点钱财。出于多种考虑，就把这件事情定下来了。

当天上午，76号的特务就到万豪酒店把准备办寿筵的餐厅检查了一个遍，派人守着，闲人免进。到晚上来参加寿筵的人都有专门印制的请柬，还要进行检查，就怕军统特工混进来。王勃他们开始是准备进到餐厅里暗杀刘呐鸥的，后来发现不行，根本进不去，决定在酒店外面动手。制订了两个方案，一个是寿筵开始前，刘呐鸥从汽车上下来往酒店里走的时候动手，一个是寿筵结束，刘呐鸥从酒店出来的时候动手。但都有一个问题，三四个保镖围着他，怎么确保一定能把刘呐鸥击毙。王勃准备了一个出人意料的暗杀方案，用手榴弹炸。王勃这个人有一个绝活，就是投掷手榴弹特别准，他投掷的手榴弹好像长了眼睛一样，基本是指哪里投掷到哪里。他用的手榴弹也不是普通的手榴弹，是美国制造的一种爆破力惊人的专用手雷，爆炸中心六七米范围内很难有活着的。

一切准备停当，就等刘呐鸥露面了。

晚上七点多钟，万豪酒店门前已经是车水马龙，热闹非凡。不少达官贵人、社会名流纷纷到场，给刘呐鸥捧场。先到的人们陆陆续续走进了酒店。刘呐鸥的母亲也到了，可刘呐鸥一直没露面。

隐蔽在马路对面一家杂货铺的王勃很是焦急，生怕刘呐鸥临时变卦不来了。而真像王勃想的那样，刘呐鸥的确是很犹豫。到底来还是不来，左右摇摆拿不定主意。后来他自己想了一个办法，让老天爷决定他到底参加还是不参加母亲的寿宴。这是个什么办法呢？说出来都很可笑，就是拿了一副扑克牌，自己动手抽牌。如果抽出来的是红桃或者红方，那就是可以去，红色表示喜庆顺利，如果抽到的是红桃或者红方，而且还是双数，就是大吉大利，一定要去，反过来，如果抽到了是黑桃或者梅花，那就是不祥之兆，无论如何今天是不能出门的。这不过是一种心理作用自己安慰自己吧。可刘呐鸥还是决定赌一把。其实他内心深处想的是，铺张了这么大的排场，自己如果不到场给母亲拜寿，那得叫别人笑掉大牙啊！这个时候，他真是有点后悔自己当初的冲动，怎么就答应了母亲的要求，和脸面比起来，保命更要紧啊！可事已如此，只能硬着头皮硬撑了。真应了那句老话"瘦驴拉硬屎"。

刘呐鸥拿出一副扑克牌，洗了几遍，把扑克牌放到桌子上，然后伸手抽出一张扑克牌来，不知为什么，手都有点哆嗦。他把抽出来的扑克牌慢慢地翻过来，两只眼睛瞪得像铜铃一般。

是一张红桃十。

红色是喜庆顺利，十又代表十全十美，这下仿佛给刘呐鸥吃了定心丸，不再犹豫了，决定去参加母亲的寿宴。为了保险，还是把几个保镖叫来，又仔细安排了一番，这才叫轿车开出大门。

两辆轿车开到了万豪酒店门前，前一辆车下来两个保镖，向周围看看，观察一下周围是不是安全，然后走到后一辆轿车旁边打开车门。刘呐鸥一下车，立刻被三四个保镖包在中间，如果有人开枪只能打着周围的保镖，很难伤害到刘呐鸥。保镖想这样包裹着刘呐鸥一直走进酒店，只要进了酒店就安全了。可这次他们的算盘打错了。

王勃看到刘呐鸥下了车，随即就被保镖们围了中间，快步向酒店大门走去。他毫不犹豫，马上投出第一颗手雷后，跟着以迅雷不及掩耳的速度又投出了第二颗手雷。

"轰""轰"接连两声爆炸,现场血肉横飞。

酒店内外顿时乱成一片,人们争相逃命,现场一派狼藉。尽管事先做了周密的保安措施,特务们主要防备的是有人用枪暗杀,没想到会用爆炸力巨大的手雷。

混乱的现场给了王勃撤退的时间。王勃迅速钻进停在一边的汽车飞驰而去,转眼就消失得无影无踪。

汪精卫听到刘呐鸥的死讯,半天没说出话来,人好像傻了一样……

与此同时,军统局上海站派出的另一暗杀行动组也传来捷报,由汪精卫扶持的《国民新闻》报主编穆时英也被暗杀了。

军统局上海站为了暗杀穆时英,特派一个特工到穆时英任职的《国民新闻》报馆当一名勤杂工,时刻观察穆时英的动静,准备动手。穆时英平时也是小心翼翼的,办公桌的抽屉里就放着手枪,没他的允许,任何人不能进他的办公室。出门的时候,也会跟着两个保镖,防止有人暗杀。即使这样,穆时英也没逃脱被暗杀的命运。这天上午,穆时英上卫生间,前脚进去,后脚那个勤杂工提着水桶进来了,水桶里是脏水,看样子好像是要倒掉,穆时英也没在意。没想到勤杂工走到他身边的时候,伸手从水桶里的脏水里捞出一把锋利的匕首,没等穆时英反应过来,那把匕首就插进了穆时英的心窝,他叫都没叫一声就倒下了。勤杂工从容不迫,把沾着血迹的匕首又扔进了脏水桶里,大摇大摆地走出了卫生间。等到穆时英的保镖发现他死在卫生间里的时候,暗杀穆时英的特工早就不知去向了。

暗杀刘呐鸥和穆时英的行动,叫76号的特务们心惊胆战,他们知道军统局潜伏在上海的特工不是好惹的。

事情并没有结束。

暗杀朱惺公的76号特务黄保平整天提心吊胆,尤其是刘呐鸥和穆时英被杀之后,一想起军统局潜伏特工的报复,他的后脊梁骨就往外冒冷气。他和另外两个参与暗杀朱惺公的小特务时不时地犯嘀咕:军统局特工不会找到我们吧?因为害怕,他们三个人外出总会在一起,生怕被军统局的特工打了黑枪。

这天,一个小特务的姐姐忽然来电话,说他父亲有病了,叫他赶紧回去看看。当时恰巧黄保平不在,小特务就和小队长请了假,回家了。黄保平回来后听说这件事,有点不放心,就给小特务家打电话,问他回去了没有。电话是他姐姐接的,然后招呼小特务接电话,小特务说:"我爸爸心脏病犯了,急需上医院,你能不能找辆车过来,再找个人帮忙……"黄保平满口答应,就叫和他一起执行暗杀朱惺公任务的另外一个小特务一起走,从76号开出来一辆小汽车,向小特务家里开去。

小特务的家住在一个巷子里,巷子很窄,汽车开进去调不过头来。黄保平把汽车开进巷子的时候没多想什么,进到一半了,他感觉有点不对,急忙把车停下来,想把汽车倒回去,就在这时,从旁边的一个院子里冲出几个人来,什么也没说,举起手里的枪就是一阵乱射,把黄保平和另外一个小特务打成了马蜂窝。然后,他们撤回院子,从后门溜之大吉。

被骗回家的小特务算是保住了一条命,可两个耳朵全被割掉了。割他耳朵的军统局特工叫他给李士群和丁默村捎回来一句话:杀我一个,我杀你们俩!

活着回来的小特务说什么也不在76号干了,害怕报复,跑到了苏北乡下躲了起来。

李士群和丁默村也有点害怕,小特务的逃跑还是有影响的,动摇了军心,特别对这些乌合之众来说,保命是第一位的。这样,对新闻人士的暗杀活动才有所收敛。

出师未捷

1939年8月28日,汪精卫召集的所谓"中国国民党第六次全国代表大会",在上海极司菲尔路76号召开,汪伪特工们簇拥着汪精卫粉墨登场。汪精卫彻底撕下了所谓"和平运动"的遮羞布,变本加厉地利用特务机关镇压抗日群众。

面对汪精卫的疯狂挑衅,重庆的国民政府也悬赏十万元,命令潜伏在上海的特工缉拿汪精卫归案伏法。对于重庆特工的暗杀,汪精卫早有准备。他也接受了河内遭暗杀和刘呐鸥被暗杀的教训,对自己的保卫工作做得相当细致,几乎找不出什么漏洞来。汪精卫一到上海,就被76号的特务们严密保护起来,居住在上海愚园路的一套花园洋房里,四周三步一岗,五步一哨,守卫森严。汪精卫深居简出,不轻易露面,军统特工很难对他实施暗杀。上次派到上海暗杀汪精卫行动组因为一直找不到对汪精卫下手的机会,让戴笠十分不满,他重新部署暗杀力量,要和76号决一死战。双方的厮杀日益猛烈,一连串疯狂的暗杀和报复像风暴一样席卷上海滩。

1939年8月,军统上海站得到情报,汪精卫要在上海召开所谓的"国民党六大",并将亲自出席,戴笠觉得暗杀汪精卫的机会来了。于是下达命令,叫暗杀行动组准备行动。

因为要在76号召开所谓的"国民党第六次全国代表大会",这对叛国投敌的汉奸们来说是头等大事,不敢怠慢。76号里一片忙碌,李士群和丁默村仔细检查每一处防卫设施。他们认为,能接到这样一个重要任务,是日本特务机关对自己工作的认可,把伪国民党第六次全国代表大会放在

76号召开,说明汪精卫对76号的肯定,将来成立了伪国民政府,他们都有高升的希望,会获得更高的职务。所以保护好即将召开的"国民党六大",对76号来说是非常重要的事情,不能出半点纰漏。本来日本在上海是有驻军的,力量庞大,在日本人指定的地方召开"国民党六大",安全会更有保障,日本宪兵队司令部的头目和汪精卫说:"到日军驻地开会比在外面安全得多,你为什么舍近求远呢?"其实,日本人不了解汪精卫的想法。汪精卫带领一伙汉奸跑到上海搞伪政府,本来就不光彩,反对的舆论铺天盖地,如果连开个会都要由日本军队、日本宪兵、日本特务保护的话,汪精卫太没面子了,日后汪精卫在国人面前就更抬不起头了。这对他的声誉,对他的权威性,对他伤害太大了。召开这次大会,目的就是要为自己的汉奸身份正名,联合"各党各派"的汉奸,组织所谓的"中央政治会议",进而还都南京,成立伪政府。所以汪精卫决定,伪国民党六大不在日本人的保护下召开,这是他最后的一块遮羞布。

这个情报传到重庆军统局本部后,戴笠连说了三个"好"字,他是什么意思呢?对军统来说这次机会实在难得,不但可以暗杀汪精卫,也可以除掉另外一些像周佛海这样的大汉奸。平时很难把这些大汉奸集合到一起,现在有这样好的机会,怎么能轻易放过呢?可是,有了前几次的教训,戴笠心里也有点打鼓:如果再次错失了机会怎么办?不好向蒋介石交代啊!这次一定要找一个有绝对把握的杀手来完成这个艰巨的任务。

找谁呢?

戴笠绞尽脑汁,像过电影似的把军统局有名的杀手在脑子里过了一遍,最后定格在一个人身上,他叫詹森。

詹森是谁?在军统局本部知道这个人的很少。詹森这个名字其实只是他的代号,他原名尹懋萱,是军统杀手中非常出色的一个,很受戴笠的器重。在军统系统,重要的杀手都是由戴笠自己亲自掌握的。这些人的出身是什么,有什么背景,做过哪些事情,旁人一概不知,只有戴笠和局级领导几个人知道。这些重要的杀手在军统局都是独往独来,不和其他人打交道,他们的底细也很少被军统局其他特工了解,他们藏在神秘的面纱后面,很难叫人识破他们的真面目,关键的时候,这些杀手就是戴笠的撒手锏。这次暗杀汪精卫为什么要派詹森呢?戴笠是经过深思熟虑的。

李士群和丁默村都是国民党情报系统的变节人员，他们长年工作在国民党的情报系统，对情报系统人员是非常熟悉的，重要的特工他们大部分都认识。如果这时候派出一个他们认识的特工去执行暗杀汪精卫的任务，很容易暴露。只有找一个他们不认识的人来执行暗杀任务，成功的可能性才会大一些。而詹森正是这样一个特工。他执行任务都是直接接受戴笠的指示，独来独往，不和任何人配合，也没人做接应，军统特工中几乎就没什么人认识他。甚至在军统局的特工保密档案里找到他的档案只有两页，而且上面还没有照片。可谓"不识庐山真面目"，十分神秘，如果戴笠自己不说，就没人知道他的来龙去脉。

　　戴笠秘密接见了詹森，交代他暗杀的主要目标就是汪精卫。戴笠说："活动经费满足你的一切需要，不杀了汪精卫，你就不要回来！"詹森非常有信心地说："局座请放心，我一定提着汪精卫的脑袋来见您！"对于詹森个人的本事戴笠是很了解的，也知道这是一个能成大事的人，不然也不会找他来做这件事。可戴笠还是不放心，嘱咐詹森说："现在的李士群和丁默村也不是过去的李士群和丁默村了，他们已经羽翼丰满，兵强马壮了。现在杀汪精卫比在河内时更难了。他们把在我们这里学到的本事全拿了出来对付我们潜伏在上海的特工，我们军统局是自己给自己培养对手啊！"说到这里，戴笠感慨万分，后悔自己当初没把李士群和丁默村收拾了，责怪自己还是不够心狠手辣。"你一定不要辜负了我的期望，"戴笠拍拍詹森的肩膀，又说，"你不是一直想独当一面吗？这次暗杀汪精卫成功以后，我就安排你到山西当情报站站长。"詹森听了，立刻站起来，给戴笠打了一个敬礼："谢谢局座栽培！"戴笠叫他坐下，把注意事项又一一向他交代。这天的晚饭是戴笠请詹森吃的，这在军统局里对一个特工来说是莫大的荣誉。

　　詹森独自来到了上海。

　　军统局上海站和潜伏在上海的特工没有谁知道戴笠派这样一个杀手过来。

　　詹森到了上海后，先在大华旅馆住了几天，然后自己找了三个住的地方：一个是小巷子里的普通民宅，一个是霞飞路上的一套高级公寓，还有一套是楼房。"狡兔三窟"是詹森信奉的理念，无论在哪里执行任务他都这样做，从来不在一个地方住上两天，这是他坚持的一条守则。至于能栖身

血搏

的酒店、旅馆他也同样找好了三处，不管执行什么任务，詹森都先做最坏的打算。这是他从来没有失手的原因之一，也是戴笠欣赏他的地方。

一切安排妥当，詹森来到极司菲尔路的76号先做外围侦察。

詹森见到的果然是像戴笠说的那样，李士群和丁默村把他们在国民党当特工时学到的那一套全搬出来使用了。他们把76号东边一条里弄的住户全部迁了出去，霸占了里弄内的二十余幢二层楼的小洋房。詹森看到在里弄两头开了几家小杂货铺，悬挂着不同的招牌。有卖五金的、有卖日用品的、有卖包子、有剪裁做衣服的……詹森走进了一家五金铺。

一跨进这家五金铺，詹森凭自己的直觉就觉得什么地方不对劲。站在柜台里面的售货员是两个凶神恶煞一般的彪形大汉，目光也是恶狠狠的。"买什么东西啊？"口气很硬，不像一般生意人那么和和气气的。"哦。我买只灯泡。"詹森把身子依在柜台上一边说，眼睛一边往柜台里头扫去，没发现有什么异常。一个大汉把一只灯泡递给詹森。他接过灯泡，从口袋里取出零钞给了大汉，然后转身走出五金铺，他感觉身后有一双眼睛在盯着自己。"别回头"，詹森在心里告诫自己。

从这家五金铺出来，詹森穿过里弄，来到了另一头的里弄口，在这里詹森同样看到了还有几家小铺子，他走进了一家卖日用品的小铺子。里面的售货员不出詹森所料也是两个彪形大汉。他们俩上上下下打量着詹森。"先生买什么啊？"一个彪形大汉问。詹森回答："买瓶山西老醋。"詹森一边说一边把自己带来的手提包放到了柜台上，往柜台里面看去。詹森发现里面的小桌子上放着一部黑色电话。詹森心里一动，刚才的五金铺里也有这样一部电话，也是黑色的。电话在20世纪30年代还是个稀罕玩意儿，一般做生意的小铺根本就置办不起，也没多大用，这两个铺子怎么会都安装着电话呢？

詹森忽然明白这电话是干什么用的了，交了买醋的钱，把醋瓶子放到手提包里，詹森急忙走出了铺子。

又走了几步，詹森看到有两个卖香烟的小贩在周围转悠。上海在街头流动卖香烟的小贩一般都是女的，叫卖的声音甜，如果长得再漂亮点，香烟就好卖。而詹森看到的多是五大三粗的汉子，脖子上挎着摆香烟的栏架，怎么看怎么别扭。詹森已经心里有数了，不宜在这里久留，詹森拎着手提包加快脚步离开了。

在军统局的特务训练班接受训练的时候,每个人都会发一本《特工训练手册》里面的内容十分翔实,涉及的内容也很多。其中就有关于机关设哨的内容。在非常重要的机关一般都会设置固定的"外围哨"。这就是詹森看到的那些什么卖五金的、卖日用品的、卖包子、剪裁做衣服的铺子。在"外围哨"的附近,还会有流动"望风哨"。一有什么风吹草动,先是"望风哨"报警,进行拦截,然后是"外围哨"通过电话向机关报警,做好应急准备。同时,"望风哨"和"外围哨"作为战斗的第一梯队投入战斗。詹森侦察到这里,心里禁不住暗暗叫苦:没想到军统局辛辛苦苦培养出来的特务会用军统局教给的本事对付军统局,这叫以牙还牙吧。通过外围的侦察,詹森心里也有了底,外围都这样戒备森严的特务机关,外人想进到里面去无疑是痴人说梦。看来,要想暗杀汪精卫想在76号动手是不可能了。

通过侦察发现根本无法接近76号后,詹森开始想别的办法,就是不能在汪精卫住的地方动手暗杀他,或者在汪精卫来76号的路上暗杀他。汪精卫住在愚园路的一套花园洋房里,院子周围都是高墙,里面有保镖巡逻,墙外也有特务设的岗哨,根本靠近不了。他住的地方离极司菲尔路不远,大概有一公里的路程。当初汪精卫之所以看中这个地方,就是因为它离76号近,万一发生了什么事情可以得到76号的及时救援。詹森开始在这段路上打主意。他发现这段路是两头紧,就是靠近汪精卫的住处特务看得紧,靠近76号的地方特务看得紧,而中间一段比较放松。特别是大约在一里路的距离上有一个拐弯,凸出的那个弯道处对着的是一片院子,进了院子前面是一排平房,后面是一座三层楼,楼的后面有一片小树林,穿过小树林再往前就是一条巷子,巷子里不光房子多,地形也复杂,进了这条巷子就是安全区了,凭詹森的身手,杀完就跑,完全可以在救援的特务们没赶来的时候溜之大吉。只要汪精卫到76号开会经过这里,他的死期就到了。詹森把一切都侦察好了,回到自己在霞飞路上租的那套高级公寓里,取出发报机给戴笠发了一封密电:"准备就绪,等待机会。"

当时因为重庆和上海距离遥远,军统局的特工和军统局的联络只能依靠电报。为了训练高级报务员,军统局在重庆特意举办了报务员培训班,教员都是从美国聘请的报务专家,水平很高。除了教学员学习收发报

血搏

技术，培训班还有一项重要任务，就是培养高级破译密码的专门人才。军统局在这方面的技术当时在世界上也是比较领先的，许多敌方的密电被军统局截获之后，都被他们的密码专家破译了，很叫人佩服。军统局在上海设置的地下电台最多，原因有两个方面，一是安排在上海的潜伏特工多，这些特工分为很多行动小组，彼此之间没有联系，他们和军统局的联络必须靠电台。二是上海是日本侵略华北的军事、政治、经济中心，有许多首脑机关设置在这里，他们与日本国内，与中国各地的联络也主要依靠电台。截获这些电台发出的电报并破译它们有相当高的政治、军事和经济价值。所以军统局设置了一些监听电台在上海。

日本袭击珍珠港之前，曾经给参加袭击的航母舰队发过作战命令，就被军统局的密码破译专家给破译出来了，还通报给了美国最高司令部。可惜，美国人看不起中国的密码专家，认为这些密码专家都是美国人的徒弟，怎么会破译这么重要的密电，所以没当回事。直到大祸临头，被日本人炸得焦头烂额才想起来中国的密码专家破译的绝密情报，把肠子都悔青了。

为了破获军统局设置在上海的地下电台，76号的特务也是使出了许多手段，破获过不少地下电台。但总是抓不尽，打掉一拨又来一拨，和军统局之间展开了拉锯战。原来军统局的报务员和译电员往往是两个人，觉得这样更安全更保密一些。后来发现，这样做其实更容易暴露目标，后来就改为收、发、译由一个人完成。培养的特工也朝这个目标发展，大大降低了地下电台被破获的可能性。詹森就是这方面的高手，这样他在执行特殊任务的时候，就省去了要找报务员发报、收报的麻烦，提高了工作效率。

特工执行任务最难捱的时间是在任务没有执行前的那一段，心里有事总也放不下，坐立不安，胆战心惊，真正到执行任务时反倒很坦然没什么害怕的了。詹森在等待执行任务时也是一样，只不过他的心理素质更好，能沉住气，显得不那么烦躁。他给自己放松的办法就是上歌舞厅听唱歌，看别人跳舞，他自己是绝对不会唱歌跳舞的，作为一个老牌特工，他知道越隐蔽自己越好，隐蔽的方法就是不要在公共场合露面。有的时候，他也会上酒吧喝酒。找一个僻静的角落，要一瓶洋酒，慢慢地喝，也不和其他人说话，坐上一会儿就走。绝对不会把一瓶洋酒都喝完，这是他自己给自己订立的规矩,酒可以喝一点,但绝对不可以多喝,多喝酒就是自己要自己的命。正因为如此,他这些年来都没有出过一点差错,这也是叫戴笠最放心的地方。

戴笠在军统局内规定特务不管职位高低,年纪大小,一律不得纳妾。如有违犯者一律革职查办。据说还真查办了几个特务,后来就没人敢顶风办了,这条规定很为军统局引为骄傲。詹森算是严格执行这条规定的模范。一个人寂寞难耐的时候,他宁可去妓院找妓女,也不找情人,他害怕戴笠查办他。

这天晚上,詹森来到一个叫蔷薇花的酒吧喝酒,还是按老规矩,找了一个僻静的座位坐下,要了一瓶洋酒,慢慢地一个人喝。一边喝酒一边低头想心事,怎么能把戴笠交给自己的任务漂漂亮亮地完成,不辜负戴笠对自己的栽培。这对自己的仕途也是大大有利,可以到山西站当站长。虽然太原那个地方没什么吸引力,可总是独当一面了,有权有势了,有了这个台阶垫底,再往上可就好走了。光想心事去了,没注意什么时候身边来了一个女人,直到一股香水味直冲鼻子,他才看到这个坐在自己身边打扮得十分妖艳的女人。

这个女人叫卢文英,外号"老七",是上海滩著名的交际花。今天晚上,她本来是约好一个轮胎厂的萧老板一起到蔷薇花酒吧喝酒,没想到到了约会时间,萧老板却打电话来告诉她,有生意要谈,走不开。而电话那边却传来女人浪声浪气的声音。"去你妈的,这谈的是什么生意?"卢文英差点就骂出口来,不等萧老板把话说完,就把电话狠狠地摔了。她心里很是郁闷,我老七在上海滩还没有哪个男人不买账,你竟然不给我面子,看我将来怎么收拾你……卢文英感到很失落,要了一瓶洋酒,想找个座位。没想到今天晚上来酒吧喝酒的人很多,没有合适的座位,最后,她看到了坐在角落里的詹森。卢文英走到詹森的对面坐了下来,没想到詹森理都没理她,自己一个人喝酒。卢文英这是头一次不被一个男人正眼瞧,这反倒让她对詹森产生了兴趣。仔细观察詹森,人长得不是很帅,这是军统局挑选特务的一个标准:相貌不能出众,放在人群里不能引人注目,最好看上去没有什么特征,很快就被人忘记的才是最好的特工人选。按照这个标准詹森是完全合格的,所以他在人堆里完全显露不出来。俗话说,人不可貌相,

血搏

海水不可斗量。别看詹森人长得其貌不扬，可他身上有一股杀气，是普通人不具备的，使得他反倒有了一种叫人说不出来的气质，无形中吸引着女人。卢文英正是被詹森这种气质吸引了，感到他与众不同，到底是不同在什么地方，卢文英也说不出来。

詹森开始也没注意到卢文英坐在自己的对面，他光想着执行任务的事了，思想特别集中，周围的动静也就没观察，其实这也是当特工的大忌，任何时候都不能放松警惕。直到有一股特殊的香水味飘过来，詹森才发现自己的对面坐了一位二十四五岁的女人。这女人一下就把詹森给勾住了，杨柳细腰，瓜子脸，细眉毛，杏核眼，水汪汪的好像会说话一样，詹森当时就愣住了，他这微小的反应没躲过卢文英的眼睛，她知道这个男人已经被自己俘虏了。

开始两个人谈话还稍微有一点点拘谨，很快就放开了，几乎是无所不谈了。谈到高兴处，卢文英和詹森说，这个酒吧有一个小舞厅，可不可以请詹森跳个舞。听到这话，詹森一愣。他可是从来不和陌生女人跳舞的，出道以来他一直遵守自己给自己订的纪律，从来没违反过，可今天……卢文英已经拉住了詹森的手，热乎乎的，叫詹森感觉好像有一股电流通过手臂传遍了全身，他身不由己了……

詹森和卢文英一直在酒吧里待到很晚，卢文英又提出叫詹森送自己回家，那狐狸一般的眼神叫詹森无法拒绝。便和卢文英一起走出了蔷薇花酒吧，詹森这是第一次破了自己的规矩。

他们一起来到卢文英住的寓所，是一栋小别墅。詹森和卢文英进了房间后，卢文英请詹森喝茶，在给詹森倒茶的时候，卢文英悄悄把一包春药倒进了茶杯里，她下了决心，今天晚上要把詹森搞定！

卢文英说是要去洗澡，让詹森在客厅里喝茶等他。

一杯茶水下肚，詹森全身都是热烘烘的，要发高烧一样，周身的热血涌上了头顶，内心深处好像有一颗炸弹在爆炸，他需要发泄自己的情欲，已经到了无法控制的地步……

就在这时，卢文英从卫生间里走了出来，身披一条浴巾，走到詹森跟前的时候，身上的浴巾忽然滑落到地上，卢文英赤身裸体地站在詹森的面前，詹森看得眼睛都红了，像一条恶狼一般扑到卢文英的身上，把卢文英按倒在地毯上,自己就骑到卢文英的身上……

　　詹森自己破坏了自己的规矩,和卢文英如胶似漆,很快就打得火热。因为这个,詹森后来付出了惨重的代价。

　　就在詹森和卢文英卿卿我我,花前月下的时候,76号正在紧锣密鼓地筹备召开伪国民党第六次全国代表大会。大会最重要的事情是不能让出席会议的代表出现意外,尤其是汪精卫更不能出半点闪失。这次大会开不成功,76号存在的价值可就大打折扣了,这对李士群和丁默村来说是难得的表现自己的机会,所以对安全保卫工作抓得很紧。

　　有关大会的保卫工作都是李士群和丁默村一起抓,别看两个人平时有矛盾,在这件事情上却是很配合,全力以赴。他们明白,如果出现什么纰漏他们在日本主子面前是交代不过去的,说不定自己的乌纱帽也没了。

　　李士群和丁默村两个人明确分工,李士群负责外围的保卫工作,丁默村负责76号里面的保卫工作,保卫方案制订得非常详细,滴水不漏。李士群原来对汪精卫来76号的这段路并没太在意,觉得不会有什么大事。但是,在接二连三出现军统局特工暗杀76号特务和汉奸的事情后,李士群不敢大意了。他特意顺着汪精卫到76号的必经之路走了一趟,这一走,他发现了问题。就是从汪精卫寓所出来后一里路的地方有一个拐弯,凸出的那个弯道处对着的是一片院子,这里的地形很复杂,院子前面是一排平房,后面是一座三层楼,楼后有一片小树林,可以说杀手进了这片小树林就是安全区了。除了这里,沿路的街道还有一些无法控制的楼房,也是安全隐患。李士群倒抽了一口凉气:如果把汪精卫的车队堵在路上,就很难保证他的安全了。特别是刘呐鸥的被暗杀,给李士群提了个醒,暗杀不一定用枪和刀具,使用专用手雷杀伤力更大,更难防范。想到这里,李士群觉得不能叫汪精卫冒险,必须要想一个两全其美的办法才行。

　　詹森和卢文英打得一片火热,詹森几乎和卢文英一天一见面,到了难舍难离的地步。可他对自己的职业却是守口如瓶,从来没透露过半点风声。期间卢文英也问过詹森,是干什么职业,詹森告诉卢文英说,自己是做棉纱生意的,到上海来就是为了采购棉纱。卢文英也是见过世面的人,对詹森的话自然不会全信。她觉得詹森可能是做两种生意,一种是黑道生意,就是走私鸦片;一种是红道生意,就是往苏北新四军游击区私运禁运物资,当时最紧俏的东西是医药、棉纱和布匹、军工物资。卢文英觉得詹森肯定是做两种生意的,不然的话,他花钱不会像流水一样大方。钱来得容易,才会如此。不过卢文英装作糊涂,不捅破这层窗户纸,她相信詹森总有一天会对自己全盘托出的,卢文英对男人的弱点还是了解得一清二楚的,对自己保守秘密只是暂时的。

1939年8月28日,极司菲尔路76号门口高搭彩牌,为了遮人耳目,还故意做了大大的"寿"字放在大门的两边。不了解情况的人还真以为是大户人家在给老人做寿。可是,奇怪的是76号的大门是关闭的,外面不时有彪形大汉走来走去,和做寿的气氛极不相称,这里面到底在干什么呢?

其实,76号里面正在召开由汪精卫主持的伪国民党第六次全国代表大会。害怕被军统局特工破坏,才故意摆出了这副模样。

这天一早,詹森早早就守候在愚园路汪精卫寓所到极司菲尔路76号之间的那个他事先就踩好的暗杀点。詹森准备好了三支手枪,两只是可以远距离射击的大口径手枪,一支是近距离射击的"掌中雷",还有三颗专门用来暗杀的手雷,这些东西全用上的话,汪精卫是难逃一死的。

詹森一直看着手表,静静地等待着汪精卫的到来。八点钟,汪精卫的车队没有出现,八点十分,还是没有,八点二十还没动静,八点半,汪精卫的车队没有露面,而按照计划,伪国民第六次代表大会应该开始了!

冷汗"刷"的一下从詹森的脸上淌了下来,他估计自己是失算了。这个戴笠最欣赏的王牌杀手第一次感到了完不成任务的沮丧,从来没有过的失败感充满了他的脑海,他的拳头一下一下狠狠地砸在地上……

难道汪精卫能掐会算,知道詹森在半道上要暗杀他吗?

事情原来是这样的。李士群在考察了汪精卫去76号的路径后,很是放心不下,于是专门找到了汪精卫和他商议安全保卫问题。汪精卫当然怕死,一时乱了方寸,急得像热锅上的蚂蚁,说:"我总不能不出席大会吧?你一定要想个好办法出来!"李士群其实是想好了主意才来找汪精卫的,故意不说而已。见到汪精卫真急了,他才开口说话:"我的意思是汪主席提前一天住到76号,神不知鬼不觉,进到76号就等于进了保险箱,谁都奈何不了你了!"汪精卫本来是不想偷偷摸摸的,无奈形势对自己不利,也不好坚持自己的主张。这样虽然有点丢面子,总是比出了差错开不了大会好,所以，汪精卫就同意了李士群的主张。

这样的变化，詹森哪里知道，他还是按原计划准备在半路上暗杀汪精卫，自然是竹篮打水一场空了。

伪国民党第六次代表大会就这样在76号悄悄地召开了。

为了让大会不被冷场，汪精卫和周佛海等人还是下了很大力气的，也花费了很多工夫。连吓带哄把不少人弄来了，其中有一些是不明真相的人，原来以为是一个什么聚会，到了现场一看主席台上挂着大横幅，写着"国民党第六次全国代表大会"，一看不对头啊，转身想离开可就晚了。身后站着横眉冷对的特务，像凶神恶煞似的，哪个还敢说一个"走"字。就是在大会期间，也没有一个人敢提反对意见的，76号的特务就散布说："敢和汪主席唱对台戏，出了这个门就叫他见阎王！"在这种情况下，谁还敢出来反对汪精卫，自然是他说什么是什么。

应该说，这次在76号召开的伪国民党第六次全国代表大会还是成功了，大会发表了宣言，选举汪精卫为中央委员会主席，决定成立伪国民政府，这些都是日本方面和汪精卫想办的事情，都在这次大会上通过了。

因为筹办和协助这次大会成功举办，76号的特务机构得到了日本宪兵司令部的认可和汪精卫的赞赏，得到了"中国国民党中央执行委员会特务委员会特工总部"的正式名称，李士群和丁默村在76号的地位进一步巩固。76号直接隶属于汪精卫，由汪精卫指定由周佛海主管。76号前后经过一系列变动。周佛海因为对李士群存有戒心，所以邀丁默村协助。李士群把丁默村排挤之后，又向周佛海靠拢。后来，周佛海不得势，李士群攀上了汪精卫。李士群当权76号后，由妻子叶吉卿推荐傅也文任书记长，替李"看家"。傅也文是共产党地下工作者，在76号潜伏期间为党收集了大量情报，做了许多有价值的工作。这是76号的特务们无论如何都想不到的。

76号之下，设两厅及若干事务单位，每个厅下面还有若干个处。另有一个直属的警卫大队。第一厅厅长万里浪，第二厅厅长胡均鹤，警卫大队长先是吴世宝。业务分工是第一厅对"军统局"，第二厅对"中统局"，两个厅共同担当反共责任，针对上海的共产党地下组织更为穷凶极恶。

76号外勤单位除了有三个"行动队"之外，在南京、上海、浙江、江苏、安徽都有区、站、组。76号出卖民族利益，在反侵略的民族抗战中，甘为日

血搏

伪的帮凶爪牙。镇压爱国运动,残害抗日志士,残暴对待人民大众,集一切罪恶之大成,罄竹难书。

在76号的精心保护下,汪精卫顺利召开了伪第六次国民党全国代表大会。这个消息传到戴笠的耳朵,他气得一天没吃下饭去。他想不明白,自己最信任的王牌杀手怎么会失手,怎么会没完成任务,詹森可是下了保证会杀掉汪精卫的,结果又失败了。这从另外一个方面说明,76号的特务也绝对不是等闲之辈,要在他们的严密保护下除掉汪精卫还真不是容易做到的事情。

这时候,詹森给戴笠发来一封电报,请示下一步怎么做。戴笠的回电很简单:"继续潜伏,等待时机。"

胜利与失败

　　暗杀汪精卫又一次失败,让戴笠感到很没面子,他决定退而求其次,既然暗杀不了汪精卫,还暗杀不了其他大汉奸吗,不能叫这些汉奸逍遥自在了,投敌叛国,就得付出代价!

　　重庆军统局很快就列出了一份要暗杀的汉奸名单,列在前几位的就有青帮大流氓头子季云卿。这个人虽然在上海与青帮三巨头杜月笙、黄金荣、张啸林比起来名气和实力要差一些,还没到呼风唤雨的地步,但是在青帮里也是个举足轻重的一方老大,经营的地盘时间长,有一帮所谓死心塌地的弟兄,杜月笙、黄金荣、张啸林有的时候也不得不让他三分。李士群和丁默村在76号拉起队伍的时候,如果没有季云卿的鼎力相助,也不会在那么短的时间内就成了气候,所以,季云卿成了戴笠的眼中钉,必置之死地而后快。

　　对于这些,季云卿也是心知肚明。他不但帮助76号招兵买马,还担任76号的顾问,专门帮助76号协调、疏通与帮会的关系,可以说是给76号出了大力的人,76号没他的帮助,发展不会这么快。特别是一些汉奸特务被屡屡暗杀后,他更是心惊肉跳,惴惴不安。他知道自己的这些作为军统局是不会放过他的,所以,对自己的人身安全工作十分重视。平时很少出门,出门的时候保镖前呼后拥,生怕有什么闪失。

　　潜伏在上海的詹森很快就得到了戴笠下达的命令:除掉季云卿。

　　接到命令后,詹森马上着手准备暗杀季云卿。

　　首先要做的是侦察季云卿的行踪。季云卿的家坐落在晋德路的一座深宅大院,守备十分严密,生人根本进不去。詹森就化了妆,以不同的身份在季云卿家附近转悠,通过一段侦察,詹森发现季云卿平时很少出门。这是因为他已经七十多岁了,一般的时候不愿意出来应酬。还有一个原因是季云卿突然中风,治疗了半年多,才痊愈。中风以后,季云卿行动不方便,就把帮会的生意交给自己信赖的几个徒弟去管,自己不太出门应酬了。詹森在侦察期间倒是发现季云卿出了两次门,一次是去见黄金荣,还有一次是出席一个副市长儿子的婚礼。两次都找不到下手的机会。因为有众多的保镖随行保护,上下汽车保镖就把季云卿包在中间,一直护送到大门。即使参加婚礼,身边的两个保镖也没离开过。在这样严密的保护下,想暗杀他很难得手。

侦察时间一长,詹森发现季云卿特别喜欢去一个地方,澡堂子。季云卿中风以后,请了一位老中医给他看病,老中医出了一个方子,就是要天天泡热水澡。家里就给季云卿准备了一大木桶,给他泡热水澡。可是泡了一些日子效果不明显,把老中医又找来,看看是什么原因。老中医看了说,泡热水澡在自己家里不行,热气聚拢不起来,达不到热气浸润的效果,泡热水澡必须到大澡堂子里去,在澡堂子里泡热水澡才能收到治病的效果。季云卿听了老中医的话,就到澡堂子里去泡。离季云卿家不到一里路的地方就有一家叫云水轩的澡堂子,条件也不错。季云卿就说:"既然在家里泡热水澡不行,就到澡堂子去泡热水澡吧。"就这样,他就天天到云水轩澡堂子去泡热水澡。效果还挺明显,加上吃药、针灸,慢慢地这中风就好了。病好了以后,季云卿也养成了泡热水澡的习惯,几乎是天天要泡热水澡。每次去,都由两个保镖陪着,从来没出过什么问题。渐渐地季云卿也就有点麻痹大意了。觉得离家这么近,有事情现从家里调人都来得及,谁敢在太岁头上动土,老虎嘴里拔牙啊!他一放松警惕,对人身保护的事情要求也就没那么严格了,有的时候,只有一个保镖陪着他去泡热水澡。

詹森把这些情况都侦察得清清楚楚,耐心地等待暗杀季云卿的机会。

这天上午十点多钟,季云卿和往常一样去澡堂子泡热水澡,出门的时候,另外一个保镖拉肚子,他就只带了一个保镖去了澡堂子。他绝对没想到,在他的后面,已经早有一双眼睛在盯着他的一举一动。

到了澡堂子,季云卿叫司机把轿车停在路边等着,他就和保镖走进了澡堂子去泡热水澡。这一泡就是一个多小时。今天出来的时候,那个拉肚子的保镖告诉随季云卿泡热水澡的保镖,给他买点治拉肚子的药回去。快到中午了,这个保镖估摸季云卿泡热水澡也快结束了,自己赶紧先走一步,到澡堂子附近的一个药铺买拉肚子的药。就在他离开的这个工夫,季云卿泡完热水澡,出了热气腾腾的浴池,换好了衣服,自己一个人走到了澡堂子的大门口。

在澡堂子对面一个小酒馆守候的詹森看到季云卿一个人走出门来,暗叫:"天助我也!"从口袋里摸出"掌心雷"手枪,疾步冲出小酒馆向季云卿扑了过去!这种"掌心雷"手枪很小,握在手里手掌就把它遮盖住了,是一种专门用来暗杀的手枪。詹森几步就窜到季云卿跟前。

"季云卿!"詹森叫了一声。

"啊!"季云卿下意识地抬头答应。

他看到一只黑洞洞的枪口对着自己的头。

来不及反应,就听到"啪啪啪"三声枪响,季云卿的脑袋开了花,栽倒在地上。

等到司机反应过来,打开车门跳下车,詹森早就跑得无影无踪了。前后不到半分钟的时间。买药的保镖和司机立即把季云卿送往医院抢救,没等到医院季云卿就一命呜呼了。这个曾经叱咤上海滩的流氓大亨,这个曾经不可一世的青帮头目,这个曾经耀武扬威的76号顾问就这样命归西天。

季云卿的被杀,仿佛给了76号当头一棒,叫大大小小的特务们感到心惊胆战。在76号发展势头正迅猛之际,在季云卿深居简出,保卫十分严密的情形下,杀手竟然在光天化日之下击毙了李士群的师父,青帮著名的头目,这无疑是给了76号一个下马威。季云卿的死讯传到76号,李士群一屁股坐到沙发上,半天没说出话来。犹如晴天霹雳,把李士群炸懵了。因为他刚刚开始运作特工总部,他还需要季云卿的帮助,做自己的后台,没想到在这紧要的时候,季云卿被杀手暗杀了。这也是对汉奸特务的警告,上海不是什么保险箱,76号的庇护也保不了汉奸的命,死一个季云卿,其实是对其他汉奸的沉重的打击。他们要给日本人做事,要与76号同流合污,就必须考虑严重后果。

第二天一早,詹森从自己在霞飞路的临时住所里出来,看到一个报童

血搏

手里摇晃着几张报纸,嘴里大声喊着:"看报啊,看报!上海帮派大亨季云卿昨天被人神秘暗杀,离他的寓所近在咫尺!看报啊,看报!"詹森买了一份报纸,看见头版刊登了季云卿被暗杀的消息,他心里悬着的石头落了地。詹森虽然没有与军统上海站的人取得联系,但他知道重庆的军统局一定会得到他成功暗杀季云卿的消息了。

按照军统局的规定,杀手在执行完任务以后,必须马上撤离,以保证杀手的人身安全。可这次,詹森却破坏了这个规矩。他给戴笠发电报说,这次任务完成得很顺利,自己也没有暴露身份。为了完成暗杀汪精卫的任务,他要求继续在上海潜伏,暗杀汪精卫。戴笠接到詹森的密电以后,也是头一次打破规矩,同意他继续在上海潜伏。戴笠之所以这样做,是不杀汪精卫没能解心头之恨。伪国民党第六次全国代表大会的召开,深深地刺痛了戴笠,等于是他败在了汪精卫的手下,为了挽回颜面,他也要暗杀汪精卫,而执行这个艰巨的任务,没有比詹森更合适的了,所以,戴笠同意了詹森的请求。

对于詹森来说,准备继续暗杀汪精卫是自己最想做的事,而另外他还有一个不能与别人说的目的,就是舍不得离开卢文英,这个外号叫"老七"的女人,已经把詹森迷住了。

因为季云卿被杀的地点在法租界,侦察破案都由法国巡捕房来做。李士群就派人打探消息,看看能不能获得一些有用的线索。

过了两天,一份秘密报告交到了李士群的手上。

秘密报告说,从季云卿的脑部取出的子弹比一般的手枪子弹要小得多,也就是说杀手所用的枪也比一般的手枪要小,这种手枪是专用手枪,平常人很少使用,轻易也弄不到,估计这种手枪的尺寸不会超过三寸。得到这份秘密报告,李士群心里有数了,能够有这种专用手枪的,只有军统局的特工,抓到军统局在上海的潜伏特工,才能把暗杀季云卿的杀手找出来。

第三天,李士群为师父季云卿办了隆重的葬礼。在葬礼上,李士群发誓要给师父报仇,一定要缉拿凶手。其实,他这样做也是给前来参加葬礼的那些汉奸们看的,给他们打气,叫他们不要害怕。接着,他命令76号的所有特工,与日本宪兵队特高科的特务一起四处搜捕杀手。一时间搞得人心惶惶。但是,这样的搜查却没任何结果,76号布置的线人也没有提供什么有价值的情报,杀手难道已经离开了上海?还是准备又一次暗杀计划?一想到这些,李士群就害怕了。他知道在军统局里,有许多暗杀高手,都不是等闲之辈。这次既然能轻而易举就把季云卿杀了,他们下一个暗杀的主要目标一定是汪精卫,一定不能叫汪精卫有什么闪失。在李士群的指挥下,76号派出了更多的特务加入保卫汪精卫的阵营,使得汪精卫的保卫工作更加严密,这样一来就给暗杀汪精卫增加了重重困难。这也是为什么军统局多次暗杀汪精卫屡屡不能得手的原因之一。

成功暗杀季云卿,叫詹森很是得意了几天。他觉得自己上次暗杀汪精卫没成功是先前的侦察工作没做好,叫汪精卫钻了空子。只要耐心细致,暗杀汪精卫成功那是早晚的事。就在这时,门房来敲詹森的房门。"有事吗?"詹森问。"有位姓卢的小姐给您打电话。"门房回答。"好,我马上接!"詹森开了门,和门房一起下楼去了。

电话果然是卢文英打来的,"宝贝,我可想死你了!"一番甜言蜜语,像迷魂汤一样把詹森灌得分不出东西南北了,想想与卢文英在一起的那些销魂之夜,詹森早已是魂不守舍了。一番卿卿我我之后,卢文英邀请他到自己的寓所来。詹森想都没想,就一口答应了。

在去卢文英家的路上,詹森买了一只烧鸡和一些小菜,他要和卢文英好好庆祝庆祝。

到了卢文英家,詹森满脸喜气,连卢文英都看出他的兴奋与平时不同,问他:"你捡了金元宝啦?什么事把你高兴成这样啊?"詹森也不多说话,把烧鸡和小菜放到桌子上,说:"快把你的好酒拿出来陪我好好喝一杯!""你得告诉我什么事情值得庆贺,要不我不陪你喝酒!"卢文英说。詹森哈哈笑了,"你和我喝酒,我告诉你!"卢文英把一瓶洋酒打开,倒满了两支玻璃高脚杯,和詹森一起喝酒。一杯洋酒下肚,詹森觉得脸上热乎乎的。卢文英趁势问他,"到底是什么事啊?叫你这样高兴?"借着酒劲,詹森的话匣子就打开了。"做成一笔买卖,真他妈的过瘾,叫我出了恶气!"卢文英感到很奇怪,心里想,做成买卖高兴这可以理解,怎么还出了恶气呢?于是,就刨根问底,想叫詹森说出来到底是怎么一回事。詹森有点憋不住了,可话到嘴边,脑袋一转,不对啊,我要是把这事情说出去,那可是掉脑袋的事

血搏

儿,在上海可就待不下去了。回去和戴老板怎么交代?说我搞女人,把绝密的事情告诉她了,戴笠还不扒了我的皮?詹森也不愧是一流的特工,还是保持了清醒,没把到嘴边的话告诉卢文英。给卢文英倒上一杯酒,端起酒杯说:"你是叫我最动心的女人,对我也是真好,来来,喝一杯!"卢文英见詹森不说,也不逼问他。凭卢文英对付男人的经验,詹森早晚会把事情告诉自己。他不喜欢说的事情不要逼问他,逼问急了,反倒坏事。两个人喝了一瓶洋酒后,又开始喝第二瓶……

詹森酒喝多了,醉了,倒在卢文英的床上"呼呼"大睡。

看见詹森睡着了,卢文英心里一直不踏实。这个詹森到底是做什么买卖呢?没见他和谁谈生意啊,哪里来的那么多的钱呢?越这样想越好奇,越是想知道詹森的秘密。他到底是干什么的,给谁干事呢?

趁詹森睡熟了的时机,卢文英把詹森带来的手提包打开了,看看他都带着什么东西。手提包里的东西很少,最下面是一只黑绒布的小口袋,卢文英把小口袋拿起来用手一掂,挺沉,把小口袋的东西倒在桌子上,听到"当啷"一声,卢文英差点叫出来,那是一支小手枪,卢文英不知道这手枪的名字叫"掌中雷"。她的心"怦怦"乱跳,看来詹森是个黑道上的人,做的也是黑道的生意。说来也奇怪,卢文英和许多男人交往过,没有一个是她真心喜欢过的。却对詹森动了感情,就是看着他比别人好,心想,你就是杀人越货的强盗我也认命了,就跟你了!

詹森一觉醒来,已经是天亮了。这是他从来没犯过的错误:绝对不在不是自己选定的地方过夜,今天也被自己破了规矩。一眼看到放在桌子上的手提包,凭直觉,知道卢文英看了手提包里面的东西。"你动我东西了?"詹森开门见山问。出乎他意料的是卢文英没有否认,而是扑到他的怀里。"我不想让我喜欢的男人在刀尖上过日子,那些要命的买卖就别做了!"一边说一边搂住詹森的脖子,好像动了真情,眼泪都流下来了。詹森一下就被感动了,抱住卢文英:"没事,没事,我不是黑道上的,你放心好了!""那你怎么会有枪?"卢文英问他。詹森"哦"了一声,说:"上海这么乱,我是拿它防身的。"詹森说了一堆理由,卢文英竟然相信了。詹森为了表示自己也是真心对卢文英好,就说:"你不放心的话,这把枪留给你玩好了,也起个防身的作用!"就这样,詹森就把"掌心雷"当作礼物送给了卢文英。在不知不觉中埋下了祸端。

　　有了这支小手枪，卢文英十分高兴，觉得詹森确实是对自己有情有义，自己出入的场合复杂，也应该有支手枪防身。"掌心雷"小巧玲珑，自己使用真是太合适了。

　　就在卢文英得到詹森送给的"掌心雷"几天后的一个晚上，她接到一个电话，是自己的干爹张德钦找她去打麻将。这个张德钦是个律师，和青帮来往密切，经常帮助青帮打官司，赢多输少，打官司打出了名。卢文英曾经与别人闹债务纠纷被人告到法院，由人介绍找到张德钦，请张德钦当代理律师打官司。张德钦一口答应，还说官司不管打输了还是打赢了，都不要卢文英一分钱，显得十分仗义。后来这场在卢文英看来很难打的官司叫张德钦打赢了，使卢文英佩服得五体投地。给张德钦律师费他不要。卢文英问张德钦："那你想要什么呢？"张德钦"嘿嘿"一笑，"男人想要什么你还不知道吗？"这天晚上，卢文英陪了张德钦一夜，算是还了张德钦的人情。以后，卢文英和张德钦有了来往，还给张德钦介绍过打官司的生意，交往越来越密切。

　　四个人打了半宿的麻将，都有点饿了，张德钦打电话叫楼下的一个酒店给送点夜宵来，说吃完了接着玩。不一会儿的工夫，夜宵就送来了。卢文英和张德钦还有另外两个打麻将的都是青帮的小头头离开了麻将桌，到餐厅里吃夜宵。

　　大家围在桌子旁边，用人把夜宵端上来。一边吃一边聊。两个青帮小头头说起了他们从香港往上海走私武器的事，怎么怎么大把赚钱，十分兴奋。卢文英开始没搭话，看看那两个人吹得太厉害了，禁不住问："你们这么厉害，走私过'掌心雷'没有？"一句话把两个人问得面面相觑，不好意思地咧咧嘴："听说过这种手枪，还真没见过？"张德钦在旁边问："什么'掌心雷'啊？"卢文英回答："就是一种小手枪。""暗杀用的。""一个青帮小头头解释。张德钦看看卢文英问："你有这东西？"听张德钦的问话，卢文英禁不住显摆起来："你这个大律师也没见过吧？今天叫你们开开眼！"说着，卢文英就从自己随身带的小提包中拿出"掌心雷"给他们看。三个人你看了他看，转个遍，都夸这"掌心雷"是个好东西。张德钦就问卢文英："这么好的手枪，你是哪里来的？"卢文英眉飞色舞地说："我交了一个男朋友，是做大生意的……"卢文英故意在张德钦面前抬高詹森的身价，把詹森好一阵吹嘘。卢文英自顾自地说个没完没了，张德钦在旁边听得津津有味。等到他们吃完夜宵的时候，张德钦对卢文英说："能不能把你的那个宝贝借我用用？我现在接了一个案子，是黑道上的，被告威胁要我的命，我得有个防身的家伙。"卢文英没想到张德钦会和她借枪，说不借吧有点不好意思，借吧还有点舍不得，卢文英一下陷入矛盾之中。老奸巨猾的张德钦马上就看穿了卢文英的心思，说："不借就不借吧，我看这枪也就是你朋友借给你玩玩，你根本说的不算！"张德钦来个激将法，卢文英面子上挂不住了："我怎么说得不算了？借给你就借给你好了，时间不能长了，一个礼拜就得还我啊！"张德钦"哈哈哈"大笑："用不了一个礼拜，三四天还你行吧？"卢文英从小提包里把"掌中雷"拿了出来，递给张德钦。"干爹，你可得给我好好保存着。"卢文英有点不放心。张德钦拧了她的脸蛋一下，"没问题，没问题，放到我这里就是进了保险箱啊！"张德钦很得意地说。

卢文英做梦也不会想到，她这个干爹是76号登记在册的特务。张德钦早就被李士群收买，利用他广泛的社会关系为76号收集情报。他从来没公开过自己的身份，在76号里只有很少的人知道他是特务，这样有利于他以律师职业开展特务工作。

季云卿被暗杀后，李士群在76号召开了一次紧急的秘密会议，参加的人都是他手下的骨干和心腹。会上，李士群通报了季云卿的被杀经过，特别强调，季云卿是被一种很小的手枪打死的，手枪的名字叫"掌心雷"。李士群命令这些特务一定要注意收集这方面的情报，有情况立即报告。

出乎意料，张德钦没想到自己会这么容易就得到了"掌心雷"，虽然不敢肯定它就是杀季云卿的那把枪，但在卢文英对她男朋友的吹嘘之中，能肯定与这件事情多少是有点关系的。所以他才要和卢文英借这把手枪。

当天晚上，张德钦就向李士群报告，他找到了"掌心雷"。李士群命令他立刻把手枪送到76号来。

一把不足三寸的小手枪放在李士群面前，闪着蓝莹莹的光，一看就是好枪。看看手枪的子弹的型号和打死季云卿的那颗子弹是一模一样，可以肯定这就是打死季云卿的那把手枪。

李士群打开身后的保险柜，从里面拿出一沓钞票和一根金条，放到张德钦的手里,拍拍他的肩膀,"干得好!"

第二天,卢文英接到张德钦的一个电话,张德钦和卢文英说:"我又弄到了一支枪,你这支'掌心雷'还给你。"听到张德钦要还自己枪,卢文英当然很高兴,连声说:"好好。"张德钦又说:"文英啊,我现在接到一笔大生意,会赚很多钱,可惜我自己力量太小,做不了,想请个帮手。你看能不能叫詹森帮助一下,赚钱的话五五分成。"卢文英不知这是张德钦设的计,还以为真是财神爷找上门来了,一口答应,和张德钦说,下午他来还枪的时候,让他和詹森谈谈。卢文英和张德钦定好了时间,放下电话,她又给詹森打电话。卢文英没说借张德钦枪的事情,也没说和张德钦有生意谈,和詹森说自己太想他了,叫他下午到家里来一趟,詹森满口答应了。

下午两点多钟,詹森准时到了卢文英家里。两个人没说别的先进入沉醉温柔之乡,疯狂做爱。折腾完了,卢文英才把借枪的事情和詹森说了。詹森一下从床上蹦到地上,去找自己的衣服。没等把衣服穿好,一群特务已经破门而入,六七支枪对准了詹森的头。这个军统局著名的杀手万万不会想到竟然会因为情妇的卖弄而断送了自己,他后悔自己没有执行军统局的规定,惹来了杀身之祸。

特务们把詹森押解进了76号。先是好言好语的劝降。詹森破口大骂,根本就不理会。无奈之下,特务只好对詹森动酷刑。他们把詹森绑在一只椅子上,两只手被固定住椅子的扶手上。走过来一个彪形大汉,握住了詹森的左手的小手指头,说:"詹森,还是都交代了吧,不然的话,你这只手可就完蛋了!"詹森一言不发。"有种!"彪形大汉握着詹森的小手指,使劲向后一扳,听得"咔嚓"一声,小手指从根上折断了,詹森大叫一声,昏了过去。一桶凉水把昏死的詹森浇醒了,彪形大汉握住了詹森的中指,冷酷的脸上一点表情都没有,"詹先生,我很佩服你是条汉子。可你这手指头不一定像你一样坚强啊!"说着把詹森的中指又掰断了。詹森又一次昏死过去……

当詹森再次醒过来的时候,看到李士群站在自己的面前,两个彪形大汉分别站在自己的左右两边。李士群面无表情地说:"这是最后一次机会了,再不招供的话,十根手指头不会有一根是好的。即使你能活着出去,回到军统局你还能干什么呢?还当得了杀手吗?不过就是一个残疾人,沿街乞讨的乞丐。招供还是不招供就这一次机会了,你千万想好了,我没那么多的耐心！"

　　詹森全身战栗，他知道李士群是说出来做出来的魔鬼，他终于屈服了。"李主任，我说……"詹森把他知道的军统局上海站的负责人和主要的特工名单全部告诉了李士群，以保自己的性命。

　　即使这样，李士群还是没有放过詹森。

　　原来，季云卿的老婆金宝得知76号抓住了杀害丈夫的凶手，亲自来到76号，见到丁默村和李士群，坚决要求他们为季云卿报仇，严厉惩办詹森。丁默村和李士群知道，季云卿活着的时候，金宝就当他的一半家，现在季云卿死了，台面上的事全由金宝出面，管理着季云卿原来的手下人马，76号今后的工作还需要金宝帮忙，得罪不起她。而詹森把他知道的军统局潜伏在上海的特工全部交代出来后，也没有太多的利用价值了，不如做个顺水人情，杀掉算了。丁默村和李士群达成默契，决定枪毙詹森，也给军统局潜伏在上海的特工一个下马威。

　　1939年秋天，一个阴冷的早晨，詹森被押到中山北路的一个小树林里，执行了枪决。当天，76号还以特工总部正副主任的名义贴了一张布告，公告了枪决詹森的决定，詹森是76号第一个公开枪决的所谓犯人。

以毒攻毒

詹森的叛变给76号带来了意外的收获，他们轻而易举地就获得了军统局上海站重要人物的名单，而抓获了这些人，就等于减少了暗杀汪精卫的威胁，必须尽快逮捕他们。

在这份名单上，丁默村和李士群第一个要抓捕的人是军统局上海站站长王天木。王天木是军统局的资深特务，他原名叫郑士松，曾先后在保定军官学校、日本陆军士官学校里学习过。他个头适中，五官端正，浑身上下找不出什么特别之处，十分符合秘密工作的身份。他为了与戴笠拉上关系，把自己的女儿许配给戴笠的儿子，和戴笠是儿女亲家。得到戴笠的信任，也是戴笠的"四大金刚"之一，在军统里也是个举足轻重的人物。戴笠派王天木到上海站任站长，是因为上海实在是太重要了，交给谁他都不放心。王天木可以说是戴笠心腹中的心腹，把上海站的工作交给他，戴笠才能睡个安稳觉。詹森很受戴笠信任，派他到上海来的时候，才把王天木的情况告诉他，万一需要王天木的帮助，叫詹森直接去和王天木联系。可戴笠怎么也不会想到，詹森这样的王牌杀手竟然栽到女色上面，戴笠更没想到的是，詹森经不住李士群的威逼，把上海站的老底都给掀了出来。

王天木自己还被蒙在鼓里。

这天，王天木的秘密交通员来找王天木，把一副扑克牌交给他。

这副扑克牌表面上看与别的扑克牌没有什么不同，王天木打开扑克牌，从里面找出了一张红桃A。只见这张红桃A的中心用黑笔画了一个圆圈，圆圈的中间点上一个黑点。这是一个暗号，意思是重庆军统局派来的

血搏

杀手有重要事情要和王天木见面。王天木把其他扑克牌摊到桌子上，又找出两张用黑笔做了记号的牌。一张是黑桃8，这是告诉他会面时间晚上8点。一张是红桃J，这是告诉他地点在红丁餐馆，这是法租界的一家餐馆。

王天木知道在红桃A的中心用黑笔画了一个圆圈，中间再点上一个黑点是特急的表示，军统局派来的杀手有紧急事情要见到他。王天木没多考虑，马上叫来自己的随从，今天晚上与他一起去红丁餐馆。

作为一个资深特工，在任何时候，王天木都是谨小慎微的。像这样的约会平时他是不会带随从去的，可今天晚上临走的时候他改变了主意，叫自己的随从和自己一起去。他们把携带的手枪又检查了一遍。每个人除了在胯下的枪套里有一支手枪外，在小腿上还绑着一支撸子枪的枪套，插着一支小巧的撸子手枪，这些都是预防不测的。看看手表，时间将近七点钟了，王天木和随从一起离开了住所。

他们本来想到把轿车开到靠近红丁餐馆的地方停下，随从在车里等他，随时准备把车开走，他自己到红丁餐馆里去见军统局派来的杀手。可是离红丁餐馆还有三百多米的时候，看到通往红丁餐馆的马路正在修路，轿车开不过去。王天木叫随从把车停在路边等他，自己去红丁餐馆接头。王天木根本不会想到，李士群和丁默村正是看中了红丁餐馆前面这条马路修路才选中在这里和他接头，防止他带人过来，破坏了捕获他的计划。

前面就是红丁餐馆了，王天木看到红丁餐馆门上的霓虹灯在闪烁着，不时变换着颜色，"红丁餐馆"几个字时隐时现，红色、蓝色、绿色、白色交互替换着。王天木向四周看看，没有可疑的人，红丁餐馆门前有两个擦鞋的，以前他来过这里，擦鞋的就在这里，还有卖香烟和炸油饼的，都是流动小商贩。王天木向红丁餐馆大步走了过去。他走到红丁餐馆门前，就在要跨进门的一刹那，两个擦鞋的突然向他扑上来，没等他反应，一个卖香烟的把一个口袋套到了他的头上。跟着一辆汽车开了过来，王天木被塞进汽车里，汽车一溜烟地开走了。

前后只有一分多钟的时间。街道上的行人还没明白怎么回事呢，街道上已经恢复了平静。

坐在轿车里等待王天木的那个随从在轿车里看到这一切，拔出手枪，连滚带爬跑了过来，哪里还有王天木的影子，旁边有几个议论纷纷的行人……

汽车直接开到了极司菲尔路76号。

到了76号后,王天木被引进一间豪华办公室,不管王天木怎么喊怎么叫,没有人理他,绑架他的特务说了句"一会儿主任见你",就开门走了。王天木十分迷惘,到底是哪个环节出了问题呢?

过了一会儿,门外传来皮鞋声。

门开了,丁默村和李士群一前一后走了进来。

王天木、李士群和丁默村三个人在国民党的特务系统都是头面人物,彼此都很熟悉。看到王天木,丁默村先伸出了手,"呀,这不是王站长吗,欢迎欢迎啊!"他想和王天木握手,王天木没有搭理他,李士群一看,别找没趣了,连手也没伸,一屁股坐到椅子上。

"你们把我抓来,想怎么样吧?抽皮鞭、灌辣椒水,还是坐老虎凳?我见多了,你们随便好了!"王天木一点畏惧的神色都没有,直截了当地说。"你看你看,王站长把话说到哪里去了,我们过去可是战友啊,对待自己的战友怎么能动武呢?"丁默村煞有介事地说。王天木一摆手说:"算了吧,老丁,你这套糊弄别人行,糊弄我不成!我不吃这一套!我活是军统局的人,死是军统局的鬼,今天说明白了,免得你们有什么想法。""我们没什么想法,你多虑了,老战友。"丁默村嘻嘻哈哈地说。王天木也没给他好脸子看,又说:"人活一张脸,树活一张皮。我不能没有廉耻,给日本人当孙子!"这句话一说出来,丁默村和李士群的脸色相当难看。李士群刚要发火,丁默村急忙给他使眼色,李士群把到嘴边的话又咽了回去。怎么对付王天木,他和丁默村事先已经研究好了,他不想被王天木激怒,破坏了制订好的计划。

"不说别的,战友相见,喝酒叙叙旧还不行吗?"丁默村喊人上酒上菜。

酒菜马上摆上了桌子,丁默村给王天木的酒杯里倒上满满一杯酒,说:"咱们干的都是一个行当,都是给别人卖命。今天咱们就不说工作的事情,就是喝酒行不行?"李士群在一边帮腔:"王站长,你不要有别的想法,请你来就是为了喝酒,聊天。"说话的工夫把酒杯端起来,"表示一下敬意,我干了!"李士群一仰脖子,把一杯子酒干。他们俩这一唱一和的,还真把王天木弄糊涂了。他妈的,这俩家伙葫芦里卖的什么药啊?在76号请我喝酒,唬人啊,这是喝酒的地方吗?你们不说什么目的是不是,好,我就陪你们喝酒,早晚你们会露出狐狸尾巴来。

就这样,一边喝酒三个人一边说说军统局的旧人旧事,根本没说到现在的一丁点事,王天木真不明白了:丁默村、李士群,你们到底想干什么?

很快,这顿酒喝完了。

李士群在76号给王天木安排住处。豪华单间,收拾得干干净净。

"你就在这里休息,有事情按铃,有人侍候。"李士群指着床头柜上的一个按钮,告诉王天木。"找个美女陪陪你吧!"这话是丁默村说的,话音刚落,一个妩媚妖艳的女人走进来,朝王天木打了一个飞眼。王天木一摆手:"我不要这个,有什么事情明天说。有人陪着我睡不着觉!""好好!听王站长的。"李士群叫那个女人退了出去。"你好好休息吧!"丁默村说着,和李士群走了。

这天晚上,王天木翻来覆去折腾了一宿也没睡着。一是想不明白谁把自己出卖了,二是想不明白丁默村和李士群想干什么。

接下来的事情就更叫王天木奇怪了。丁默村和李士群一不恐吓他,二不用美女引诱他,三不拿钱财收买他,四不许官诱惑他。"李士群和丁默村到底把我抓来做什么呢?"王天木想得脑袋都大,也想不出个所以然来。

其实,丁默村和李士群早就打好了算盘。他们领导的76号一旦破获军统在上海的特工机关,俘获了军统的重要特工人员后,往往采取威胁利诱的手段,把他们拉拢过来,成为自己的力量,为自己做事情。因为这些人都有丰富的特工经验,了解军统局的工作方法,知道军统局特工的各种手段,用他们来应对军统局的特工,比起76号里的特务更加管用。而王天木在军统里面,影响比较大,地位也比较高,又和戴笠有这样一层关系,所以李士群和丁默村就更看重他,很想拉拢他,让他成为76号的特工,为汪伪政府效力。他们采取的策略是放长线钓大鱼,只要有足够的耐心,王天木早晚会上钩的。

重庆军统局的戴笠马上得到了王天木被捕的报告。戴笠立刻下令上海所有与王天木有联系的特工和联络站全部撤离,以防万一。他不知道王天木被捕后会怎么做,戴笠只能在重庆军统大本营里等待王天木的消息,这已经成为了一种习惯。在与76号的殊死搏斗中,牺牲是难免的,损失也是难免的。戴笠尽量把损失降到最低,以保存实力。而每一次有特工失踪或者被捕，戴笠等来的无非是两个结果，要么是被捕的特工变节，带着76号的特务来抓捕他过去的同志，要么等来的就是他的死讯，没有第三条路可走。虽然每次有特工被抓获戴笠都很焦虑，这次就更叫他坐立不安。王天木是军统局的骨干，知道的内幕也特别多，又是戴笠的儿女亲家，无论对戴笠还是对军统局都有特别的意义。不知王天木的生死，这对戴笠来说简直是度日如年。

在焦虑中等了半个多月，军统上海站没有等到王天木的任何消息，也不见他带人来抓捕别的特工。上海站把情报报告戴笠后，戴笠觉得很奇怪：丁默村和李士群把王天木怎么样了呢？难道把他秘密处决了吗？戴笠做了最坏的打算，如果王天木牺牲了，就马上追认他为烈士，发勋章。

可是，事情的发展出乎戴笠的预料，他得到的情报是76号把王天木释放了，而且毫发无损！

戴笠看到这份情报简直不敢相信自己的眼睛：王天木和76号做了什么交易呢？军统局特工被76号抓捕，如果不投敌变节是不会活着出来的，王天木竟然活着出来了！

搞不明白的不仅仅是戴笠，王天木本人都被弄糊涂了。他被抓到76号，一直被丁默村和李士群作为上宾，好吃好喝招待着，过去了半个月，什么动静没有。本来他已经抱着必死的决心，甚至设计好了怎样慷慨陈词，怎样痛斥丁默村和李士群的汉奸行径，然后大义凛然走上刑场……可几天过去了，没有动静。不审讯、不提问、不打扰，叫王天木更是丈二和尚摸不着头脑，自己糊涂了：他们到底想干什么呢？有一天，王天木实在是忍不住了，叫住来送饭的一个特务，说："我要见李士群，我有话和他说。"特务"嘿嘿"一笑，"我们李副主任太忙，叫你在这里好好待着，过几天他来找你！"特务说完走了。

王天木气得大叫："要干什么你痛快点，别叫老子猜谜语！"

这样对待王天木，丁默村很不理解。他和李士群说："咱们不能天天养个大爷啊，总得让他给76号做点什么吧？"李士群就把自己的计划原原本本地和丁默村说了。丁默村听后，不得不佩服李士群，认为他的想法实在是太妙了，拍手赞成。

半个月后，李士群来看王天木。一见面就给王天木道歉，"哎呀，王站

血
搏

长,兄弟我这几天太忙了,也没顾得上来探望你,有不周到的地方,你多包涵啊!"这番话一说,王天木更糊涂了,我是你的阶下囚,就像放在砧板上的鱼一样,你想怎么样就怎么样,还和我道什么歉啊?想到这里,王天木马上说:"李士群,你别和我来这套,你想怎么样就说句痛快话,我不怕死,叫我投降,你就别费心思了!"李士群笑了,"王站长,你这话是怎么说的,咱们好赖还是战友嘛,虽然各为其主,交情还是有的吧,我怎么能为难你呢?其实,根本就不想把你怎么样,想你了,请你过来见见面,聊聊天,就这么简单。当然了,如果可能也给兄弟一点方便,叫你们的锄奸队别老是天天找我们的麻烦,汪精卫那里我不好交代,彼此让让步,都给对方一条路走,我就很满足了!"说话的工夫,酒菜端上来,李士群陪着王天木喝酒。李士群的这番话,拉近了与王天木的距离,对立情绪消去了不少,王天木本来想好了怒骂李士群的话也就没骂出来。

喝完酒,李士群对王天木说:"你在这里也半个月了,一定憋屈得慌。我和丁默村商量好了,今天就让你走,时间长了,这个站长恐怕就没你的份儿了!""你说什么?"王天木简直不敢相信自己的耳朵。"今天就让你走。"李士群轻描淡写地说。王天木根本不相信天上会掉下馅饼来。"你是拿我开心啊!"他看着李士群。李士群很认真地说:"你怎么不信啊,我李士群是那种说话不算数的人吗?真的放你走啊!"看到李士群说话不像是假的,他稍稍沉吟,问:"有什么交换条件吧?""没有,有一点条件我出门叫汽车撞死!"李士群信誓旦旦地说。

这回王天木可真的搞不懂了,什么交换条件没有,就这样轻轻松松地从76号走了?怎么看也不是李士群的做法啊!他心里不踏实,不信是李士群的做法。李士群看出王天木对自己的怀疑,又说:"王站长,我刚才说了,你和别人不一样,我和丁默村是了解你的,宁可掉脑袋也不会背叛军统局,真把你杀了,那就是灭了一代忠烈,于心不忍啊!杀了你,我得背一辈子的骂名,下不了手啊!我没别的条件,刚才也说了,就是让锄奸队的弟兄少找点麻烦,就这么点请求,你不为难的话,就帮帮兄弟好了。"看李士群说得情真意切,王天木想,先别管那么多了,能从这个魔窟里出去就是万幸了。他点点头,表示同意李士群的话。刚才李士群说他和丁默村商量过怎么处置王天木,其实两个人的意见开始是相左的,丁默村知道王天木对军统局很忠诚,是一个很难拉拢的对象,想叫他变节的可能性微乎其微。如果李士群想要打动王天木,就应该继续关着他,直到他愿意投靠76号为止。可是,李士群说要放王天木走,丁默村很吃惊,说这等于放虎归山,放虎容易抓虎难啊!李士群说,我有把握他会自己乖乖地回来。当然这样做是有点冒险,但为了76号也值得赌一把。最后,丁默村赞成李士群的计划,决定赌这一次。

当天下午,王天木穿着李士群为他准备好的一套新西服,平平安安毫发无损地走出76号。走出76号的大门,王天木抬头看看天,仿佛做梦一样,我是活着出来了吗?用手拧一下自己的胳膊有点疼,他这才相信是真的。

王天木立刻向戴笠报告,自己已经从76号回来了,请求戴笠指示下一步工作。

王天木从76号活着出来了!

这个消息在军统局上海潜伏特工中迅速传开, 也像一颗炸弹叫这些特工深深震撼。他们觉得,王天木不变节的话,是不会活着出来的。立刻,以前和他有联系的特工纷纷躲藏起来, 王天木一时间找不到一个可以帮助他的人。

重庆军统局总部的戴笠这时候也陷入深深的苦恼之中。根据他对76号的了解,凡是被抓进去的军统局特工,不变节是不会活着出来的,王天木怎么会例外呢?活着出来就等于变节,这已经是军统局的共识。可王天木信誓旦旦地说他没有变节。他这也不是自己为自己辩护,有事实给他作证。一般来说特工变节后, 会立即带领76号的特工到处抓捕军统局的特工,多少会给军统局带来麻烦,破坏军统局在上海的地下组织,也是变节特工的最大价值。可是,王天木从来没有带领76号的特务抓捕军统局的特工,和他联系的特工也没有人被抓捕,这从一个侧面证明王天木确实没有变节。

可是,戴笠还是不放心。万一王天木和76号有什么更大的阴谋呢?万一他们设下了一个更大的陷阱呢?万一76号是放长线钓大鱼呢?……性格多疑的戴笠不得不考虑这些"万一",万一自己上了王天木的当,那就意味着许多特工的脑袋落地啊!戴笠真的不敢冒这个险。

戴笠下令秘密调查王天木有没有变节。

军统局上海站进行了秘密调查,的确没有发现王天木有变节行为。可戴笠不相信,不变节76号怎么会放过他呢?戴笠老是这么想。可是,既然证明不了王天木变节,就不能无限期拖延给王天木一个明确的答复。于是,戴笠给王天木发去密电,在密电中说,王天木被捕期间,为了不影响上海站的工作,站长职务已经交给别人,王天木不适合继续做站长。委任他为上海锄奸队行动队队长,负责实施暗杀汪精卫的计划。其实,戴笠知道,暗杀汪精卫在当时几乎是不可能完成的任务,76号对汪精卫的保护严密到针插不进、水泼不进的地步,此时的汪精卫与在河内时期完全不同,76号和日本宪兵在他居住的寓所外面,设下了重重岗哨,出门都有警车开道护送,十几个保镖不离身前身后,根本无法接近汪精卫。王天木想完成这样的暗杀任务,简直是天方夜谭。

接到戴笠对自己的委任,王天木很高兴。他认为能把暗杀汪精卫这么重要的任务交给自己,戴笠对自己还是信任的。王天木庆幸自己不愧是戴笠的老部下,才能得到戴笠的这样信任,换另外一个人会是什么下场就很难说了。

不明就里的王天木精心策划着暗杀汪精卫的计划。

王天木接到上海站的通知,为了协助他完成好暗杀汪精卫的任务,特意派来两名精干的锄奸队员,他们身手好,枪法准。王天木很高兴,有这样的手下协助自己,暗杀汪精卫的把握就更大了。派来的两个锄奸队员都是中年人,一高一矮,一个姓黄,一个姓贾。加上王天木原来领导的二十几个锄奸队队员,也算是兵强马壮了。

根据收集到的情报,汪精卫准备在万国酒店举行招待酒会。被招待的客人是另一个大汉奸周佛海在浙江收罗的一些汉奸,他们准备在汪精卫成立的伪国民政府中担任职务,帮助汪伪政府运作。得到这份情报后,王天木马上做了安排,准备在万国酒店门前动手,即使杀不了汪精卫,也可以杀别的汉奸,给汪精卫制造麻烦,给其他汉奸一个下马威。

王天木带着锄奸队的十几个精干特工赶往万国酒店。但还没到达目的地,打前哨的锄奸队员回来报告,根本就接近不了万国酒店。日本宪兵和76号的特务对这段路实行了封锁,所有来往行人和车辆必须绕道。眼看暗杀计划就要泡汤了,王天木决定修改计划。"汪精卫举行完酒会总是要回来的吧,我们在他回来的路上进行狙击,反正不能叫他跑了!"王天木一边说一边把锄奸队员分成了两个小组,分别埋伏在汪精卫回来的可能经过的两条路上进行狙击。"杀不了汪精卫,杀掉别的汉奸也有赏金!"王天木鼓励锄奸队员,叫大家奋勇杀敌。

两个小组分别行动。

王天木带着第一行动小组埋伏在宁海路上,这里是汪精卫回寓所要经过的道路之一。一个多小时以后,一支车队过来了,有三辆轿车。王天木给锄奸队员下达了行动命令。一个队员把一辆拉砖头的人力车横在道路中央,堵住了车队的前进的路,不等车队停下,伏击的锄奸队员就冲了出去,端起手里的枪一顿猛扫。轿车里的人被打死了六个,跑了两个。但是,没有汪精卫,也没有有点名气的汉奸,都是一些无名小卒。显然,他们是为吸引锄奸队而自投罗网的。王天木赶紧叫锄奸队员撤退。就在这个时候,日本宪兵队的警车呼啸而来,机枪在疯狂扫射,几个锄奸队员倒在地上。

眼看形势不妙,王天木拼命向旁边的一条巷子跑去。猛跑一阵,后面的枪声渐渐听不到了,王天木多少松了口气,忽然脚下被一块石头绊了一下,他低头看的时候,听到"啪"的一声,一颗子弹贴着他的头皮飞了过去。大惊失色的王天木赶紧回头,看见他熟悉的一个身影一闪,躲到一堵墙的后面。要不是刚才绊了一下,他就没命了!向他开枪的是那个姓黄的锄奸队员,是他的手下,是他的战友,是上海站特意派来协助他的。

可是,他要杀自己!

王天木的头涨得像斗一样,脑子里的思维像一只飞转的陀螺在高速旋转:到底是怎么回事?怎么会出现自己手下向自己开枪这样的事情?难道是姓黄的投靠了76号,76号重新又派他来杀自己?好像没这个必要。76号要杀自己的话,用不着兜这么大的圈子。不是76号又会是谁要杀自己呢?

满腹狐疑的王天木回到了自己的秘密驻地。

出去执行暗杀任务的锄奸队员陆续回来了。出发执行任务时是十六个队员,回来了一半。姓黄的和姓贾的队员都没回来,其他队员说,没看到他们被打死。就是说,他们俩脱逃了。上海站派来的精锐杀手怎么会脱逃呢?王天木百思不解,按规定给上海站打了报告,说明原因。

这次侥幸没被打死,王天木多了一个心眼,总觉得事情有点蹊跷。出门的时候更加小心注意了。

很快,他就发现自己频频被人跟踪。为了搞明白是谁跟踪自己,王天木给跟踪者设计了一个陷阱。这天,他从一家百货店里买了一件衣服出来,一走出百货大门,凭直觉就知道被人跟踪了。王天木也不回头看,若无其事地向前走。穿过马路,走进马路对面的小巷。那条小巷很窄,迎面走来一个人的话,就无法避开。这条小巷是王天木早就侦察好的,他要在这里证实自己的判断。

王天木走进了小巷,身后跟踪他的人也急忙走进了小巷,生怕把他跟丢了。走在前面的王天木突然转身,大踏步地朝着跟踪者迎面走来。这叫跟踪者措手不及,想找个躲避的地方都没有,小巷实在是太窄巴了,没有可以躲藏的地方。

两个人打了照面。王天木认识这个跟踪他的人,是军统局上海站一个分区的小头目,曾经归王天木领导。

是自己人在跟踪自己!这一刻,王天木像掉进了冰窟窿,全凉透了!

两个人擦肩而过,谁都没说话。

王天木证实了自己的判断。他多么不愿意自己的想法被证实啊,可现实就是这样,不可改变!

走出小巷,正好过来一辆黄包车,王天木叫住黄包车,坐到上面。他没听到黄包车夫问他去哪,脑子里一片空白,热泪禁不住涌出了眼眶……

回到自己的秘密住处,王天木一口气喝了半瓶白酒,他把酒瓶子摔在地上,破碎的酒瓶玻璃向四下飞溅。"为什么,这是为什么?"王天木大声喊叫着。他在仔细思考着,是谁下的命令向自己下手?自己是军统局的骨干啊,自己是军统局的"四大金刚"啊,自己是上海锄奸行动队的队长啊……这些都不说,就凭自己是戴笠的儿女亲家,谁吃了豹子胆敢向自己打黑枪?

那只有一个人敢下这个命令了。

王天木不寒而栗。

只有戴笠!

命令的确是戴笠下达的。戴笠在军统局一贯倡导的就是忠诚,教育特工们不可背信弃义。同时,他对部下的举动严加监察,不放过任何蛛丝马迹。他知道一旦有人叛变倒戈,对军统局的伤害是非常大的。有时会伤到元气很长时间恢复不过来。在军统局对叛徒的惩罚是很严厉的,一般都会受到追杀。当王天木安然无恙地从76号归来后,戴笠对王天木不怀疑是不可能的。但在秘密调查后,又没有证据说明王天木已经叛变,对王天木的处理就变成了一件很棘手的事情。怎么处理才好呢?

左思右想,戴笠找到了一个他认为两全其美的办法,就是任命他为锄奸队队长,负责暗杀汪精卫,以此证明自己的清白。戴笠知道,住在上海的汪精卫与河内时的汪精卫今非昔比,防卫森严,不要说王天木杀不了,就是他戴笠出面也是奈何不得。暗杀不了汪精卫,王天木就是有口难辩,无法证明自己的清白,戴笠也就有借口除掉王天木了。

戴笠深知人心难测,对谁他都信不过。詹森的事情让戴笠很受刺激,用人不疑说着好说,做起来风险可就太大了。戴笠在明知有可能中76号反间计的情况之下,还是选择了最保险的方式,那就是除掉王天木。而戴笠这样做的结果正中李士群下怀。他当初就是这样设计的,把王天木平安放走以后,戴笠肯定会产生怀疑,必然会对王天木不利,在走投无路的情况下,王天木只能投靠76号。到那个时候,不费吹灰之力,就可以得到王天木知道的军统局在上海潜伏特工的情况,可以了解到锄奸队的有关行动部署,这不比对王天木刑讯逼供要好得多吗?这一招,连老奸巨猾的丁默村也很佩服。

那天晚上,王天木喝得烂醉如泥……

想要活命,王天木只有一条路可走,投靠丁默村和李士群。

第二天一大早,王天木就出现在76号的大门口。他对守门的警卫说:"我要见丁默村和李士群。"

戴笠原来打的算盘是除掉王天木后,事情就摆平了。没想到王天木逃过一劫,直接投靠了76号。他的叛变给军统局带来重大损失。王天木以前在军统局天津站当过站长,对天津的特工组织也十分熟悉,全部向76号做了交代。这样,连军统局天津的外围组织——平津抗日锄奸团都被株连,遭到灭顶之灾。大批人被捕坐牢,许多人被杀害。王天木的叛逃,使军统局在敌后各大城市的情报网遭到覆灭。他把上海地区特工名录、地址和组织联络图拱手交给了日本宪兵司令部和76号。日本宪兵和76号特务紧急搜捕了军统局在上海的13个办公点、联络处和藏身处。军统局安庆站站长蔡胜楚在南京被捕,军统局南京站副站长谭闻知被捕后投降,随即军统局在南京的秘密电台被日伪特务起获……军统局在各地的情报站遭受了灭顶之灾。

成功策反了王天木,李士群扬眉吐气,觉得自己在这件事上有大大的功劳,抢先向汪精卫做了汇报,得到汪精卫的表扬。他这样做,无非是为了自己今后能升官发财打下基础,显示一下自己的本事。

对于李士群的这种做法,丁默村相当反感。别看他是李士群拉来入伙的,丁默村对李士群还是有点瞧不起,认为李士群有的时候不过是耍小聪明而已。策反王天木,他一个人大功独揽,好像丁默村在这里没有什么作为似的,丁默村能服气吗?他也得想个办法修理修理李士群才行。

王天木被策反不久,一天,趁着李士群到青帮头子黄金荣那里去办事,丁默村请王天木到酒店喝酒。丁默村和王天木其实是老交情了,在国民党军统局里王天木的官阶虽然没有丁默村的高,但时常打交道,是旧相识。比起李士群来,丁默村和王天木更能说到一起,共同感兴趣的话题也更多。三杯酒落肚,王天木的话匣子就打开了,"兄弟我这次投靠大哥,还得靠大哥多多关照啊!"王天木和丁默村套近乎,丁默村拍着王天木的肩膀说:"咱们兄弟是谁和谁啊?他姓李的是什么玩意儿,照他的意思,你脑袋早就搬家了!"丁默村乘机挑拨王天木和李士群的关系。本来是丁默村主张杀掉王天木的,现在他倒打一耙,把自己出的馊主意全都栽赃到李士群的头上,把李士群的主张说成是自己对王天木的关照。这番话叫王天木十分感动。王天木哪里知道当初就是丁默村责备李士群放虎归山的,这时候他反来装好人。两个人越说越投机。丁默村也不是光开空头支票,他许以王天木76号特工总部第一厅厅长的职位,这让王天木受宠若惊,把丁默村看成是自己的知己。当时,汪精卫为了制衡76号的各方力量,权力不是集中在一个人手上,丁默村和李士群都有培植自己势力的机会,互相也就都不服气。这样一来,协调事情还得找汪精卫,他就间接地控制了76号,这也是汪精卫的用人之计。

经过谋划,丁默村成功地把王天木拉到了自己的门下,成为自己的势力范围。李士群对此事耿耿于怀。觉得王天木是我用计策反的,丁默村反倒占了便宜,很难咽下这口气,对王天木也很有意见。不过,眼下需要借用王天木的力量打击军统局锄奸队,以保证汪精卫的安全,李士群暂时就忍了。这始终是丁默村和李士群之间的矛盾,李士群在破坏军统局特工组织和锄奸队的同时,也没忘了要找个时机打击和削弱丁默村的势力。

血搏

以血还血

王天木的叛变给军统局上海站的工作带来惨重的损失，组织系统也遭到了严重破坏，急需有人去上海重整旗鼓，开展工作。上海站是军统最重要的工作站之一，举足轻重，能够担当这个重任的干部在军统局内也不是很多。

戴笠在拟好的人选名单里掂量来掂量去，最后选定了一个人，他就是陈恭澍。

陈恭澍自从在越南河内暗杀汪精卫失败后，很是沮丧，多次做深刻检讨。自己也很想戴罪立功，所以几次申请要求到上海成立特别行动队，执行暗杀汪精卫的计划。但是，他的申请递交给戴笠以后，都是一个下场，肉包子打狗——有去无回。他暗里寻思，这是戴笠已经不信任自己了。

果然，他被戴笠召回重庆军统局总部，安排了一个闲职，实际上就是把他挂起来了，表示对他的不满。陈恭澍为此郁郁寡欢，经常一个人喝酒消愁。可他毕竟跟着戴笠历练多年，深谙戴笠的为人之道，所以在任何人面前都不发泄自己对戴笠的不满，而是大说特说自己的不对，辜负了戴笠的栽培和希望。这些话传来传去就传到了戴笠的耳朵里。许多人还替陈恭澍打抱不平，觉得他是为军统局效过大力的，现在这样对待他实在是有点不公平。戴笠听到这些话，也渐渐扭转了对陈恭澍的印象，不满也就渐渐消退了。觉得陈恭澍还是自己死心塌地的心腹，是一个可用之人，不能太怠慢了他。不久就安排陈恭澍代理军统局本部第三处处长。

不久，陈恭澍再调到中央训练团党政训练班接受特别培训，这个党政训练班培养的都是国民党骨干中的骨干。就在训练班结业那天晚上，陈恭澍被单独引至一间办公室。陈恭澍环顾四周，没发现有别人，他感到很奇怪，自己被引到这里干什么呢？

忽然听到门外传来脚步声，门无声地推开了，接着戴笠走了进来。陈恭澍"啪"地打了一个立正，举手给戴笠敬礼，嘴里说了声"老板"。戴笠神情和蔼，连连向陈恭澍摆手，"你坐你坐。"陈恭澍还是毕恭毕敬地站着，戴笠把他拉到沙发上坐下。"我现在有个新任务，非得你去不可！"戴笠说话声音不太大，可语气很严肃。陈恭澍马上站起，说："愿意为老板效犬马之劳！"戴笠又一次叫陈恭澍坐下，说："这一次是派你到上海去当上海站的站长……""王天木不是在那里吗？"陈恭澍知道王天木也是戴笠最得力的干将之一，不然戴笠也不会派他当上海站的站长。"王八蛋，叛变了！"戴笠咬牙切齿地说，恨不能活吞了王天木。"你去之后，先要紧急处理潜伏组织所发生的问题，另外就是要继续执行制裁汪精卫的计划。我相信这个工作你是最合适的！"听到这里，陈恭澍显得很激动，戴笠终于给了自己一个戴罪立功或者说证明自己能力的机会，自己一定要利用好。想到这里，陈恭澍用坚定的语气说："请老板放心，如果这次完成不好任务，就不回来见您了！"戴笠拍拍陈恭澍的肩膀说："我是相信你的！"听到这话，陈恭澍的眼圈红了，感激涕零。"谢谢老板栽培！"

局外人很奇怪，为什么在军统局里的特工见到戴笠都以"老板"称呼他？有时索性就直接呼戴笠"老板"还不带姓。"老板"就是生意上的"掌柜"，江湖帮派称"掌门人"。在国民党军统局来说，这样称呼戴笠显然是把他当作了江湖帮派的"掌门人"，说白了军统局也就成了戴笠的"家天下"。特工们这样称呼戴笠，完全是因为敬畏戴笠的权力和超人的治人手段，这里也有"家长"的味道，完全是一种封建意识作祟。戴笠喜欢别人叫他老板，也是把军统局当作了自己的家产，不允许别人插手。而他在当军统局局长的岁月里，在蒋介石的恣惠下，军统局也的确成了外人不能插手的"独立王国"。

戴笠乘飞机撞山失事后，由郑介民出任军统局局长。他在军统局中的地位，乃至上峰的器重，仅次于戴笠。不过，再没有人称呼他"老板"，这个称呼就成了戴笠的"专利"。此后历任军统局局长（后来的保密局）都没有

血搏

这个称呼。

第二天，陈恭澍得到了委任状。他喜出望外，总算熬到了出头的日子，陈恭澍决心要在上海大干一场，搞出点名堂给戴笠看看：我陈恭澍不是白吃干饭的！随即，他就从重庆秘密出发，先到香港，绕道去了上海。

在上海召开了伪国民党第六次全国代表大会后，汪精卫成立伪国民政府的日程加快了脚步。1940年3月30日，南京市各家各户的门口，重新挂出了青天白日满地红的国旗，只是旗子上面加了一条写有"和平、反共、建国"字样的黄色三角巾以示与重庆国民政府的区别，汪伪中央政权终于成立了。

1940年前后，是中国抗日战争最艰难的阶段，日本侵略者在占领区内大肆镇压抗日力量，扶持伪政权，宣传所谓的王道乐土，拉拢汉奸，壮大阵营。使得一些对抗战前途失去信心的国民党人在汪精卫集团的收买、拉拢下，也加入了汪伪政权。汪伪特工总部76号也发展壮大，对汪精卫的保护工作越来越严密，使军统局暗杀汪精卫难以得手。在这种情形下，国民党军统局必须另辟蹊径，打开局面。戴笠为此专门成立了一个研究小组，研究对汪伪政权的政策和暗杀汪精卫的办法。

不久，一份标着"绝密"字样的报告放到了戴笠的办公桌上。

报告说，汪精卫伪政权为了扩大自己的势力，到处招兵买马。76号特工总部也不断招降纳叛，不断拉拢军统局的特工参加76号，为他们所用。李士群和丁默村的政策是，利用军统局反水特工对付军统局潜伏特工效率更高，反暗杀更有针对性，所以，76号非常欢迎反水的军统局特工到76号工作。作为应对之策，建议军统局派出一批特工假意投靠76号，渗透进汪伪政府，为暗杀汪精卫做准备。这个报告的后面还有一个附件，上面是建议渗透到76号的特工名单。戴星炳就是其中的一个。

戴笠看了这份报告，签署了"同意"两个字。在那份附件里，戴笠同样用毛笔在几个人的名字上画了圈，这里面就有戴星炳。

戴星炳其实早就渗透进了汪精卫的内部。他原来是国民党第四战区司令部的高级参谋，1939年的时候，就在军统局的安排下进入了汪伪内部，但没有得到重用，接近汪精卫本人的机会很少，一直找不到暗杀汪精卫的机会。为了完成暗杀任务，戴星炳反复思考，终于想出了一个计策。

当时，日本侵略军占领了广东的一部分地区，但广东其他地方仍是一帮广东军人的天下。戴星炳就自告奋勇，说愿意去说服这些广东军的将领，让他们投诚汪精卫。这里也有一个历史原因。1938年，汪精卫离开重庆的时候，不是想直接在日本人的庇护下成立伪政府，他还想着要点脸面，有一个伪装。汪精卫的设计是在非国民党统治区、非日本占领区的所谓"第三区"成立一个伪政府，然后同日本进行"和平谈判"……当时广东的第四战区司令官张发奎和广东省主席李汉魂同汪精卫的关系都非常密切的。但汪精卫投敌以后，遭到全国上下的坚决反对。他们一看形势不对，于是保持沉默，但不等于他们不想投靠汪精卫，只是时机不好。有人继续做他们的工作，就可能把他们拉过来。而戴星炳在第四战区做过高级参谋，和张发奎关系很好，他去做张发奎的策反工作，是有一定基础的，汪伪政府里的人也都相信，许诺如果成功策反张发奎，一定给戴星炳高官做。

这件事汇报给汪精卫，他信以为真，还亲自写了一封劝降信，交给戴星炳带给张发奎。

当时，国民党第四战区司令部在广东韶关。戴星炳带着汪精卫的亲笔信到了韶关后，见到了张发奎，说明了来意。并趁机对张发奎说："从全国形势看，日本人占领全中国那是迟早的事，跟着汪精卫一定会有前程，总比待在一个小小的韶关强。我这些年在汪精卫身边做事，觉得很有奔头，这才来给长官说说我的心里话。"张发奎一直对戴星炳印象不错，再说自己也有心投靠汪精卫，这回只是给自己找一个台阶而已，就满口答应，一定认真考虑。就这样，张发奎给汪精卫复信，意思是说会待机行动投诚汪政府，只是现在时机还不是最好。得到张发奎这样一封回信，戴星炳心里就有底了，自己这次一定会得到汪精卫的信任，会被他重用。如果真是这样的话，就有机会接近汪精卫了，暗杀汪精卫也就比较容易做到了。

从韶关临行前，戴星炳给戴笠发去了一封绝密电报，大意是自己很快就会得到汪精卫的信任和重用，暗杀汪精卫指日可待！

戴笠收到戴星炳发来的密电，立刻给他回电说，如果暗杀汪精卫成功，军统局会付给他一大笔奖金，并官升三级。戴笠为了解除他的后顾之忧，许诺戴星炳说，如果暗杀汪精卫失败遇难，军统局将付给他家人优厚的抚恤金。为了避免詹森这样的事情再次发生，戴笠特别命令戴星炳说：

"不得近女色！"

戴星炳接到戴笠的密电后，信心百倍，觉得大功告成的日子指日可待。这次他一定要做出个样子来，给76号的特务们看看，军统局的特工不是好惹的！

就这样，戴星炳带着张发奎的回信回到了南京，直奔汪精卫办公室。汪精卫看了戴星炳带来了张发奎的回信，非常高兴。他当即向戴星炳表示，将考虑对他委以重任，担当更重要的工作。戴星炳别提多高兴了，他看着面前的汪精卫，心里说，你这个卖国贼，看老子怎么要你的命！

汪精卫打电话给秘书处，交代为戴星炳找一个合适的职位安排工作。

仅仅过了一天，对戴星炳的任命还没下达，76号的特工总部副主任李士群就给汪精卫打来电话："汪主席千万不要会见戴星炳，他是军统局派来暗杀主席的杀手！"汪精卫听了，当时就傻眼了，好像被兜头浇了一盆冷水从头上凉到脚下，简直不敢相信自己的耳朵：像戴星炳这样看上去忠心耿耿的人竟然是要杀自己的杀手，实在是太可怕了！

"马上处理！"汪精卫恶狠狠地说。

安排戴星炳暗杀汪精卫是一项绝密计划，在军统局只有几个人知道，这几个人都是守口如瓶的局领导，是绝对不会把计划透露出去的，戴星炳的身份怎么会暴露呢？这在当时成了一个谜。为此，戴笠还在军统局搞了一次秘密清查，结果表明，戴星炳的被捕与军统局方面没有关系，那么，是哪个环节出了问题呢？

戴星炳是被时任伪上海市市长的傅筱庵出卖了。

汪精卫伪国民政府在南京成立后，蒋介石就坐不住了，这等于是在打他的脸啊！蒋介石把戴笠召见到自己的办公室，对他的工作表示十分不满。戴笠大气都不敢喘，任凭蒋介石的训斥。蒋介石发完火，问戴笠："你们军统局到底有没有能力暗杀汪精卫？"戴笠"啪"地打了立正，保证道："请校长放心，学生一定尽全力把汪精卫除掉！"蒋介石一摆手说："在这件事情上，你实在是叫我太失望了。堂堂的军统局斗不过李士群这帮原来在你手下混饭吃的混账东西，党国的脸都叫你给丢尽了！"戴笠听到这话，脸上的冷汗都流下来了……

戴笠回到军统局一连三天召开高层秘密会议，研究落实蒋介石的指示。会议形成决议,除了派一批特工假意投靠76号,渗透进汪伪政府外,也仿效76号策反军统局特工的做法,在汪伪政府里寻找可以策反的对象,在堡垒内部把堡垒攻破。军统局拟定了一份可以策反的人选。傅筱庵进入了这份名单,成为军统局策反对象之一。

说起傅筱庵这个人来头不小,他是浙江宁波人,历任江南造舰所监督、北京政府官办内地自来水公司经理、中国银行监理、上海造币厂监督、国务院高等顾问、上海总商会会长、招商局总理、中国通商银行董事长、四明银行董事、美国钞票公司驻沪华经理、汉冶平股东联合会会长兼董事会副会长。北伐军抵达上海前,他因为支持军阀孙传芳对抗北伐军,被蒋介石下令通缉。傅筱庵只好潜逃华北,依附在日本人的势力下苟延残喘。九一八事变之后,国民政府为了抗日,取消了一批通缉令,不再追究某些人的历史过错,傅筱庵才得以回到上海。回来以后,在政界重振雄风是不可能了,只能弃政经商。仕途无望,让傅筱庵对国民政府十分不满,干脆投靠日本人。汪精卫成立伪国民政府,急需有些人出来做事,在伪政府里担任职务,撑门面,就请傅筱庵出来当上海市的伪市长。双方臭味相投,一拍即合,傅筱庵就成了上海市伪政权的第一把手了。他平日为虎作伥,鱼肉百姓,出卖国家,背叛民族,甘做敌人走狗,是人人痛恨的大汉奸。

虽然名义上是个市长,可傅筱庵的日子并不好过。财政上入不敷出,有的时候还得他自掏腰包维持局面。另外就是日夜担惊受怕,提防军统局的特工暗杀他。时间一长,傅筱庵就有了怨气,经常在朋友面前唉声叹气、大发牢骚,后悔不该投靠日本人,跟了汪精卫,到如今骑虎难下。

他自己也没想到,这些话被他的朋友许天民听到后,报告给了军统局。许天民的公开身份是一家煤矿公司驻上海办事处的经理,暗地里为军统局做事。经常为军统特工在上海的活动提供掩护和协助,为这些特工收集情报。许天民把这些情报汇报给军统局后,得到军统局上层的重视,下达指示,叫许天民对傅筱庵做进一步的试探,看看有没有策反的可能。

这天,许天民请傅筱庵到自己家里吃饭。喝过几杯酒之后,许天民就试探着问傅筱庵:"傅市长,听你的话好像对投靠汪精卫有点后悔,又为什么不尽早弃暗投明呢?"傅筱庵听了长叹一口气,说:"我是想弃暗投明啊,可国民政府还能信我的话吗?我就像墙头草似的,左一下右一下的摇摆,国民政府不会信我的。我想投奔人家也找不到门路啊！"许天民就说："我有个朋友好像在这方面有点门路，要不我叫他给你打听打听，是不是可以通融通融？"傅筱庵听了很高兴："那当然好，你就帮我这个忙。要不然我真得会死无葬身之地啊！"话说得投机，酒也喝多了，傅筱庵烂醉如泥。

许天民把他得到的情况马上汇报给军统局。军统局的计划是这样的，策反傅筱庵之后，利用傅筱庵伪市长的身份，在汪精卫来沪时设宴款待，在宴席中由军统特工伺机暗杀汪精卫。这样比较保险，有傅筱庵配合，汪精卫会放松警惕，也很难防范，暗杀汪精卫就有更大的把握。从傅筱庵的历史看，他唯利是图，现在牢骚满腹，是一个合适的人选。在许天民向军统局汇报后不久，军统局就明确指示许天民，可以做策反傅筱庵的工作。

过了几天，许天民说自己的办事处新开了一家贸易公司请傅筱庵去剪彩，傅筱庵满口答应。剪彩完毕后，许天民请傅筱庵到一家豪华酒店喝酒。在喝酒的时候，许天民和傅筱庵说："上次和你谈的那件事情和我朋友说了，他也和国民政府的要员接上了头。他们欢迎你弃暗投明，希望你不要再做对不起中国人的事了！"傅筱庵当时喝了不少酒，情绪很激动，说："国民政府要是不计前嫌，那对我就如再生父母啊！我也不能白弃暗投明，看看国民政府需要我做什么，我就做什么，将功赎罪吧！"傅筱庵把话说到这个分儿上，打消了许天民的全部顾虑，就说："军统局有个暗杀计划，如果你帮助顺利完成的话，就是立了大功！""什么计划啊？"傅筱庵反问许天民。"计划是这样的，"许天民告诉傅筱庵，"军统局要暗杀汪精卫，一直没有合适的机会，需要你的配合……"至于具体的计划，许天民说他也不知道，要等军统局的指示。傅筱庵拍着胸脯说："没问题，除汉奸是中国人应该做的！"好像他不是汉奸似的。

喝完酒，许天民把傅筱庵送上了汽车，一再叮嘱他要保密。傅筱庵说："没问题，这个规矩我懂！执行计划的时候，你提前告诉我就是了！"傅筱庵钻进轿车，走了。

回到家里，喝了点山西老醋，傅筱庵醒酒了。想想刚才许天民和自己说的暗杀汪精卫的事，傅筱庵在心里掂量起来：汪精卫神出鬼没的，军统局暗杀他也不是一次两次了，哪次也没得手。这次我帮军统局，没有暗杀成功怎么办？我可就跑不了干系了。再说，国民政府和日本人对着干，谁赢谁输现在也看不出来啊，势头上看，还是日本人占上风，汪精卫是跟着日本人干的就等于汪精卫占上风。我帮军统局杀汪精卫，等于帮助弱势的打强势的，这不是拿鸡蛋碰石头吗？傅筱庵越想越后悔，越想越害怕，心里对自己说：傅筱庵啊傅筱庵，你这不是聪明一世糊涂一时吗？怎么能叫军统的人牵着鼻子走呢？另外，傅筱庵还有一件事叫他放心不下，就是他害怕蒋介石出尔反尔，说话不算话，真落到蒋介石手里，自己可就是一块泥巴，蒋介石想怎么捏就怎么捏。过去通缉令都是蒋介石亲自批的，他会不记仇吗？傅筱庵越琢磨越不行，还是不能投靠国民政府，跟着汪精卫更安全一些。傅筱庵决定告发许天民。

傅筱庵连忙叫上几个保镖和自己去76号。在76号，他见到李士群，就把许天民怎么策反，怎么准备暗杀汪精卫全盘托出。李士群听了心惊胆战，这次是傅筱庵没有被策反，如果真叫军统局策反成功了，汪精卫就是在劫难逃啊！谁会想到伪政权上海市市长会对汪精卫不利，傅筱庵帮助军统局暗杀汪精卫的话，汪精卫就是死定了！李士群不知道怎么感谢傅筱庵才好。他叮嘱傅筱庵切不可打草惊蛇，继续与许天民保持接触，以掌握军统局具体暗杀汪精卫的计划和所有参与行动的军统局特工人员名单。傅筱庵满口答应，回去了。

几天以后，许天民来找傅筱庵，告诉他军统局已经制定了新的暗杀汪精卫的计划，准备实施。傅筱庵就问许天民，具体的行动计划是什么？许天民告诉傅筱庵，下个星期，汪精卫会到上海来视察，由傅筱庵主持欢迎汪精卫的宴会，军统局的特工就在欢迎宴会上动手。傅筱庵问："军统局由谁来执行暗杀汪精卫的任务呢？"许天民说："现在还不知道，这方面肯定是安排好的，没把握的话，军统局也不会做这样的计划。你的任务就是做好配合，到时候把执行计划的特工安排进举办宴会的地点就行了。"傅筱庵满口答应。送走了许天民，傅筱庵马上给李士群打电话，向他报告了情况。李士群嘱咐他说："一定要稳住，引蛇出洞，把他们的潜伏特工全部钓出来。"

李士群立刻给汪精卫发了密电，请汪精卫在南京继续放出风声，说他要到上海来，并且定下具体的行期，好像真的要来上海一样，麻痹军统局的特工。

上海方面，李士群也秘密做好了收网的安排，准备把执行暗杀汪精卫任务的军统局特工一网打尽。

在李士群的指示下，傅筱庵约许天民到自己的寓所密谈。

见面后，傅筱庵和许天民说："汪精卫决定星期三到上海来，举办宴会的地点定在海园大饭店，参加的人必须有特别请柬才行，到时候要核对身份，你得把要派进来的特工名字告诉我，是干什么的，居住地在哪里，我好给他们签发特别请柬。许天民就把三个特工的名字告诉给了傅筱庵，两个作为邀请嘉宾出席宴会，一个安排做服务员，这样可以保证暗杀成功。傅筱庵把三个特工的名字记下后，按照李士群事先的安排，又和许天民说："汪精卫这个人生性多疑，又遇到了好几次暗杀，戒备很严的，万一这三个特工杀不了他，我又暴露了，那该怎么办啊？"傅筱庵说得情真意切，好像他真是急切想暗杀汪精卫似的。许天民也没怀疑，回答道："这次汪精卫是死定了！我们在他身边还安排了一个杀手戴星炳，他已经取得了汪精卫的信任，应该没问题！这是设置的双保险，只要汪精卫到上海来，他就完蛋了！"许天民和傅筱庵又商量了一些具体的事宜，直到认为完美无缺了，才离开傅筱庵的寓所。

得到如此重要的情报，傅筱庵不敢耽搁，马上向李士群报告，汪精卫身边有一个杀手叫戴星炳！

李士群立刻给汪精卫发去密电：马上取消上海行程，逮捕戴星炳。

就在李士群向汪精卫发去密电的同时。76号在上海的秘密逮捕行动也开始了。军统局安排好的三个准备在欢迎宴会上暗杀汪精卫的杀手分别在自己的住处和工作的公司被捕，奉命策反傅筱庵的许天民也没有逃脱被抓获的厄运，参与这次暗杀行动的军统特工全军覆没。

陈恭澍到达上海后，没有几天，就接到戴笠的电令：任命陈恭澍为军统局上海区区长。电令只不过是一张抄录的二指宽的小纸条，别看不起这张小纸条，它与盖了印信关防的正式公文有同等效力。上海区是军统局所属最大的一个外勤单位，其下共分为交通站、联络站22个，电讯台4个，技术室1个，会计室1个，情报组5个，行动大队8个。全部人员大约在一千人上下，并配备各式通信器材、多种爆破器材以及武器弹药等。上海区区长过去说军统局里人人都想谋的肥缺。代理区长兼第一行动队队长赵理君因病住院,不能主持工作急需有人出来主持上海区工作。不过,此刻由于军统上海站站长王天木的叛变,正处于四面楚歌的境地,这个时候委任陈恭澍做上海区的区长,使得陈恭澍感到了很大的压力。陈恭澍接任军统局上海区区长之职时,正是工作最艰难的时候,就在他到上海之前,军统局上海区主管人事的助理书记陈明楚被捕叛变,泄露了潜伏特工的组织机密,日本宪兵队会同公共租界和法租界的巡捕在同一时间内搜查了军统局上海区的14个联络点和交通站,幸运的是这些联络点和交通站事先获得情报,大部分特工及时撤离,才没有遭受重大损失。

严峻的形势考验着刚刚到任不久的陈恭澍,他必须在短期内重振雄风,还敌人以颜色!当然,要完成好戴笠交给的任务也不是一件容易的事,想到河内暗杀汪精卫失手后自己的境遇,他还是有点害怕再步后尘。

当时的上海环境对军统的潜伏特工来说也非常不利,他们是三面受敌,处境非常险恶。首先面对的是日本占领军中的宪兵队,视军统的潜伏特工为最大敌人,全力追剿。其次是新投奔汪伪的大小喽啰们,专门对付军统的潜伏特工以邀功请赏。公共租界与法国租界当局,也在日军压力下,开始镇压军统的潜伏特工。虽然在租界的巡捕房中有一部分警探对军统的潜伏特工表示同情,帮助他们做了一些事情,但也有一部分警探竟为虎作伥,同样狠毒。这样一来,军统的潜伏特工要开展暗杀汉奸、叛徒和日军占领军也是风险极大,暗流涌动。尽管知道自己身处险境,陈恭澍还是决定要给汉奸一点颜色看看,他太需要一些战果在戴笠面前表现自己了。

新官上任三把火,陈恭澍立即调查许天民等人被抓的案子,寻找幕后黑手。很快伪上海市市长傅筱庵就浮出了水面。了解了许天民被捕的前后经过后,陈恭澍决定出手惩治汉奸,他到达上海下的第一个命令就是:立刻除掉这个两面三刀的汉奸!不管是谁,暗杀傅筱庵都有重赏!

陈恭澍的命令很快传达到军统局潜伏在上海的每个特工那里。

傅筱庵知道这一次跟军统结下了梁子,自己是不会有什么好果子吃的。傅筱庵也有点后悔了,责怪自己有点鲁莽,考虑不够周全。特别是许天民被捕后,他就时时感到了性命难保的恐惧。原来的寓所都不敢再住了,搬到距离日本海军陆战队很近的虹口祥德路,有12个保镖贴身保护。只要出门就一定有五六个保镖保护着,回到家里后,保镖轮流在他住的房间旁边的一个房间里住着,24小时不间断值班,一次两个人。傅筱庵真是吓破了胆。寓所的岗哨也是里三层外三层,都是日夜值班。军统局的特工几次想杀他都没成,防卫实在是太严了。

军统局特工把这个情况汇报给陈恭澍后,陈恭澍非常恼火。不管是谁,只要是妨碍了暗杀汪精卫,那就是陈恭澍的最大敌人。陈恭澍想,老虎还有打盹儿的时候,我就不信傅筱庵永远会防卫得这么严,永远叫我找不出漏洞来。汪精卫我杀不了,你傅筱庵也杀不了的话,我还配做"四大杀手"吗?在戴笠面前也抬不起头啊!他下决心非杀了傅筱庵不可!

想来想去,陈恭澍终于想到了一个办法,他在傅筱庵家附近开了一家小酒馆,派了一个叫杜三的特工去当小酒馆的老板。陈恭澍嘱咐杜三,开酒馆的目的是伺机拉拢傅家的用人,看看有没有可做内应的。如果能找到这样的人不惜一切血本!

这个小酒馆没几天就开张了,生意还挺好。这个小酒馆就开在傅筱庵寓所大门的斜对面,进出傅筱庵寓所的人,在小酒馆里看得一清二楚。杜三天天坐在柜台里,眼睛就瞄着傅筱庵寓所的大门,观察来往的人。时间过去半个多月,杜三就看出名堂来了,他盯上了一个叫朱升的厨师。

这个朱升有四十多岁,长得浓眉大眼的,不难看,说话是山东口音,粗声粗气的,大嗓门。他和傅筱庵认识还有段缘由。当年傅筱庵被蒋介石通缉在上海待不住了,就逃到了山东,在济南到酒店吃饭,认识了朱升。因为朱升的做菜手艺好,十分对傅筱庵的口味。傅筱庵吃饭总害怕别人下毒,就想找一个自己信赖的厨师。朱升是山东人,为人仗义豪爽,符合傅筱庵的要求。就把他收留在自己身边给自己做饭。朱升为人忠厚老实,跟随傅筱庵以来,一直勤勤恳恳,得到傅筱庵的信任。傅筱庵更看中的是朱升还会点拳脚功夫,可以做他的贴身内侍,对他很信任。多年来,朱升在傅家上灶负责采买,照顾他的生活起居。

杜三瞄准了朱升后,看到他从傅筱庵家出来,就在他身后跟着,看他都到什么地方去。朱升出来后不乱走,主要是到菜市场买菜,买完菜就回傅筱庵的寓所。他买菜时和卖主谈价,杜三认为有机可乘。也上前装作买菜的样子,问朱升:"大哥,我不会挑菜,你帮我挑一挑,好不好?"朱升也是个热心肠的人,满口答应就帮着杜三挑了几把青菜。两个人一起走出菜市场,边走边聊,很是投机。杜三说:"我在傅市长家附近开了一个小酒馆,有时间的话,请过来坐坐,指导指导厨师做山东菜,让我们也学习学习你的手艺。"朱升听了很高兴,就答应了。

到了第三天,朱升又出来买菜,回来的时候随便到杜三的小酒馆里坐坐。杜三连忙端上好酒好菜招待朱升。两个人拉起家常,说得很热闹。杜三就问他:"大哥也有四十了,怎么还住在傅市长家呢,自己没个家啊?"一听到这话,朱升的眼圈就红了。"我是有家有业啊,我媳妇被日本人炸死了!"杜三一听这话觉得有机可乘,朱升原来和日本人有深仇大恨啊!急忙问是怎么回事儿?朱升说,他老家在济南,媳妇也在济南。自己跟傅筱庵到上海后,曾经想把媳妇接来,傅筱庵一直都不表态,事情就拖下来了。后来实在是等不了,和傅筱庵说必须回济南把媳妇接来住,傅筱庵勉强答应下来。没想到的是,他回到济南后才知道媳妇已经死了。邻居告诉他是叫日本飞机扔的炸弹给炸死的。"我操日本人的八辈祖宗啊!"说到这里朱升禁不住放声大哭起来。杜三赶紧给他递毛巾擦眼泪,和他一起大骂日本人,两个人的感情又加深了一步。

从这以后,朱升就经常到杜三的小酒馆里喝酒,两个人成了无话不谈的好朋友。杜三就和朱升说:"你媳妇被炸死的事儿,其实和傅筱庵有关系。"朱升问:"这怎么和傅筱庵有关系呢?"杜三说:"他为什么不愿意你把媳妇接来,因为媳妇一来你就有家了,晚上就得回家住是吧?那还怎么当他的保镖呢?他这是为自己着想,根本就没把你的事当回事。耽误了你接媳妇的时间,才让她被日本人炸死了!"叫杜三这么一分析,朱升心里想,对啊,傅筱庵不是为我好,是为了他自己的安全害得我媳妇把命搭上了!说过几次以后,朱升逐渐对傅筱庵产生了不满。

随着不断交往,杜三和朱升的关系越来越好,什么话都能掏心窝子说了。杜三觉得机会成熟了,又把朱升找来喝酒。和他说:"傅筱庵当汉奸,叫你也跟着背骂名。他是和日本人一个鼻孔出气的,和中国人作对,这种人死有余辜!"朱升对傅筱庵做的事也有些看不顺眼,又想到媳妇被炸死的事,傅筱庵也有责任,禁不住骂起傅筱庵来。两个人越骂越有气,杜三就说:"不如干脆把傅筱庵杀了,你就是杀汉奸的英雄,也给死难的中国人出口恶气!"朱升虽然对傅筱庵不满,可听到要杀人,还是有点犹豫。杜三趁热打铁，说："傅筱庵是我朋友的一个仇家，他杀了我朋友的家人。你如果杀了傅筱庵，我朋友给你一笔重赏，另外，还帮你娶个媳妇，你看怎么样？"听到这样的优厚条件，朱升有点动心了。杜三又是一阵相劝，朱升就想，过了这个村可就没这个店了，傅筱庵是个大汉奸也该杀。谈到最后，朱升就答应了。杜三便和朱升研究暗杀傅筱庵的具体办法。朱升说："傅筱庵非常警惕，也十分小心，保镖24小时不离，确实很难动手。"杜三说："家贼难防，你就在他身边转悠，迟早有机会。你好好想想，老虎还有打盹儿的时候，傅筱庵难道天天睁着眼睛不成？"杜三的话像火花一样把朱升的脑袋一下擦亮了。"对，他睡觉的时候是一个人，这是最好的机会了！"杜三点头道："我这小酒馆昼夜都有人守着。你要是晚上杀了傅筱庵别急着出来，免得有人怀疑。""我什么时候出来找你们？"他问。"一大早出来，到这里后马上安排你转移到外地，保证你的安全，赏金也一分不会少你的！"杜三使劲拍着朱升的肩膀，给他壮胆打气。

1940年10月10日晚上，暗杀傅筱庵的机会终于等来了。

这天晚上，傅筱庵从外面应酬归来，喝得酩酊大醉。两个保镖把他扶进门来，正好被朱升看到。"我来侍候，弟兄们歇歇。"朱升说着把傅筱庵扶入他的卧室。平常的时候，傅筱庵不允许别人进他的卧室，睡觉的时候总把手枪放到枕头下面，以防不测。每次睡觉前都要把门闩好，防止晚上有人偷袭。夜晚进入傅筱庵的卧室是很难的。可今天他喝醉了，朱升把他扶进卧室后，他倒在床上就"呼呼"大睡，上门闩的事情自然也就做不了，等于房门洞开，随人出入。朱升走出卧室，轻轻地把房门虚掩上，心里说：大汉奸，今晚上你的死期到了！

深夜，朱升悄无声息地从厨房里溜了出来，他的后腰里插着一把锋利的剁骨头用的菜刀。为了遮人耳目，朱升手里提着一把茶壶。他走进了大厅，脚步轻轻落下，生怕惊动了别人。他走到傅筱庵卧室门前，刚要推门，身后有人说话，吓得他头发都竖起来了，原来是住隔壁房间的一个保镖起来上厕所。"朱师傅，这么晚了，你干什么啊？"保镖问他。"啊，害怕市长渴了，送点茶水来！"朱升扬了一下手里的茶壶。那个保镖一点都没怀疑，回到自己的房间睡觉去了。朱升定定神，推开了傅筱庵卧室的门，里面傅筱庵打着呼噜睡得正香。

朱升摸到傅筱庵的床前，用手摸到傅筱庵的脑袋，往下摸，摸到他的脖子。朱升从后腰抽出锋利的菜刀，对准傅筱庵的脖子狠狠地剁了下去。多年练就的剁骨头的功夫这回派上了用场，那是一个稳、准、狠，熟睡之中傅筱庵没来得及哼一声，就命归西天了。

朱升这个时候反倒沉住气了，他拉上被单把傅筱庵全身蒙好，把带血的菜刀藏在傅筱庵的床下面，自己提着那把茶壶转身退出了卧室。前后就一两分钟的时间。

凌晨，天刚刚放亮，朱升从傅筱庵寓所的大门里若无其事地走出来，按照事先的约定，他手里提着一只圆形的菜篮子。

守候在小酒馆里的杜三立刻叫另外一个特工把后院里的汽车开了出来，叫朱升上了汽车。临走，杜三还忘不了在小酒馆的大门贴了一张告示："本店停业，低价转让。"

傅筱庵被暗杀的第二天，日本中国派遣军总司令部（在南京）报道部长（军事发言人）马渊向报界散发了一个新闻通稿。这份新闻通稿说："上海市市长傅筱庵被杀，实在遗憾至极，不胜哀悼。他以自己的生命献于和平建国、献于东亚新秩序建设。为理想而奋斗的傅市长，早已察觉身处危险之境，故亦有献身的准备。上海无论在经济上、政治上以及国际影响上都是新中国的心脏，市政府责任重大。在需要大力建设之时，牺牲了伟大的傅筱庵市长，这不但是上海的巨大损失，也是全中国的巨大损失。"

兔死狐悲，傅筱庵是地地道道的卖国贼、大汉奸，他的死才让主子如此伤心至极，发出哀号。

为了表彰上海区暗杀傅筱庵有功，军统局发出了特别嘉奖令，发给此案有功人员7万元奖金。

赌博惹祸

奖励暗杀傅筱庵有功人员的奖金由军统局派专门人员送到上海。他们带的不是钞票，而是金条。为什么不直接带钞票呢，黄金换成钞票还要多一道兑换的手续，无形之中也增加了暴露的危险，军统局这不是自己给自己找麻烦吗？这里就必须说一下原因了。

汪精卫成立了伪国民政府后，立即发行自己的钞票，成立伪政府国家银行。原来是准备用国民政府"中央银行"的名称，后来觉得这和在重庆的国民党政府的中央银行区分不开，容易混淆，决定起用新的银行名称，这就是"中央储备银行"，发行的货币被称为"储备券"。在国统区使用的是国民政府中央银行发行的法币，在汪伪政府的统治区使用的是"储备券"，完全是两种不同的货币。军统局给在敌占区工作的特工们发奖金一般是发金条，而不是法币，因为法币在这里无法使用，还有暴露的危险。特工们拿到金条后，再到银行兑换成"储备券"，才算得到了"奖金"。

军统局本部在上海地区有交通站、联络站、行动大队、技术室、电台和会计室。这些单位平时互相之间没有联系，主要是为了安全起见，也就是所谓的"单线联系"。这样做的好处是万一有军统特工被捕当了叛徒，出卖其他人的机会将降低到最低程度，避免给组织系统带来更大的破坏。在这些部门中，电台和会计室是军统局上海区区长陈恭澍直接掌管的最重要部门。一个是和重庆军统局保持联络的重要渠道，一个是提供活动经费，离开了这两个部门，陈恭澍寸步难行。

军统局上海区直接掌握的通讯电台有3部，有3个发报员和2个译电员。虽然为了提高工作效率，军统局在培养特工时尽量要培养出发报和译电技术都精通的全才，但是难度很大，不是人人都可以做得到的。像詹森那样的多面手特工还是少数。另外从保密的角度看，发报和译电都安排一个人来做也有一定的风险，万一他被捕叛变，把自己知道密码破译方法全部交代给敌人，全军统局上海区的秘密电台密码就必须全部更换，损失太大。所以，陈恭澍还是主张让发报和译电工作由两个人来做，虽然麻烦一点，但提高了保密性，会把损失降到最低，对秘密工作还是有利的。除此以外，陈恭澍非常重视的另一个部门就是会计室。军统局上海区设一个会计室，全部人员的薪金和活动经费都是由会计室向下拨付的，没有了会计室，军统局上海区的工作就全部停止了。经费对军统局上海区来说就像一个人身上的血液，没有它的支持，各个器官要发挥作用是不可能的。陈恭澍对此有深刻的认识，对会计室的人员配备也是非常慎重的。

军统局为了防止下属贪污，凡是区、站一级的总会计都是由军统局直接派出的，向军统局直接负责，重大财务事项可以直接向军统局甚至直接向戴笠汇报。军统局上海区设总会计一人，人员薪金和活动经费由会计室向下拨付。会计室有单独的办公地址，会计室工作人员有三人，除他们彼此知道对方的身份外，另外知道他们身份的也只有军统局上海区区长、副区长、书记等极少数几个人。在军统系统里，会计室和秘密电台的人员保密性最好，由此也可知他们工作的重要性。对于会计室的工作，陈恭澍有自己的想法，这还是因为他第一次和总会计白绳祖接触时，就感到了问题的严重性。

事情还得从陈恭澍到上海区当军统局上海区长说起。陈恭澍刚到上海时军统局还只是委任他做上海站站长，到达上海后才又任命他为军统局上海区区长，站长、区长虽然只有一字之差，手中的权力可是大大不同。上海区区长管人、管物，还直接掌管上海区的全部经费。陈恭澍任上海区区长的第一件事情就是到会计室了解财务状况。会计室的地址是在扬州路上的一家米店里。陈恭澍急于见到总会计白绳祖，了解经费使用情况，好安排下一步的工作。

穿过几条街道，陈恭澍坐的黄包车来到了扬州路的一家白计米店。

陈恭澍叫黄包车停下，他从黄包车上下来，付给黄包车车夫车钱后，车夫拉着黄包车走了。作为一个老牌特工，陈恭澍是非常有经验的，他没直接走到米店里，而是先走到米店对面的一家包子铺。

"先生，请问您想吃什么馅的包子？"包子铺的老板一边给陈恭澍让座，一边问他。陈恭澍找了一个观察位置好的座位坐下，从这里能把米店的情况看得一清二楚。陈恭澍对包子铺老板说："给我来三个韭菜肉馅的包子。"陈恭澍摘下头上的礼帽，放到桌子上。"好咧！"包子铺老板一边答应一边给陈恭澍端包子去了。陈恭澍往街道对面的米店看去，看到窗台上放了一盆月季花，这是安全的信号，表明可以进米店谈事情。米店有买米的顾客进进出出，看来一切也正常。这时，包子铺的老板给陈恭澍端来三只包子，还有一小盘蒜泥。陈恭澍也不着急，一边慢慢吃包子一边观察对面的米店。等包子吃完了，米店里外都没有发现异常情况，陈恭澍这才站起来，把包子钱放到桌子上，拿起桌子上的礼帽弹了弹，戴到自己的头上，出包子铺向对面的米店走去。

走进米店，柜台上的小伙计就向陈恭澍打招呼："先生买米吗？"陈恭澍说："我想进一大批米，向你们老板谈谈这笔生意。"小伙计一听说有生意来，急忙向楼上喊话："白老板，有客人和你谈生意啊！"听到楼上有人说："请客人上楼来！""先生，您请上楼！"小伙计把手一摆，请陈恭澍上楼去。陈恭澍点了点头，便向楼上走去。

来到二楼，陈恭澍看到一个四十多岁的矮胖男人，戴一副黑边近视眼镜，站在楼梯口迎接自己。看到陈恭澍上了楼，他拱手道："鄙人白绳祖，请问老板……"陈恭澍说："我姓陈。""快请！快请！"白绳祖在前边引路，又回头问："啊，不知道陈老板想买什么米？"陈恭澍说："买五百斤粳米，四百斤大黄米，三百斤小黄米，还有二百斤黑豆和黄豆。"白绳祖听了，微微一怔，表情马上恢复如初，笑着问："我这里还有绿豆和红豆，不知道先生要不要？"陈恭澍一笑："绿豆要六十斤，红豆也要六十斤。"白绳祖听了点头，说："里面请，里面请！"

两个人进了房间，白绳祖握住陈恭澍的手说："请问，你是……"陈恭澍说："我是陈恭澍。""哎呀，是陈区长，早就盼着你来了！"白绳祖使劲握着陈恭澍的手，显得很激动。陈恭澍问他："情况怎么样？"白绳祖说："虽然王天木叛变了，我转移得及时没受到太大的影响。王天木这个王八蛋，真想亲手宰了他！"白绳祖愤愤地说。说着话，他给陈恭澍倒了一杯茶，放到陈恭澍面前。此时，陈恭澍哪里还有心情喝茶，赶紧说："你把财务情况和我汇报一下。"白绳祖说："大体的经费使用情况我可以简单汇报，陈区长想知道详细情况的话，我就得拿报表了。""我先听听上海区经费的大体情况吧！"陈恭澍说道。于是，白绳祖就向陈恭澍汇报了王天木叛变后，上海区经费的拨付和使用情况，特别提到，为了打击76号特务们的嚣张气焰，军统局特意提高了暗杀日军、特务、叛徒的奖励金额，经费大大超支，急需向军统局总部申请经费。说话的工夫，就到了中午，白绳祖请陈恭澍出去吃饭。陈恭澍说："我刚才在包子铺吃了包子也不饿，你自己去吃吧。"白绳祖说："我到楼下吃点便饭马上就来，陈站长把最近的账目看一下，有不妥当的地方请指出来。"

说完，白绳祖爬上了阁楼，从阁楼拿下一只很旧的牛皮箱子。他把牛皮箱子放到陈恭澍面前的桌子上，说："近来的经费使用情况的账目都在这里，你慢慢看着，我下去吃饭了。"说完，白绳祖就下楼吃饭去了。

陈恭澍打开牛皮箱子，看到里面全是各种单据和账簿。其中有上海区潜伏特工支付薪金的花名册。他心里大吃一惊。暗想，我的天哪，这箱子里的东西叫敌人发现的话，潜伏特工得有多大损失啊！头上禁不住冒出了冷汗……

过了一会儿，白绳祖吃完饭又上楼来了，看到陈恭澍还在认真地看着一沓账单。看到白绳祖走进来，陈恭澍放下手里的账单，问他："这些单据你一般要保存多长时间？"白绳祖说："从上海区成立到现在，所有的原始单据都保存着。"陈恭澍更吃惊了："怎么不销毁呢？这要是被敌人发现了，多危险啊！"白绳祖叹口气，说："这我也知道，但这些单据都是不能销毁的。像什么房屋转让契约、经费收支账目、薪金领款收据、购置物品发票等等，都是必须保存的。如果不保存，不知道军统局总部哪天派人下来查账，问我下拨的经费都怎么使用了，没这些单据，我就是全身是嘴也说不清啊！不是变成我贪污了吗？"白绳祖顿了顿，又说："戴老板最恨贪污之人，为这事还枪毙了好几个弟兄，你也不是不知道。我怎么敢拿自己的脑袋开玩笑！"叫白绳祖这么一说，陈恭澍也不知道说什么好了，他也不敢叫白绳祖把这些单据销毁。万一哪天军统局查账，说是自己叫销毁这些单据的，不是自己给自己找麻烦嘛。可是,再看看这些单据上写的那些具体项目、人名、物品名、公司行号名、支付时间等多项内容,这可不是简单的单据啊,如果这些单据被敌人得到,就是泄密的名单,就是敌人抓军统特工的证据。还会成为追查特工下落的线索,敌人按图索骥就会抓到大批军统潜伏特工,后果不堪设想。这在敌占区里,实在是犯大忌!

　　白绳祖早就看出了陈恭澍的心思,可是没有办法。他不是没看出这里存在的弊端,也向军统局反映过,但一直没有下文,就是说这个问题很棘手,军统局一时也拿不出好的对策来。军统局在上海潜伏的特工有一千多人,分为十几个分支机构,包括办公、交通、联络、电讯、技术等有十几处之多,这些单位都要有办公的地方,要有掩护的地址,这就要买房子或者租房子,就要置办办公用品,还有家具、器材、设备、装修等,都需要开支。另外潜伏特工的薪金、活动经费、行动奖金等也支出不少,没有账目记录就成了糊涂账,乱成一锅粥,是不可想象的。有资金出入,就得记账,这是天经地义的,谁也改变不了。

　　这个问题在军统局内部也曾反反复复研究过,但没有找到好的解决办法。为了此事,军统局领导层甚至发生过争执,可又不得不维持现状,拿不出好的解决方案。因为会计作业是独立的,它强调任何开支必须凭原始单据才能报销,单据是唯一的凭证,没了单据会计人员就说不清楚资金去向,吃不了兜着走,谁敢担这个责任?尽管不断地在改善名称、数字等登录技巧上下工夫,可是依然抹不掉那些欲盖弥彰的记号。“万一哪天会计部门出了事,这些单据就成了阎王殿上的勾魂簿,不堪设想啊!”想到这里,陈恭澍不寒而栗。

　　按照陈恭澍的构想,在最短时间内,重建一个灵活的上海区指挥中心,就是军统局上海区本部。建立新的上海区指挥中心是一件急事,但要办成需要一大笔经费,而白绳祖告诉陈恭澍,目前的经费捉襟见肘,不可能拿出这么多的钱来。陈恭澍知道,在上海区,区本部各办公处所包括联络站和交通部的迁移,以致设立新的工作地点,陈恭澍是可以做主的,无须向上级请示。可是要支付一笔相当数目的费用,就必须请示军统局,派驻上海区的总会计白绳祖是不敢做主的,即便他乐于支持,也付不出这笔钱。陈恭澍向戴笠打了报告,请求经费支持。

就在这时,军统局本部做出了嘉奖暗杀傅筱庵有功人员的决定,并派人把金条送到上海,同时还一起带给上海区一笔工作经费,总共是二百根金条。护送这些金条到上海的是一个四人护送行动小组,组长刘长明,组员有元佩涛、邵和言、马威古。其中邵和言是个女特工。从重庆出发时,军统局派专人和他们谈话,希望他们不要辜负党国的希望,把这批金条圆满护送到上海。他们四个人达到上海后也不要返回重庆了,直接听上海区区长陈恭澍的安排,参加上海区的工作,就地潜伏。

接到军统局总部的密电后,陈恭澍喜出望外,在自己急需资金的时候,军统局马上批准并实施,这充分说明戴笠对自己的信任。陈恭澍马上叫秘密电台给戴笠发去电报:"一定做好上海区工作,杀敌报国!"

护送金条的行动小组在出发前开了一次小组会,研究具体的行动方案。二百根金条毕竟不是个小数目,万一有闪失,谁也担待不起,谁也不想拿自己的性命开玩笑。到规定开会的时间,其他三个人都到了,唯独缺少元佩涛,这么重要的会议他不来,到哪里去呢?本来出了这种事是要向上级汇报的,可刘长明和元佩涛是老乡,又是很要好的朋友,他推说元佩涛肚子疼临时请假去了医院,把事情遮掩过去了。令他没想到的是,这竟然种下了祸根,让他日后付出惨重的代价。

元佩涛这个时候干什么去了呢?

此时,元佩涛正和一个叫小红的舞女在床上缠绵、亲热。这个舞女是元佩涛和朋友一起去舞厅跳舞时认识的,后来两个人就好上了,元佩涛经常到小红的住处鬼混。不过因为行动诡秘,竟然没被军统局发现。小红是个赌鬼,经常到赌场赌博。认识元佩涛后,把他也拉着到赌场去,一来二去,元佩涛也赌博成瘾。两个人出入赌场,输多赢少,没多久就欠了一屁股的债。元佩涛接到派他护送金条的任务后,十分高兴,心里想,到了上海我就不回来了,借的那些债也就一笔勾销了。想要债,你们得到上海去找我,问问谁敢去?他自己打好了如意算盘,没想到过不了女人这一关,叫小红三套两套就说了实情。虽然在小红面前从来没有暴露过自己的身份,可还是把去上海的事情和小红说了,并流露出一去不回的想法。这下小红可就不依不饶了。

小红问他:"元佩涛,你还是不是个爷们儿?"元佩涛说:"我怎么不是爷们儿了？"小红说："你说你怎么不是爷们儿了？你自己拍拍屁股一走了之，把我留这儿怎么办？要走的话，你带我一起走！"小红这话一出口，把元佩涛吓得半死，这事叫军统局知道了那可是犯了大忌了，说不定自己就得坐大牢。急忙说："这事叫老板知道了不得了，饭碗可就砸了！""老板，什么老板？"小红反问道："你不是说在学校教书吗？怎么弄出个老板来？骗我是不是？你有事瞒着我是不？没把我当回事儿是不？"元佩涛赶紧对天发誓说对小红好，绝对没有别的意思。"我发誓，我这辈子除了你不娶别人！"元佩涛信誓旦旦。小红说："你是个爷们儿，别光说不练！你走不要紧，先把我欠的赌债还上，赌场的人天天找我，不还钱要打死我，他们可是什么都做得出来啊！不帮我就不让你走！"元佩涛一看脱不了身，只好答应借钱帮小红把债还上。

元佩涛穿好衣服，想往外走。小红从后面一把抱住他："你今天先弄钱帮我还账，你走到哪里我跟到哪里，别想甩了我！"小红抱住元佩涛不撒手，元佩涛也没了主意，实在没办法了，只好答应带着小红去借钱。军统局有规定，不允许工作人员赌博、讨小老婆，违反者严肃处理。元佩涛生怕被军统局知道自己赌博的事，只想着赶紧借到钱给小红了事。转了一圈，也没借到钱。后来，小红张口了："我认识一个放高利贷的，可以借钱给我们！"听小红这样说，元佩涛只好硬着头皮说："那就向他借钱还债。"小红听了很高兴，带着元佩涛找到那个放高利贷的人，借了两千元钱。放高利贷的说："借我的钱别想赖账，走到天涯海角也跑不掉。特别像元先生这样土生土长的重庆人，自己跑了，你家里是跑不掉的！"这话一说出来，叫元佩涛不禁打个寒战，这是"跑了和尚跑不了庙"啊，后悔已经晚了。

护送金条的行动小组从重庆出发，一路上不辞辛苦，总算安全抵达上海。到了上海只要平安地把这批金条送到上海区指挥部，护送任务就算完成了。因为提前一天到达，加上天色已晚，刘长明决定第二天上午到接头地点与上海区的人联系，完成交付工作。

行动小组住在金虹饭店，一切看来都很顺利，完成任务后就可留在上海潜伏加入到锄奸队为民除害，想到这里，行动小组的人都很兴奋。小组里四个人都没到过上海，吃完晚饭，马威古提议能不能到城隍庙去看看，他的提议得到大家的响应。刘长明看看放在酒店房间里的装金条的箱子，说:"我们分两次出去,我和邵和言先去,回来后元佩涛和马威古再去。留守的人一定要看好箱子,不能出任何差错。这一路上都比较顺利,别到上海了出点事故不值得!"他又反复叮嘱了几句,才和邵和言走了。

按照规定,守护装金条的箱子必须是两个人,这两个人是不能离开房间的。刘长明和邵和言走后,元佩涛和马威古就躺在床上聊天,东拉西扯了一阵,感到无聊,元佩涛就说:"要是有点酒喝就好了。""别想美事了,"马威古说,"没学习过工作守则吗,执行任务不许喝酒!"元佩涛点头道:"是。可到达上海任务就算完成了,喝点酒庆祝庆祝也没什么吧。"其实元佩涛知道马威古是个非常喜欢喝酒的人,饭可以不吃,觉可以不睡,叫他不喝酒太难了。这一路上因为有任务在身,马威古没有沾一滴酒,实际上早就馋得不行了。元佩涛很了解马威古的习性,才故意引逗他的。果然,叫元佩涛这么一说,马威古有点沉不住气了,使劲嗅嗅鼻子。元佩涛乘机和马威古说:"趁组长和邵和言不在,咱们兄弟喝几口。""那,那行吗?"马威古有点犹豫。"没事,就咱们两个在这儿,你不说,我不说,谁知道啊!"元佩涛趁势蛊惑,马威古没再说话,等于默许了。元佩涛站起来说:"你在房间里等着,我去买酒。"说着,元佩涛推开房间的门走了。马威古张张嘴想制止已经来不及了。

过了一会儿,元佩涛把酒买回来了,是一瓶白酒。还买了香肠和茴香豆当下酒菜。元佩涛起开酒瓶盖,把酒倒在两只杯子里,递给马威古一杯。这时,马威古想撒尿,起身去了厕所。"真是天助我也!"元佩涛心里这么想,迅速从口袋里摸出一只很小的药瓶,把里面的药粉撒到酒杯里,又端起酒杯晃了晃,白色的药粉很快就溶解在白酒里……

两个小时以后,刘长明、邵和言回到了酒店,敲房间的门,里面没有动静,刘长明赶紧用自己带的钥匙把房门打开,只见马威古倒头躺在床上"呼呼"大睡,元佩涛早不知去向,更严重的是装金条的箱子也一起不见了!

刘长明整个人当时就傻了,邵和言吓得说不出话来。他们万万没想到会在到达上海后出了差错,这可是要命的差错啊!

好半天,他们俩才缓过神来,决定先把马威古弄醒了问问到底出了什么事,然后再做下一步打算……

马威古醒来后,一看装金条的箱子没了,吓得出了一身冷汗,一句话说不出来,浑身哆嗦。

　　三个人知道,装金条的箱子找不回来,自己的脑袋就得搬家。

　　马威古结结巴巴地把事情的经过说了一遍。刘长明拿起马威古喝酒的杯子看看,又闻了闻,明白是怎么回事了。"你让元佩涛给下药了!"杯子被刘长明摔得粉碎。马威古吓得大气都不敢喘。看来这件事元佩涛是蓄谋已久了,他带着装金条的箱子能到哪儿去呢?

　　事不迟疑,刘长明决定通过紧急联系渠道立刻和军统局上海区指挥部取得联系,说明情况。刘长明想,现在,个人的生死已经不是什么主要问题了,组织怎么处罚都认了,关键是要把金条找回来。那是要补充给上海区指挥部的工作经费,没有这笔经费上海区的锄奸工作将受到很大影响,谁都担负不起这个责任。

　　元佩涛带着装金条的箱子到哪里去了呢?

　　原来,元佩涛离开重庆之前,放高利贷的债主把他母亲和他妹妹给藏了起来,就是防备他赖账。放高利贷的债主跟元佩涛说:"你从上海回来老老实实地还钱,咱们还是朋友,什么事情都没发生过。你要想赖账,那就别怪我不客气,你老妈和你妹妹就得缺胳膊少腿,你自己掂量办吧!"这话说得又阴又冷,叫元佩涛禁不住打个寒战……

　　想来想去,元佩涛打起了这批金条的主意。他知道这样做要冒很大的风险,可能性命都不保。但必须试一试,就像进赌场一样,输赢总要赌上一把。自己赌博借高利贷,跟舞女泄密自己去上海的行程这些事军统局早晚都会知道的,免不了受到严厉处罚,与其被动受处罚不如早做打算,捞上一笔找个地方躲藏起来。风头过去了,再还上高利贷把自己老妈和妹妹赎出来,也不失为一个办法。打定主意后,他就一直寻找动手的机会。真是天无绝人之路,一路上也没找到机会,竟然到达上海后机会出现了。元佩涛觉得这是老天爷在帮他,再不动手就没有这样的机会了!

　　元佩涛决定铤而走险。

　　当天晚上,金条丢失的紧急情报马上汇报给了陈恭澍。本来指望这笔资金启动工作的陈恭澍做梦都没想到会出现这样大的变故,顿时如同掉进冰窖一般。半天没说出话来。可他毕竟是经过了大风大浪的考验,很快就缓过神来,立即着手研究元佩涛带着金条会去什么地方。

一、元佩涛携带金条投靠76号,可能性不大。凡是投靠76号的叛徒或者是贪生怕死,或者是贪图钱财。76号既没威胁元佩涛的生命,元佩涛自己又有金条,他没有投靠76号的必要。

二、元佩涛携带金条返回重庆,可能性也很小。元佩涛到了重庆就是自投罗网,军统局绝对会找到他并严厉处置。

三、对元佩涛来说,最好的去处就是隐藏在上海,这里有法租界和公共租界可以利用,不利于军统特工的追捕。

四、上海是沦陷区,军统特工认识元佩涛的人很少,决定他的生存和活动空间很大。另外,在大都市里也容易隐蔽,混在人群里不易被找出来。

五、元佩涛手里的金条随时可以变现兑换成钞票,在上海容易做到不易被察觉。

这些因素都决定了元佩涛会留在上海。

正像陈恭澍分析的那样,元佩涛本人也是这么想的。至于老母亲和妹妹在重庆的生死他现在已经无暇顾及了,先把自己安顿好了再说。元佩涛在军统局接受的特工训练帮助了他,使他知道怎样在不利的环境下生存,怎样才能保存自己,像狡猾的狐狸一样躲过追捕。

要把元佩涛从茫茫人海里找出来的确是个难题,如同大海捞针。而且事情不能迟疑,中间万一再出什么差错,这批金条可能就永远找不回来了!

军统局上海区锄奸队开展锄奸工作除了依靠自己的力量外,同时也依靠地方帮会力量来帮助自己。上海的这些帮会都是一些墙头草,哪边风硬就向哪边倒。现在是日本人得势,当然就向日本人靠拢。像三大帮会头子之一的张啸林就是典型的认贼作父,直接投到日本人的怀抱,与人民为敌,做铁杆汉奸。还有像黄金荣和杜月笙这样的帮派头子,为日本人做事,但也惧怕有一天被国民政府秋后算账。杜月笙暗中还在军统局挂名担任职务,防备将来变天时自己好有个退路。黄金荣也一样在暗中和军统局联系,有时还对军统潜伏特工有一些经济上的支持,甚至提供武器装备,叫手下人为军统潜伏特工做些事情,以积攒日后和国民政府讨价还价的筹码。这些暗中帮助也的确帮了军统潜伏特工不少忙,使他们的锄奸行动获

血搏

得了一些有价值的情报。军统局上海区锄奸队开展锄奸工作在利用这些地方帮会势力以外,还利用法国租界和公共租界工部局警务处(警察局)巡捕房(警察分局)里的巡捕(警察)来帮助自己收集情报,主要是金钱买通。这些巡捕也为军统局上海区锄奸队做了一些事情。这些情况陈恭澍都是很了解的。现在要查找元佩涛,在短时间内单单依靠军统局上海区的特工力量显然是不成的,必须借用第三方力量才行。陈恭澍掂量来掂量去,最后决定利用帮派势力和租界巡捕帮助把元佩涛找出来。陈恭澍为什么犹豫不决呢?这里也是有原因的。叫第三方参与查找一个人在上海的下落这本身没什么问题,以前也曾经有过。问题是这个人带了大批的金条,事情就不简单了。万一帮派势力或者巡捕找到元佩涛后自己起了歹心,见财起意,做掉元佩涛把金条私吞了怎么办?这不是叫陈恭澍竹篮打水一场空吗? 他担心的就是这个。如果真出现这种情况,他无论如何都无法向戴笠交代的。所以,陈恭澍才没有在第一时间下定决心找第三方帮忙。但事情实在是紧急,他怕夜长梦多,万一再节外生枝,叫76号的特务抢先找到元佩涛,事情就更糟了。思考到最后,陈恭澍还是下了决心,让第三方帮助查找元佩涛,赏金是一千银元。给出的理由是,元佩涛因为内讧,杀了军统的两个特工,要找到他进行处置。一张无形的网在上海滩悄悄地张开了。

犹如惊弓之鸟的元佩涛躲藏在法租界的一家小旅馆里,惶惶不可终日。虽然当初要拿这批金条是他蓄谋已久的,但真把事情做成的时候,他还是害怕了。元佩涛了解军统局对他这种人会采取什么样的处置办法,也知道军统局特工们搜寻手段的厉害。但他也有一种侥幸心理:这毕竟是沦陷区,是日本人的地盘,不像在重庆,军统局想干什么就干什么。再说,在上海这样一个大都市,找一个人也很难。这多少给他壮了胆。元佩涛在小旅馆里深居简出,基本不抛头露面。他知道这是最难熬的日子,躲过这段日子,以后就好办了。他也知道,躲在小旅馆不是长久办法,在公共场所待的时间越长暴露的可能性就越大。元佩涛想,最好的办法就是租一处房子住下来,这样相对安全。可是他一时很难找到合适的人,这叫他感到挠头。因为元佩涛深居简出,吃的东西就叫小旅馆的一个烧水的茶房给他到外面买。这个茶房是个六十多岁的老头,也乐得给元佩涛跑腿,每次买东西回来,剩下的零钱元佩涛都不要了,算是给他的跑腿钱,茶房当然愿意了。

这个茶房有了零花钱,就跑到小旅馆旁边的一个小酒馆喝酒,他别的嗜好没有,就喜欢喝点酒。

酒喝多了,话就多。小酒馆的老板问他:"老哥,最近发财了,怎么老来喝酒啊!""发点小财。"茶房也不避讳,直接和小酒馆的老板说了实话。"怎么发的财啊?"小酒馆老板又问。"我和你说,你可别告诉别人啊!"茶房神神秘秘地小声说。看到他这个样子小酒馆老板很奇怪,当然要刨根问底了。"到底是怎么回事啊?"小酒馆老板追问。茶房欲言又止,不说了。这下把小酒馆老板的胃口吊起来了,还非想知道不可,于是说:"你和我说,今天这顿酒钱我请你客了。怎么样?"茶房一听,乐了:"那好,我就告诉你是怎么回事好了。我们旅馆住进一个客人,不知为什么总不敢出门,吃的喝的都是我给他买……"于是,茶房把元佩涛的那些怪事和小酒馆老板说了一遍。小酒馆老板说:"这也没什么可奇怪的,在大上海,什么稀奇事没有啊!说不定是有什么仇家找他,跑到租界躲避起来避避风头呢!""我看看也像!"茶房一边喝酒一边说。茶房喝完酒走了,小酒馆老板也没把这事往心里去,又招呼别的客人去了。

到了晚上,小酒馆表哥来他这里喝酒。他表哥叫白雨龙,在法租界的巡捕房当巡捕。有时闲着无事,就到小酒馆来喝酒,闲聊。碰巧这天晚上喝酒的客人很少,两个人一边喝酒一边闲聊。聊着聊着,小酒馆老板就说到茶房的事。"人不可貌相,海水不可斗量。一个不起眼的茶房也有发财的时候,真是有运气啊!""表弟,你说谁呢?"白雨龙放下酒杯,问他。"就是旁边旅馆的那个老茶房,给人跑跑腿,钱就来了,你说这钱赚得多容易啊!"小酒馆老板有点嫉妒。出于职业习惯,白雨龙刨根问底,把事情的来龙去脉弄个一清二楚,叮嘱小酒馆老板道:"这事情不要跟别人说了,就烂在肚子里吧!"小酒馆老板赶紧点头:"我知道,我知道。表哥,这个人莫非是……""可能是个杀人犯。"白雨龙故弄玄虚,为的是吓唬住小酒馆老板,堵住他的嘴。其实,白雨龙心里已经把元佩涛和军统特工刘山源和他说的要查找的那个人对上号了,如果真是他那可就是一千元的赏金啊!

为了确认元佩涛的身份,刘山源带着另外一个认识元佩涛的特工跟着白雨龙来到元佩涛住的那家小旅馆,进行了秘密确认,在肯定是元佩涛后,让那个特工在附近盯着,防备元佩涛逃跑。自己赶紧向上级汇报。

血搏

得到元佩涛下落的报告以后,陈恭澍一刻都不敢耽搁,马上招来第二行动大队队长林佳文,研究抓捕元佩涛的对策。元佩涛接受过特殊训练,不会轻易就范,抓捕方案必须万无一失。林佳文说:"是不是在租界的小旅馆里抓捕?"陈恭澍摇头说:"我们不要在旅馆里行动,会引起租界工部局的抗议,对我们以后的行动不利,还是把他引出来。"就引蛇出洞的方案他们又详细研究了半天,最后认为比较圆满,陈恭澍才点头通过。

这天中午,给元佩涛买午饭的茶房给元佩涛送午饭的时候告诉元佩涛,他委托自己找房子的事已经办妥了,房东想见见他,谈谈租金的事。元佩涛把房子详细情况问了又问,知道还是在租界里这才放心,告诉茶房,自己吃完饭,立刻跟他去看房子。

吃完饭,元佩涛和茶房出来,叫了两辆黄包车,两个人上了黄包车,一前一后往前走。元佩涛始终保持着高度警惕,别在腰里的手枪子弹已经上膛,随时准备应付出现的不测。尽管是在租界里,他那颗悬着的心始终没有放下。不时探头探脑观察四周的动静。还好,没看出有什么反常的迹象来。

两个人来到一座小院,黄包车停下了,茶房引元佩涛走进院子。元佩涛一进院子就觉得哪里不太对劲,他发现院子的水泥院墙太高,外面街道上根本看不到里面发生的事情。"不好!"心里这么想着,元佩涛转身想退出来。身后的大门已经关闭了,不知什么时候,两个拉黄包车的车夫也进了院子,就站在他的身后。元佩涛的手伸向腰间,他想掏枪。两个黄包车车夫死死地架住他的胳膊,腰间的手枪也缴走了。他被推进了屋子。

屋子的中央有一只椅子,陈恭澍就坐在椅子上。"认识我吧,军统局上海区区长陈恭澍。"看着脸上冒汗的元佩涛,陈恭澍不紧不慢地说。陈恭澍的名字对于元佩涛来说如雷贯耳,"四大杀手"在军统局里哪个特工不知道啊!"我知罪,我把金条完璧归赵!"元佩涛一连重复了好几遍,脸上的冷汗"刷刷"地流下来。"晚了!"陈恭澍还是不紧不慢地从口袋里掏出一张纸来。"现在,我宣布军统局下达的对你执行死刑的命令!"陈恭澍一字一板地说,然后开始宣读执行命令。"完了……"元佩涛瘫软的身体像一摊泥似的倒在了地上。一个黄包车车夫——刘山源装扮的——从口袋里摸出匕首,无声地插进了元佩涛的后背……

军统局上海区指挥部向戴笠提交了关于处置元佩涛的报告，并请示对其他三名护送金条的特工刘长明、邵和言、马威古的处理办法。戴笠很快从重庆回电："解送重庆处理。"

不久，刘长明、邵和言、马威古三个人被解送回重庆军统局，刘长明作为负责这次护送任务行动小组组长因为严重失职被判处死刑，执行枪决。邵和言、马威古分别被判处十三年和十年有期徒刑。军统局的特工们都觉得对当事人处理得有点重，但杀一儆百的作用是十分明显的。

血博

死不瞑目

　　76号为傅筱庵举行了隆重的葬礼,来参加葬礼的汉奸不少。傅筱庵的死对于这些汉奸们的震动是非常大的, 可以说整个沦陷区的汉奸人人自危。像傅筱庵这样戒备森严、时刻防范暗杀的大汉奸都被军统局的特工除掉了,那些实力和势力都不及他的汉奸的处境就可想而知了。葬礼现场一片悲哀气氛, 人人都阴沉着脸不说话, 傅筱庵的今天也许就是他们的明天。

　　丁默村和李士群一起出席了傅筱庵的葬礼,兔死狐悲,在冷风中丁默村的手在微微发抖。他不仅为傅筱庵的死感到悲哀, 也在考虑自己的处境。他现在是腹背受敌,军统局要除掉他,让他整天提心吊胆。李士群和他争权夺利,让他每天绞尽脑汁应付,这种日子也不是好过的。

　　当初76号成立时,李士群因为资历和名气都不如丁默村,所以才拉他入伙。李士群的得意算盘是,丁默村当主任就是挂名,真正掌握实权的是自己。可没想到丁默村也不是省油的灯,很快就拉起了自己的势力,和李士群相抗衡。李士群对这样的状况很不满,李士群认为是自己给76号打出了天下,76号的老大却不是他,心里很不平衡。可丁默村又不是一下子就能排挤出去的。汪精卫知道李士群为伪政府是出了力的,但是,真叫李士群什么都说得算的话,汪精卫又害怕他捅出娄子来,对日本人不好交代,应该有个人在76号制约他,这个人选当然是丁默村最合适了。所以,尽管李士群很想把丁默村排挤到其他地方任职,但汪精卫一直不同意,他也没办法,暗地里为了把丁默村挤掉,他时刻在寻找机会。

机会终于来了。

一天，一个特务给李士群送来一份报告，报告密封在一个档案袋里。李士群打开档案袋，把里面的东西拿出来。他先看到一张六寸照片，照片上是一个二十多岁的女人，眉清目秀，青春美丽，两只水汪汪的杏核眼好像会说话一样，十分迷人。报告说照片上的女子叫郑苹如，住在法租界吕班路万宜坊88号。报告还说郑苹如的父亲是江苏省高等法院的法官，妻子郑华君原名木村花子，是日本人。李士群想，手下特务递交秘密报告不是叫自己来欣赏美人图的吧，应该有更重要的情况报告。

果然，在第二页报告上，李士群看到了他想看到的东西。

郑苹如曾在上海民光中学读书，读书期间丁默村是这个学校的董事，他们应该在那个时候认识。郑苹如现在是一家银行的高级职员，在一次民光中学联谊会上与丁默村偶然相遇，关系迅速发展，很快就打得火热，超出朋友关系，现在是丁默村的情妇。结交上郑苹如这样出色的女子，丁默村十分得意，经常带她到自己的秘密住所幽会。

看到这里，李士群感到很奇怪，家庭出身很好，本人条件也很好的郑苹如怎么会看上身材矮小、其貌不扬的丁默村呢？这里面有什么隐情，隐藏着什么不可告人的目的呢？报告说，还没有查出郑苹如有什么复杂的背景，但是，仅仅凭借"一朵鲜花插在牛粪"上，李士群觉得事情就不简单，他认为郑苹如接近丁默村一定有什么不可告人的目的，否则，凭着一般的常识，她也不会找丁默村这样的人做自己的情人。

李士群陷入了沉思……

李士群没有猜错，郑苹如接近丁默村，心甘情愿给他当情妇，确实是有自己的目的，她要实现的是一个暗杀计划。

郑苹如早在上高中期间就参加了国民党在上海的抗日外围组织，成为学生组织领导者。因为胆大心细，办事果断引起国民党中统上海区负责人的注意，成为重点培养对象。经过系统培训后，郑苹如加入了中统特务组织，中统是国民党CC系的头目陈立夫一手创建起来的，他是国民党特务组织的始作俑者。北伐以前，国民党中央在广州成立了一个中央俱乐部，到俱乐部去聚会的人都是陈立夫、陈果夫派系的人。因"中央"与"俱乐部"两个英文单词的起头都是C，故称去这个俱乐部的人为CC系。中统特

血
搏

务组织是国民党CC系的保卫组织。国民党最早的特工组织形成是在1927年南京国民政府开展反共"清党"期间。深谙中国传统政治权谋的蒋介石，对于重要而敏感的情报特工组织机构的组建，采取了双管齐下、分而治之的方针，这便导致了后来国民党中统与军统特务组织的分别出现。尽管军统和中统产生过一系列矛盾，演绎了这两个特工组织彼此之间斗争与合作的历史。但是，在暗杀汪精卫这件事情上，中统与军统达成共识，都派出过自己的特工人员，实施对汪精卫的暗杀。

作为中统潜伏在上海的特工，郑苹如的掩护身份是东亚银行的高级职员，因为她父亲的关系，谁都不会把这样一个美貌如花的青年女子与潜伏特工联系起来。每天，郑苹如都和银行别的职员一样准时到银行上班。稍和一般职员不同的是，她有自己的专用黄包车，每天早晨到她家去接她上班，下班的时候再送她回家。日子平淡如水，与周围的人没什么两样。

日子就这样一天天过去。

一个星期六的傍晚，临下班的时候，郑苹如接到了一个电话。"喂，是郑小姐吗?"对方问。"是，请问你是……""我是皮草店的，郑小姐订的红白两色的貂皮大衣已经到了。"对方说出了接头暗号。"哦，是六百六十元吗?"郑苹如小心翼翼地问。"你记错了，是八百八十元。"对方回答的暗号完全正确。接着，对方告诉郑苹如第二天到荷韵咖啡厅接头。

第二天，上午9点钟，郑苹如准时到达了荷韵咖啡厅，与国民党中统上海区特别行动第三组负责人萧白接上了头。他们坐在一张咖啡桌前，一边喝咖啡一边交流着。萧白手上拿了张《申报》，头版上刊登的是大汉奸傅筱庵举行葬礼的消息。郑苹如从萧白手上接过报纸，看头版刊登的傅筱庵举行葬礼的图片。"死有余辜!"郑苹如愤恨地说道。萧白用咖啡匙搅动着杯子里的咖啡，说:"是啊!这可是军统的杰作啊!又让他们抢先了!"郑苹如看看萧白:"我们也不能没有什么动作吧?"听到郑苹如这么说，萧白一笑，"是，我们是要给敌人点颜色看看，今天来找你，就是为了这个事情。""早就盼望这天了，请组织下命令吧!"郑苹如的口气十分坚定。"可是……"萧白犹豫着，态度和郑苹如的态度形成鲜明的反差。萧白的表现郑苹如都看在眼里，不明白像萧白这样一个平时干事十分果断的人，今天怎么反倒吞吞吐吐的。"你怎么了，什么事情叫你这么为难?"郑苹如问萧白。看看郑苹如那张充满朝气年轻的脸庞，萧白实在没有勇气把心里话说出来，两个人又沉默了。最后，还是郑苹如打破僵局。"萧先生，有话就直说好了。这个任务对我来说很难吗？""也难，也不难。"萧白回答。"那你就说啊！"郑苹如催促萧白道。萧白说："我们准备暗杀丁默村！"郑苹如听了，几乎是要叫起来："这好啊！军统杀了傅筱庵，我们杀丁默村，也是个重量级的大汉奸，多好啊！叫我做什么吧，干什么我都愿意！"萧白看看郑苹如，没说话。萧白暗恋郑苹如已经不是一天两天了，因为形势由不得人，使他一直没向郑苹如表白自己对她的这份感情。正因为这样，萧白就更难对郑苹如开口说这件事情。看到萧白说一半藏一半的样子，郑苹如就更着急了。"你快说吧，可急死我了！"

萧白看着郑苹如，最后终于鼓足了勇气告诉郑苹如："这不是一般的暗杀。丁默村老奸巨猾，一直躲藏在76号很少出来。出门也是戒备森严，保镖成群，非常难接近。布置了几次暗杀都没成功。所以要采取特殊的暗杀办法……"不等萧白说完，郑苹如就问："什么办法？""用美人计。"萧白不敢看郑苹如的眼睛，好像是自己出卖了郑苹如。萧白的话叫郑苹如一怔，现在她终于明白萧白今天说话为什么吞吞吐吐的原因了。接受过特工训练的郑苹如不会不知道使用美人计是什么意思，当然也知道了萧白今天为什么约见自己。"我就是这暗杀计划中的美人啊！"郑苹如心里这样想，她还不知道对于萧白来说，这是一件多么痛苦的事，眼看着把自己爱恋的女人送进虎口，那种滋味一般人是体会不到的。郑苹如没说话，内心的斗争是非常激烈的。半天，才说："换别人不行吗？"萧白摇头："研究过了，只有你的各方面条件最好，可以自然地接近他……""如果我不愿意呢？"郑苹如想到丁默村那张脸就有点恶心。萧白摇头："这是组织决定，作为我们个人只能服从。另外，暗杀这样的大汉奸，我们付出什么样的代价都是值得的！"郑苹如不再说话了，她体会到了这句话的分量。郑苹如不知道的是萧白对她的那种挚爱，不知道萧白此刻内心承受的巨大痛苦。他真想抱住郑苹如痛哭一场，真想，真想……

76号的特务头子知道自己时时处处都身处危险之中，所以很多处长以上的领导都在76号里面住，一般很少住在外面。参加社会活动也是挑三拣四，先评估安全情况然后才决定是不是出席，谨小慎微是他们的原则。

血
搏

正因为这样,这些特务头子都求得了自己的安全。接近丁默村是中统上海区领导交给郑苹如的任务,目的很明确,设法收集汪精卫伪政府的上层情报,在合适的时机除掉丁默村。丁默村生性多疑,活得如同惊弓之鸟,他和李士群在76号安排了卧室兼办公室。虽然在他住的房间里安有床铺,但丁默村却很少在房间里住,而是在浴室里过夜。他还在浴室四周装有防弹钢板,防备军统局的特工对他实行暗杀。他太了解军统局特工的暗杀手段了,所以,每次外出也总能在事先做好防范,让军统的特工得不了手。尽管军统局上海区锄奸队和行动大队多次组织对他和李士群的暗杀,还是被他们躲过去了,暗杀他们是有一定难度的。为了阻止军统特工的暗杀行动,76号也多次组织反扑,抓捕了一些军统在上海的潜伏特工,暗杀与反暗杀在军统和76号之间从来就没有停止过。

丁默村是一个好色之徒,这在76号不是什么秘密,他自己也毫不隐讳,曾经多次吹嘘自己玩过的女人无数。只要是漂亮的女人,被丁默村看上的就别想逃过他的手心。整天待在76号不敢出门,丁默村心里很是憋闷,他在心里骂自己:我这不是缩头乌龟吗?堂堂76号的主任真是活得太窝囊了。可这也是没有办法的事,毕竟保命要紧啊!但他也不甘寂寞,总是找准机会出去寻花问柳,过一回逍遥的日子。

有一次,上海民光中学举办开学典礼,给丁默村发了请柬,邀请他参加,因为他曾经是这所学校的董事会的董事。接到请柬后,丁默村就一直在心里琢磨:这典礼我是去还是不去呢?翻来覆去考虑,最后还是决定出席这个典礼。他是从军统组织里出来的,知道军统局一般不会允许特工在这种场合大开杀戒,他们要顾及社会影响。何况丁默村也愿意在青年学生间抛头露面,寻找他看中的女学生,所以这样的场合他也不愿意轻易放过。

星期六下午,丁默村准时出席了民光中学的开学典礼。典礼结束后,学校举办了一场舞会,招待给予学校大力支持的社会名流和学生家长。别看丁默村长得瘦小,其貌不扬,可交际舞却跳得好,屡屡得到观众的注目。几支舞曲跳下来,他已经有点气喘吁吁了。就在这时,他听到背后有人叫他:"丁主任,你还记得我吗?"丁默村转头一看,惊呆地张大了嘴巴,眼前站着一个如花似玉的青年女子,光彩照人,周围的女人和她比起来相形见细，看得丁默村目不转睛，直勾勾地看着她竟然忘了答话。这个女子正是郑苹如。看到丁默村这副神态，郑苹如宛然一笑，笑得丁默村的骨头都酥了。"小姐，你是……"丁默村的舌头好像都不听使唤了。"不记得我了，真是贵人多忘事啊，我曾经在这里读书。后来做过丁主任的学生是在……"郑苹如压低了说话的声音，说出了一个地方的名字，丁默村一惊，那是中统培训特工的一个秘密训练基地，他马上把眼前的女子和培训班上的一个女学生对上了号。没想到当年那个不起眼的女学员出落成这样一个漂亮的女子，丁默村觉得自己真是艳福不浅啊！他马上说："我可以请郑小姐跳舞吗？""当然好了，谢谢丁主任。"郑苹如妩媚地笑着，实在太迷人了。

两个人走下舞池，搂抱在一起跳舞，其间，丁默村有意在郑苹如身上蹭来蹭去，郑苹如并不反感，反倒和他有说有笑，这样一来丁默村就放心了。郑苹如虽然是中统特工身份，可在丁默村看来，郑苹如就是一个交际花，巴结自己弄点钱花，自己也乐得和她玩玩而已。

跳舞结束后，他给郑苹如一个地址，告诉她以后可以到这里找自己。同时告诉她，和自己交往是必须在极其保密的情况下进行，做自己的情妇的条件是必须保密，不能在社会上公开。"我知道，不会给你添麻烦的。"郑苹如答应了他的条件。分手的时候，丁默村塞给郑苹如一沓钱，郑苹如说句"谢谢"就把钱放进了随身带的小提包，这样一来，丁默村确信郑苹如就是为了钱才找自己的，他自信自己的判断是正确的。

丁默村和郑苹如的交往就这样开始了。为了从丁默村那里得到更多的情报，郑苹如按照组织指示没有动手暗杀丁默村，真的以丁默村的情妇身份秘密出入丁默村指定的一个坐落在虹口的秘密寓所，在那里陪着丁默村寻欢作乐，这期间也得到了不少有价值的情报。丁默村感觉良好，觉得他和郑苹如的事情只有很少的人知道，是不会出什么问题的。叫他没想到的是有一双眼睛始终在暗中监视着他和郑苹如的一举一动，像一条埋伏在草丛里的狼，随时准备出击，这个人就是李士群。

李士群领导的76号，不单单收集军统潜伏特工的情报，对中统潜伏特工的情报收集也没放松过，对任何不利于自己的组织和个人他都不会手软。

因为76号通过一些帮派收集情报，情报来源渠道很广，常常有意外收

血
搏

获。对收集来的情报,76号专门成立了一个研究小组进行分析研究,尽量在看上去没有什么价值的情报中找出有用的情报来,因此,常常会有意外的收获。

有一天,一个负责监视银行黄金交易的线人给76号提供了一份情报,说有一个穿戴很平常的小商贩到银行卖了四根金条,他觉得可疑,就做了深入调查。发现这个小商贩是为一个叫张瑞京的人代卖的,而卖金条是为了给张瑞京的一个朋友付住院费,张瑞京的这个朋友是刚刚从重庆来的……

76号的情报研究分析小组对这份情报进行了重点研究,觉得张瑞京这个人背景复杂,应该监控。76号立刻组织了一个跟踪监视小组,监视张瑞京的一举一动……根据监视张瑞京的行踪和对他的调查,76号确定他的真实身份是国民党中统上海区副区长。情报研究小组把报告提交给李士群,请他最后决定怎么处理。李士群批了一个字"抓"。

一天下午,在上海一条僻静的小巷里,张瑞京走出自己的住处,准备到一家贸易公司谈生意。走到小巷口的时候,突然开来一辆轿车堵住了巷子口。张瑞京感到不好,转身往巷子里跑,看到迎面过来好几个人,他来不及反抗,就被蒙住了头,塞进了轿车。还没等旁边的行人反应过来是怎么回事,轿车早就一溜烟地开走了……

被绑到76号的张瑞京先进了刑讯室,特务叫他参观那些刑具,又把他带到一个正在被拷打的犯人面前,残酷的一幕吓得他心惊肉跳,竟然尿了裤子。

见到李士群后,他马上表示把自己知道的中统组织在上海的秘密全部交代出来。他向李士群招出自己知道的中统情报人员的上下线,他说出了一个叫李士群耳熟能详的名字"郑苹如"。李士群笑了,他现在对丁默村、郑苹如的暧昧关系了如指掌,对郑苹如的来龙去脉也了解得清清楚楚,而这两个人还蒙在鼓里,李士群已经占了先手。但是,他现在不想去惊动他们,他要看这两个人的继续表演,到一定的时候,他才会收网,叫丁默村在76号永远抬不起头来。

在他审讯张瑞京的时候,他能想象得到,这个时候丁默村肯定和郑苹如在一起,不是喝咖啡就是跳舞,而坐在他面前的中统上海区副区长张瑞京正在原原本本地把怎么安排郑苹如接近丁默村，怎么收集情报的计划一字不落地向李士群供述出来。

李士群很开心，他好像坐在观众席上在看舞台上丁默村和郑苹如两个人表演，他们毫不知情，还以为表演得很好。他不着急逮捕郑苹如，他想看看郑苹如葫芦里卖的到底是什么药。另外一方面，他想让丁默村继续出丑，只有丁默村出丑多了，才对排挤丁默村更有利。想到这里，李士群禁不住笑出声来。为了不打草惊蛇，李士群故技重演，先放掉张瑞京，看中统上海区指挥部还有什么动作。

这个时候，中统上海区指挥部已决定暗杀丁默村，计划按部就班地进行着，可郑苹如毫不知情。她已经被自己的上级出卖了，她现在不过是李士群口袋里的一只小动物，随时会被人抓走。与她一起执行暗杀丁默村计划的还有一个中统特工，名字叫嵇希宗。他和郑苹如一起执行暗杀丁默村的行动，他们都是热血青年，为除掉丁默村不惜献出年轻的生命，他们做好了这样的准备。

为了表彰76号的特务协助日本占领军和日本宪兵队抓获中共地下党和军统特工的功劳，1939年12月21日，日本特务机关驻上海机关头目影佐祯昭决定在虹口一家日本人开的料理店宴请76号的高级特务，给他们发了请柬。丁默村也在这次邀请之列，时间是晚上7点。

离宴会开始还有一个多小时的时候，丁默村办公室的电话响了。丁默村把电话拿起来。"喂，我是丁默村。"电话是郑苹如打来的。"快过新年了，你没打算送我一点礼物吗？丁大主任。"郑苹如开门见山地说。丁默村看看放在桌子上的台历，今天已经是12月21日了，离新年确实很近了。"你想要什么礼物呢？"丁默村问郑苹如。"我想让你送我一件貂皮大衣。"郑苹如直截了当地说。叫郑苹如这么一说，丁默村想起来了，有一次他们坐车从上海西比利亚皮草行门前经过，看到橱窗里摆放着新上柜的貂皮大衣，郑苹如当时就说她很喜欢，他随口答应给郑苹如买一件，可始终没有兑现承诺。看来郑苹如是等不及了，这才提出来的。丁默村没有多想，看了一下手表，估计陪郑苹如买完貂皮大衣后，再去影佐祯昭那里参加宴会时间还来得及。于是，丁默村答应郑苹如，一起去买貂皮大衣。

在这之前，郑苹如和嵇希宗多次踩点，决定在西比利亚皮草行动手暗杀丁默村。这个皮草行坐落在静安寺路上，是上海最大的外侨商号之一，所经营的高档皮草是时尚女士的抢手货。这里是上海最繁华的地方，人来人往，车辆也很多，典型的闹市，从暗杀的角度看，这里并不是暗杀的好地点。但正因为场所复杂才不会引起丁默村的注意和怀疑，在他看来，在这样的地方杀人太不合适了，所以，他才同意陪郑苹如来买貂皮大衣。闹市人多，人多的地方又恰恰是最安全的地方，特务出身的丁默村很清楚这一点，他才敢露面到这里来。

郑苹如和嵇希宗为暗杀丁默村进行了精心的准备，他们也知道在这样的闹市区行刺是很不利的，但不选这样的地方，是"钓"不出丁默村的，让他放松警惕只能选在这里，只要靠近丁默村，在近距离开枪，丁默村逃过一劫的可能性很小，郑苹如和嵇希宗最后决定还是在这里动手。

晚上，将近六点的时候，丁默村和郑苹如同坐一辆黑色轿车来到坐落在静安寺路上的西比利亚皮草行。

丁默村和郑苹如坐在轿车后面的座位上，一路上丁默村始终握着郑苹如的手。当郑苹如知道他今天晚上要去参加宴会时，还一边撒娇一边叫丁默村带自己去，丁默村像哄孩子似的哄着郑苹如："我是想带你去的，可是得凭请柬进去，日本人没发给你请柬，就是到了那里你也进不去！""日本人就了不起啊，什么破地方，请我去我还不稀罕去呢！"郑苹如好像有点生气，丁默村只是笑，没说什么。

轿车开到静安寺路的东边，丁默村看到外面很热闹，要到新年了，不少人在商场、店铺里买些过节用的东西。轿车又往前开了开，郑苹如说："咱们就在这里下吧。"丁默村点点头，司机问："丁主任，我把车子停在前面好不好？"丁默村观察了一下，说："不，就停在皮草行的对面，我们走的时候方便。"别看轿车停靠的位置只差七八米，正是这短短的距离救了丁默村的命。

两个人分别从两面的车门下来，郑苹如走过来，挽住了丁默村的胳膊，这个平时很自然的动作，郑苹如今天做得有点僵硬，尽管她在心里边一再地嘱咐自己，稳住，稳住，可挽着丁默村的手还是有点发抖。丁默村可是一个久经沙场的老特务了，忽然觉得什么地方有点不对头，这时候，他和郑苹如已经走到了皮草行的门口。

一种直觉让丁默村感到不妙,他奋力挣开郑苹如挽着自己的手,转过身来撒丫子就跑。

这一切发生得太突然了,叫郑苹如一点准备都没有。

嵇希宗已经在皮草行里做好了暗杀丁默村的准备,手放在口袋里握着手枪。原来的计划是丁默村一走进皮草行,嵇希宗冲过去就开枪。没想到,丁默村在皮草行的门口改变了主意,拼命向对面的轿车跑去。

那辆轿车是防弹的,只要钻进轿车就安全了。

丁默村拼命地狂奔。

事不宜迟,嵇希宗从藏身的皮草行里冲出来,对着丁默村就开枪!

丁默村跑得比兔子还快,一溜烟跑到轿车前,打开车门钻进去,声嘶力竭地喊:"快走!"

又有几发子弹打在了轿车身上。

司机一直没有关闭发动机,就怕出现这种意外情况,他马上给轿车挂挡,顷刻间冲了出去。等嵇希宗追过来时,丁默村的轿车早就开远了……

一次周密计划的,眼看就完成的暗杀这样流产了。

逃过一劫的丁默村那天晚上没有出席日本人举行的宴会,惊魂未定,他害怕遇到第二次暗杀。如果再遇到一次的话,丁默村想,自己是不会有这么好的运气了。

丁默村从皮草行逃脱后,被怀疑的第一个人就是郑苹如。他马上命令76号特务在上海全市布网,追捕郑苹如。

这个时候,郑苹如又是怎么想的呢?

暗杀没有成功,郑苹如非常沮丧,如果成功暗杀了丁默村,郑苹如可是为国除害啊!虽然丁默村跑掉了,但郑苹如觉得他不一定怀疑自己,既然安排在外面很难动手,干脆在自己接近丁默村的时候直接出手干掉他。这样做十分冒险,自己几乎没有逃生的可能。但为国除害,郑苹如感到自己即使是付出了生命的代价也是值得的。二十多岁的郑苹如毕竟还是太年轻了,她太低估丁默村的狡诈了。因为事情发生得太快,郑苹如没来得及理出个头绪,也没来得及向上级请示,就自己做了一个大胆的决定:再次与丁默村会面,找机会干掉丁默村。

郑苹如为这个决定付出了生命的代价。

丁默村回到76号，惊魂未定，为自己的脱逃暗暗庆幸。这时候，郑苹如主动打来电话，问候丁默村。一听到电话里是郑苹如的声音，丁默村简直不敢相信自己的耳朵。"丁主任，今天晚上的事情实在叫我太意外了！你到底得罪了多少人啊，简直把人吓死了！我以后再也不和你要什么礼物了，再也不和你去百货了，你就是我的宝贝！全怪我不好，明天中午请你吃饭好不好，就当我给你道歉了。你一定要来啊！你说嘛，到底来不来啊？"郑苹如向丁默村撒娇。

郑苹如的电话把丁默村弄糊涂了，按理说，暗杀的事如果真和郑苹如有关的话，她是不敢给自己打电话的，躲都躲不及呢，怎么还敢把肥肉主动送到老虎的嘴里？再从郑苹如的撒娇看，也没感到与平时有什么不同。这可让丁默村有些迷惑了，难道暗杀的事真的和郑苹如没有关系？这些想法飞快地在脑海里转着，丁默村决定再见郑苹如一次，他要看看郑苹如葫芦里到底卖的是什么药，听听郑苹如如何解释今天的暗杀行动。想到这里，丁默村答应了："好吧，我就接受你的邀请。"听到丁默村这么说，郑苹如很高兴地说："那咱们就订在乌苏里西餐厅吧？"老奸巨猾的丁默村马上说："先不要定地方，在什么地方见面我明天上午通知你。""好吧，你一定要给我打电话啊！"郑苹如把电话放下了。

丁默村看着电话，心里还在一个劲地琢磨，这次暗杀到底是不是这个女人策划的呢？

在76号的地下一层，有一个秘密监听室，里面摆满了各种各样的监听设备，有时候，丁默村也到这里来询问一下收到没收到有价值的监听情报。可他万万没想到的是，其中有一套设备就是专门用来监听他的电话通讯的。这套监听设备由李士群的一个心腹负责，表面看，是和别人做一样的监听工作，而实际上只针对他一个人，丁默村完全被蒙在鼓里不知内情。他也不会想到，刚才与郑苹如的通话，已经被做了记录，很快就报告给了李士群。

得到丁默村的通话报告后，李士群指示监听员，密切监听丁默村的电话，搞清楚他和郑苹如在什么地方会面。

第二天上午，丁默村给郑苹如打去电话，约定在海青酒店会面，那是丁默村朋友开的酒店，丁默村觉得更安全一些。

接到丁默村的电话后，郑苹如很高兴。她也想到了丁默村会怀疑自己，之所以还执意与他约会，邀请他出来，郑苹如是想缓和与丁默村的关系，打消他的顾虑，再找机会除掉这个大特务头子。她想到自己可能会被捕，也许会牺牲，但她已经把个人的生死置之度外。

在去海青酒店的路上，郑苹如路过一家花店，她走进去买了一束洁白的马蹄莲。这是她最喜欢的花，白得一尘不染，她希望自己也能像这马蹄莲一样。

快走到海青酒店的时候，郑苹如放慢了脚步，她想，今天与丁默村见面是不是太冒险了，他要是怀疑自己怎么办？现在收手还来得及。她看看手表，比约定的时间提前了半个钟头，马上离开还有时间。如果和丁默村见面，结果是不好预料的。郑苹如又把自己想好的托词在心里重复了一遍，觉得比较有把握说服丁默村。她不能就这样轻易撤退，那样的话，原来做的工作都是无用功了，她觉得太可惜。权衡了一下，她决定还是到酒店里去等丁默村。

郑苹如向四周看了看，没有可疑的人出现，她多少放心了一些，穿过马路，向海青酒店走了过去。

走进大门，一个男服务生向她微笑，"请问，有订座吗？小姐。""啊，是一位丁先生预定的位置……""丁默村先生吗？""是的。""请上二楼，丁香房间。"那个服务生用手指着楼梯口，郑苹如拿着那束马蹄莲，向楼梯口走过去。

离中午时间还早，酒店里没有几个客人。郑苹如想，丁默村是故意找这个客人少的时间约会，他害怕再有人暗算他。楼梯口有引导小姐把她引上二楼，郑苹如看到了走廊中间的一个房间挂着"丁香"的牌子，她径直走了过去，推开房门。

房门马上被人在身后关死了，几只黑洞洞的枪口对着她的胸膛。郑苹如有点慌，但马上就镇定下来。"对不起，我走错房间了。"她转身想退出来。两个特务上前抓住她的手，说："郑小姐，你没走错！我们等的就是你！"郑苹如想摆脱他们，使劲挣扎着。"我是你们丁主任请来的，丁主任的客人你们也敢抓吗？你们是吃豹子胆了！"一个特务说："这和我们说不着，我们是执行李副主任的命令！带走！"几个特务把郑苹如推出了房间。外面早有两辆轿车等在那里。

丁默村赶到海青酒店的时候,郑苹如已经被带走了。

海青酒店老板向丁默村把发生的事情说了一遍,丁默村气得脸色铁青,发生这样的事情是他万万没有想到的。"难道说,李士群得到了什么秘密不成?"丁默村的心里七上八下。本来他以为自己和郑苹如的交往是神不知鬼不觉的,没想到李士群抢在他之前把人抓走了,就是说李士群知道了许多东西。丁默村不由得擦了擦头上的汗水……

丁默村赶回了76号,马上就被请进了李士群的办公室。一进门,就看到了坐在椅子上的郑苹如。李士群看到丁默村进来,不等他开口,就先发制人,说:"这位郑小姐是中统上海区的潜伏人员,已经被他们自己人咬出来了。她说认识你,要和你说话。丁主任,你认识中统的人?你能给郑苹如担保吗?"李士群抢先说出了这些,就是要封住丁默村的嘴巴,他很怕这个色鬼一时把握不住,为郑苹如求情,自己就不好办了,这才先下手为强。

听到李士群的这番话,丁默村嗫巴嗫巴嘴,不知说什么好。处境尴尬,说认识不好,说不认识也不好。"哎呀,丁主任要是和郑苹如小姐熟悉可是艳福不浅啊!"李士群阴阳怪气地说:"你们是知己吗?如果是的话,丁主任怎么从来没说过啊?有什么好怕人的呢?昨天和郑苹如一起买东西被人打了黑枪,丁主任怎么解释呢?"李士群的这番话全都说到了要害处,使丁默村不敢说自己和郑苹如认识。丁默村沉默着。郑苹如大声喊:"丁主任,你是答应要娶我的,你自己说的话难道忘了吗?今天不是你约我到海青酒店去的吗?"丁默村看看李士群,终于没有说出他和郑苹如认识,而是摇头否定了……

郑苹如被带进了刑讯室。李士群对她说:"这里的十八套刑具大男人都受不了,你怎么会受得了呢?还是把知道的都说了吧,免得皮肉受苦!"郑苹如淡淡一笑,"我不知道你想让我说什么?""别装糊涂了,你是中统的人,要暗杀丁默村,难道这个你也不知道吗?"李士群恶狠狠地说。郑苹如说:"那是我要报复丁默村!"李士群问:"你要报复他什么呢?"郑苹如显得很气愤,"他说要和我结婚,却又和别的女人好上了,拿我是什么东西啊?破抹布吗,用完就扔啊!"郑苹如坚持说,她是为了报复丁默村抛弃自己才找人杀他的。"杀手是谁,住在哪里?"郑苹如回答:"是我的一个远方亲戚,昨天晚上就离开上海了。""你是强词夺理啊！"李士群气得大叫："我人证物证都在，你一个黄毛丫头敢对付我，那就别怪我不客气了。动刑！"李士群叫人把郑苹如吊了起来，想先给郑苹如一个下马威。没想到，郑苹如不吃这一套，一口咬定，杀手已经离开上海，这件事情就是她一个人策划的，与别人没关系。

特务们给郑苹如动了大刑。他们没想到这个如花似玉的女子竟然会这样坚强，什么都不说，一口咬定就是为了报复丁默村才要杀他的，别的没有什么目的。她身上的衣服被皮鞭抽成了碎片，人昏死了几次。几乎能用的刑具都用了，可郑苹如坚持说，就是自己一个人的事，别的什么都不知道。连动刑的特务暗地里都佩服郑苹如，没想到还有这么坚强的女子。

在郑苹如嘴里没有掏出任何有价值的情报，只好把她暂时关押在76号的女犯牢房里。

这天下午，郑苹如坐在牢房的板铺上，扳着手指头计算自己被抓进76号有多长时间，忽然听到牢房外面有开锁的声音。跟着，牢房的门开了，一个瘦高个看守站在门外喊："郑苹如，出来接见！"

走进接见室，郑苹如一眼就看到了坐在椅子上暮气沉沉的父亲。他刚刚53岁，头发已经有一半花白了，而在前些日子，他的头发还是乌黑。平日里那张保养得油光光的脸也已经没有了光泽，眼角布满了皱纹，看上去和一个六十多岁的老人差不多。郑苹如感到非常辛酸，她知道这一切都是因为自己，眼泪禁不住涌出了眼眶。她怕父亲看了难过，急忙转过身去，把眼泪悄悄地擦干。

"爸，您来了！"郑苹如装出笑脸，喊了一声。

父亲抬头看看郑苹如，点点头头。"我妈还好吧？妹妹好吧？"郑苹如坐到父亲对面的椅子上，连声问。"你妈为你的事急病了，她很想你，希望你早点回家。你妹妹还好，不用挂念。"父亲说话的声音很小，显得没有力气。"爸，您多保重，告诉我妈也多保重……"郑苹如再也忍不住了，热泪涌出了眼眶，她真想扑到父亲的怀里痛哭一场。

父亲默默地打开自己带来的一只提盒，把里面的东西拿出来，有寿司、春卷，还有咸水鸭，都是郑苹如平时爱吃的东西。"你妈抱病给你做的。"父亲把寿司和春卷放到郑苹如面前，"快吃吧，在这里受苦了！"郑苹如拿起一只春卷,默默地吃着,眼前晃动着母亲的身影,春卷在嘴里打着转咽不下去,她的心都碎了。父亲又把一包衣服递给郑苹如,说:"天凉了,多穿点衣服,别感冒了。在这里闹毛病不是好事,多注意!"郑苹如点头,"爸,我好想你们!""我知道,知道!"父亲连声说,"我在托几个老朋友帮忙,你妈也在找日本人帮忙,我们一直没有放弃!"父亲的声音有些颤抖。"爸,别忙活了,没有用的,还要花钱,别为我费劲了……"郑苹如不知道往下再说什么。父亲看着她,说:"孩子,站在矮檐下,该低头就得低头,好汉不眼前吃亏啊!有些事情不该是你一个女孩子做的,就别勉强自己了!听爸爸的话,跟他们妥协吧,把你知道的都告诉他们,换回自己的自由……"父亲在恳求她。

"这是他们叫你说的……"郑苹如低头说。"是,"父亲也不隐讳,"这是准许我来接见你的条件。他们说了,只要你交代,绝不难为你,有丰厚的奖金,还可以送你出国,上哪都行。"郑苹如抬起头,淡淡一笑。"爸,别听他们的,魔鬼的话是不能相信的!""孩子,不这样是不会放你走的!""我知道!爸,从小你就教育我和妹妹,要爱国,要好好做一个中国人!爸,我做的事情都是你希望做的,我不能出卖自己的灵魂,那样我就不配做你的女儿!"郑苹如的口气非常坚定,没有商量的余地。十分了解自己女儿的父亲没再说话,他觉得自己应该为女儿骄傲,做人脊梁一定要挺直了!

李士群失去了最后的耐心,决定处决郑苹如。

1940年的春节快到了,这几天天气总是阴沉沉的,好几天不出太阳,一片阴冷。虽然临近春节,但是,在上海的街头丝毫感觉不到节日的气氛,沦陷的孤岛到处都是肃杀的气氛。

春节前三天,郑苹如刚刚过完自己26岁的生日。算算日子,被捕也两个多月了,她不知道别的特工脱险了没有。至少自己是问心无愧的,自己没有变节,对得起任何人,对得起自己的良心。她也知道,组织和自己的家庭在利用各种办法营救自己,但没有效果。李士群得不到他想要的东西,是不会放过自己的,郑苹如有心理准备,做了最坏的打算。

再过一天就是春节了。

听到走廊里脚步声,是好几个人。

几个特务走到郑苹如的监室前停住了,打开监室门上的锁,走了进来。这些平日里凶神恶煞般的特务,今天不知道为什么变得温柔了一些。一个特务递给郑苹如一个化妆盒,说:"快过节了,今天带你出去看看,你打扮打扮。"郑苹如默默地接过了化妆盒,坐到床边,开始精心地给自己化妆。她知道,这是自己最后一次化妆了,一定要打扮得漂亮一些,她要带着美丽到另一个世界去。不仅要表现自己的骨头是最硬的,也要表现自己最美丽的面容。

几个特务一边抽烟一边看着郑苹如化妆,没一个人催促她,反倒和她说:"不着急,有的是时间。"说不清这几个特务面对这个坚强不屈的女子是一种什么心态。终于化好了妆,郑苹如找出家里送来的一件白外套穿在身上,很平静地说:"走吧!"

特务们把郑苹如带上一辆灰色轿车,一直开到了荒僻的郊外。

冷风飕飕地刮着,坐在车里的郑苹如心里很平静,她从选择了做特工,就做好了牺牲的准备。遗憾的是自己付出青春和身体,却没有暗杀了大汉奸丁默村,她实在是太不甘心了。

轿车拐了一个弯,在一片树林前停下了。

坐在郑苹如身边的特务打开了车门,"我们就在这里下车吧!"那个特务先下了车。郑苹如明白,这里将是她26岁的生命终点。她拢拢头发,慢慢地下车。

抬头看看天,原本是阴沉沉的天空,忽然放亮了,一丝阳光从大片的阴云里透露出来,那么鲜亮。几只小鸟从郑苹如的头顶飞了过去,郑苹如还向小鸟招招手,露出美丽的微笑。几个特务陪着郑苹如走进了树林,四周静悄悄的,只听到脚步的"沙沙"声。

到了树林深处,郑苹如停下了脚步。"我看这里挺好的,你们就在这儿动手吧!"郑苹如很平静地说,好像是在说别人的事情,和自己没有什么关系似的。那份从容和镇定,让经常杀人的特务们都很吃惊。他们不晓得是什么力量支撑着这个美丽的女子,她会这样的自如淡定。

特务们不知道怎么回答郑苹如,你看看我,我看看你,谁都不愿意对她行刑动手,互相推让。最后,一个小个子的特务走到郑苹如面前,问:"郑小姐,你还有什么话要说?我们会转达的。"郑苹如微微一笑,"就是有话也不会和你们说,你们也不配!如果有话说,就是请你们不要打我的脸。"郑苹如转过身去。

听到身后有子弹上膛的声音。

行刑的小个子特务说话的声音有点发抖："郑小姐,对不起了,我和你没冤没仇,我这是执行任务……"

特务的喘气声好重。

枪声响了。

郑苹如在原地猛地打个转,转过身来,鲜血从胸口冒了出来。她仰面倒在地上。两只睁得大大的眼睛望着天空,没有亲手处决76号特务头子丁默村,郑苹如死不瞑目!

难逃惩罚

郑苹如的死对丁默村的刺激很大。他知道这绝不是处决一个国民党特工那么简单。其实是李士群拿这件事给自己一个下马威,在76号真正的主人是他这个副主任!丁默村为自己感到悲哀,可除了76号他又无处可去。他知道,现在他就是军统和中统的眼中钉,只要离开76号的保护,他的脑袋就会立刻开花。因为他,郑苹如花一样的年轻生命结束了,从资历和地位上说,郑苹如在国民党的特工里都是小字辈,但她的宁死不屈给国民党的特工们相当震撼,被中统和军统树为全体特工学习的楷模。对杀死郑苹如的凶手丁默村,中统和军统怎么会放过他呢?

丁默村成了惊弓之鸟,整天躲藏在76号里很少露面。这正是李士群想达到的目的,压住丁默村,才能显出自己的本事来,才能攫取更大的利益,捞取更多的政治资本。

76号在上海的势力越来越大,通过各种手段拉拢收买军统特工,想尽办法打击破坏军统局在上海的锄奸队和特工组织,使军统局在上海开展工作越来越难。为了扭转被动局面,戴笠反复研究对策,试图找到一种比较有效的对付76号的办法。戴笠经过研究,逐渐找到一条规律:76号的汉奸特务对付军统的手法是以策反军统特工来打击军统特工。戴笠想,我为什么不以其人之道还治其人之身呢?他策反我的人,我就不能策反他的人吗?于是,戴笠急电军统上海区区长陈恭澍,指示他或用重金收买,或用既往不咎、将功赎罪等办法,对投靠76号的原军统特工,进行收买和策反,利用他们开展除奸活动。

收到戴笠的指示后，陈恭澍召集军统在上海的骨干开了一次秘密会议，研究落实戴笠的指示。在这次会议上，他们列出了一份可以进行收买的原军统特工人员名单。其中列为重点的有六个人，其中一个就是王天木的副官马河图。

陈恭澍把研究情况和策反名单向戴笠做了报告，请求派人支援。陈恭澍在给戴笠的报告里说："进入策反名单里的人，都是需要做反复动员收买工作才会有效的。所以，务必派出得力策反人员协助工作。这些人一定要与被策反人员非常熟悉，有一定的关系，而又不被上海的军统特工熟悉才好开展工作。"看到陈恭澍的报告，戴笠很快就给他派了一个特工过去。这个特工的名字叫吴安之，主要在北京活动，和上海方面很少往来，在上海的特工也很少有人认识他。

派吴安之到上海，主要是做王天木的副官马河图的策反工作。吴安之和马河图是同乡，过去关系很好，两家交往也很密切。由他做马河图的策反工作最为合适。这件事只有陈恭澍和极少数几个军统上海区的领导知道，严格保密。吴安之也只和陈恭澍单线联系。

到上海的第二天，吴安之就请马河图出来吃饭。马河图知道吴安之的身份，但想不出他来上海干什么。在向陈恭澍报告请马河图出来吃饭的时候，陈恭澍问吴安之："他知道你的身份，会不会向76号告密？"吴安之摇摇头，说："他不是那种小人。如果没有这个把握，我还找他策反什么，早叫他把我抓住了。"为了保险起见，陈恭澍还是安排几个特工在吴安之和马河图吃饭的饭店内外布置了暗哨，陈恭澍给暗哨的命令是，如果马河图对吴安之图谋不轨，就当场击毙他。

马河图一个人来和吴安之见面。

一看到吴安之，马河图就说："上海这地方兵荒马乱，不是你待的地方，赶紧走！"吴安之不慌不忙，给马河图倒上一杯茶水，和他慢慢聊天。"正因为兵荒马乱，我们才有责任给国家做点事情，为老百姓除害。"吴安之是个文质彬彬的人，说话慢条斯理，可句句都说到了点子上。吴安之讲了岳飞精忠报国，讲了文天祥宁死不屈……听着听着，马河图就明白吴安之是什么意思了。吴安之也不隐瞒自己的意图，说："日本一个弹丸之地侵略中国是占不久的，跟日本人做事也是兔子尾巴长不了，当汉奸不会有什么好下场。你怎么能心甘情愿地给汉奸当副官呢？"叫吴安之这么说，马河图低头不语，吴安之趁热打铁说："现在回头还不算晚，树活一张皮，人活一张脸，帮汉奸的忙，祖宗都跟着丢脸！"吴安之的话，像重锤一样敲在马河图的心上，但他还是有点犹豫，"我现在回头，军统局会怎么样？不处理我吗？"吴安之说："你跟着王天木到76号是没办法，为了混口饭吃。军统局知道你的难处。戴老板说，只要你肯回头，一律既往不咎，如果有立功表现还有奖赏。""奖赏？"马河图显然对这个很有兴趣。吴安之告诉他："戴老板说了，你只要除掉王天木，或者是军统局其他变节投靠76号的人，都会按级别不同给予奖赏，不但为国锄奸，自己也有好处，你为什么不干呢？"吴安之进一步动员马河图。听了吴安之这样说，马河图想了想，没说话。吴安之看到他有些动心，继续说："你好好考虑考虑，如果行的话，就告诉我，我为你安排撤退的路线……"马河图把放在桌子上的酒杯端起来，把里面的酒喝了。"行，就这两天，你听我的回话。"马河图放下酒杯这样对吴安之表示。

马河图从饭店出来，并没有回76号，他坐上黄包车，告诉了车夫一个地址，然后回头看看有没有人跟踪自己，确定没人跟踪他才放心了。马河图跟随王天木很多年了，一直做他的保镖，得到王天木的不少好处，对王天木还是有一定感情的。但他也非常敬重吴安之的为人正直，为国家利益从来都是赴汤蹈火，不计较个人得失。在76号，他看到了丁默村和李士群的倒行逆施，已经对王天木的所作所为有自己的看法了。感到只有将功折罪，才有光明前途。让他有点拿不准主意的还因为一个女人。

这个女人不是别人，是王天木的情妇马风秋。

王天木到上海出任军统局上海站站长后，很快就和一个叫马风秋的舞女勾搭上了。因为军统局在这方面有严格的组织纪律，王天木一直不敢公开这件事，和马风秋保持着秘密往来。这件事情他瞒得了别人瞒不了马河图。有的时候，王天木不到马风秋那里，就叫派马河图去送东西、送钱给她，一来二去，马河图和马风秋也就成了熟人。马风秋和马河图同姓，后来就认马河图当了自己的哥哥，当然这些都是瞒着王天木进行的。时间久了，两个人的感情擦出了火花，王天木不去的时候，马河图就占据了王天木的床上位置，和马风秋风流快活。马风秋是个风尘女子，懂得怎么样俘获男人的心,把两个男人玩得溜溜转,谁也离不了她。

想到要暗杀王天木,马河图就想到马风秋这个女人,杀了王天木就得离开上海,马风秋怎么办?心里这样想着,黄包车把他拉到了地方。马河图付了车钱,下车后,走进胡同。

马风秋就住在胡同最里面的一个小院里。

走近小院,在院子门口,马河图听到屋子里传来淫荡的笑声,那是马风秋的声音,还有一个男人的声音,很陌生。"你叫我来这里,就不怕姓王的碰见?"男的问。"他们全钻进乌龟壳不敢出来啦,怕锄奸队要他们的命!"是马风秋浪声浪气的声音,"别说76号怎么威风,狗屁!一个个都是怕死鬼,整天不敢出来,怕人打他们的黑枪!害得都没人陪我,好寂寞啊!嗨,想来这汉奸也不是好当的!"马风秋又是一阵浪声浪气地笑。"乌龟!乌龟!"那个男人在大叫。

马河图真想进去抽马风秋几个大嘴巴,想了想还是忍住了。没想到在一个舞女的眼睛里自己都这么不值钱。"汉奸也不是好当的"深深刺痛了马河图的心。

马河图转身从原路返回。

这一刻,他下定了决心。

第二天,吴安之得到了马河图告诉他的决定:伺机暗杀王天木,请安排撤退路线。

吴安之立刻和陈恭澍取得联系,告诉他马河图准备暗杀王天木。陈恭澍还有点半信半疑。"他怎么这么快就下了决心,不是设圈套吧?"陈恭澍做事总是小心翼翼,生怕出现什么纰漏。吴安之手拍着胸脯向陈恭澍保证:"陈区长,你就信我这次,保证没问题,你就给他安排安全撤退的路线好了。"看到吴安之说得这么肯定,想想吴安之又是戴笠选定的人,大概也错不了。陈恭澍也就不再有什么怀疑了,答应吴安之一定安排好行动人员帮助马河图撤离,叫他放心,放手去做就是。

1939年12月24日晚上,是圣诞夜。

当天晚上,军统局的变节分子何天风、陈明楚招呼王天木去过圣诞夜。王天木也是闲得难受,平时自己不敢出去娱乐,有这样一个机会哪里会放过,于是告诉副官马河图多带几个手下特务,到外面娱乐去。马河图问他:"咱们去哪里啊?"王天木说:"去沪西歌舞厅,那里安全,有日本人保护!"马河图答应着,就去招呼手下的特务准备和王天木出行。找了一个空隙时间,马河图往外面打了一个电话。通话的时间很短,内容也很简练:"我们老板要出去,到沪西歌舞厅过圣诞节。"说完就把电话挂断了。

吴安之随即把电话内容报告给陈恭澍。负责保护马河图撤退的特别行动小组马上开始行动,向沪西进发。

过了半个小时,一切准备停当。王天木和何天风、陈明楚还有76号的一帮小特务,分乘几辆汽车,来到沪西的一家舞厅寻欢作乐。沪西一带是汪伪的势力范围,同时还有日本宪兵驻守,相对来说比较安全。虽说是在自己的地盘上,可他们还是十分谨慎,在舞厅玩了个把小时,何天风就提出来要换个地方,陈明楚点头说"好",他们出门上了汽车,换到另外一家歌舞厅。他们没注意的是,在他们的后面,始终有两辆汽车跟踪他们,这是准备接应马河图的特别行动小组。

到深夜一点的时候,王天木和何天风、陈明楚来到了兆丰夜总会。兆丰夜总会位于兆丰公园对面,名叫夜总会,实际是一个大型赌场,内部设有舞厅,汪伪集团的上层人物和76号的特务头目常到这里寻欢作乐。因为在这里从来没出过什么事情,做保卫工作的小特务们警惕性也就放松了。陈明楚、何天风和王天木到了兆丰夜总会,本来是要玩一会儿就走的,可是因为新来了一个歌女,一个劲儿地给几个特务头子献歌,歌又唱得好,几个特务头子不只给歌女献花,还有赏钱,对这个歌女都很迷恋,在这里待的时间就长了一些,一直玩到了凌晨三点多钟。这段时间足够军统特别行动小组布置暗杀接应了。

马河图在这期间去了一趟卫生间。在走廊里,他碰到了一个熟悉的军统特工,也是锄奸队员,叫小林。小林是吴安之介绍给马河图的,专门配合马河图暗杀行动。今天他们一直尾随着王天木坐的汽车,准备伺机配合马河图暗杀王天木。小林悄声告诉马河图,后门有汽车等在那里,今天晚上是动手的最好时机,开枪后马上走后门逃跑。马河图点头答应,不动声色,上完卫生间回来,走到座位上坐下,细心观察着动静。

王天木近在咫尺,拔出枪来就可以让他毙命。马河图把手伸进口袋,握住口袋里的手枪。心在突突地跳,好像要蹦出来一样。王天木旁边坐着何天风、陈明楚，三个人给歌女叫好。

马河图的手心出汗了，开枪还是不开枪呢？

本来他暗杀王天木的决心是很大的，怎么临阵会犹豫呢？

昨天发生的一件事，导致马河图今天下不了手。

原来，昨天马河图接到家里一封电报，说他老爹突然中风，急需一笔钱治病叫他马上把钱汇到家里去。马河图本来有点积蓄，为了暗杀王天木后逃跑，他已经把积蓄的钱换成了金条，手里就没钱了。就在他急得团团转的时候，王天木知道了，什么也没说就给他三百大洋，叫他汇到家里救急，并说，这钱不要了，送他老爹看病用。这叫马河图为难了，人家送钱给你老爹救命，你却要人家的命，这总是有点说不过去吧？所以他有点犹豫。可是，今天晚上不锄奸的话，以后就很难找这样的好机会了，另外逃跑也是个问题。这些问题今天晚上都好解决，是千载难逢的好机会啊！

无论如何，必须动手。可马河图不想杀王天木，欠他的人情没还，不杀他就等于还他人情了。很短的时间内，马河图做出决定：杀何天风、陈明楚！

就在这时，王天木起身问马河图："卫生间在哪里？"马河图赶紧说："走廊右拐，在里面！"

天赐良机，王天木一走，马河图决定动手！

看着王天木的身影消失在走廊里，马河图一个箭步走到何天风、陈明楚面前，掏出手枪，对准何天风、陈明楚两个人的脑袋"啪啪"两枪。谁都还没明白发生了什么事情，马河图撒腿向后院跑去。出后门，有一辆早已发动好的汽车在等他撤离。马河图跳上汽车，没等坐稳当，汽车就一溜烟地开走了……

王天木在卫生间里听到枪响，感到事情不妙，从枪套里拔出手枪就往大厅里跑，等他回来的时候，看着倒在座位上的何天风、陈明楚，头上往外冒血，惊呆得说不出话来……

中枪的陈明楚和何天风马上被送往医院，入院不久即告气绝身亡。陈明楚原是军统局上海区的书记，后来投靠76号，被任命为一厅一处的处长，是76号的实权人物。何天风是军统局原武装特务部队忠义救国军第一大队大队长，后投降日军，成为所谓伪救国军第一路司令。这两个人都列在军统局锄奸队的暗杀名单里,其中陈明楚还是戴笠点名要暗杀的叛徒。

马河图暗杀成功,吴安之立即和他一起离开上海,回到重庆,听候戴笠指示。虽然没有暗杀王天木,但成功暗杀何天风、陈明楚,影响极大,也算功劳不小,马河图得到军统局的奖赏。后来又任命马河图为河南新乡行动队队长,马河图十分感奋,曾经渗入日军新开辟的飞机场,炸毁九架敌机,炸弹四千余箱,烧掉汽油仓库两座,汽油七千余桶。马河图一时间成为军统大力宣传的抗战勇士。

兆丰夜总会的枪声震惊了丁默村和李士群,他们一时不知所措。刚刚把郑苹如暗杀小组一举抓获的李士群才向汪精卫邀功,夸夸其谈,说自己已经扫平了国民党特工在江南一带的势力,话音刚落,就被人泼了一盆凉水。在沪西自己统治的地盘上,76号的特务头目被人枪杀了。这个消息要是传到汪精卫的耳朵里,自己多年的努力恐怕就要毁于一旦了。

丁默村比李士群更紧张。他已经知道了开枪射杀陈明楚、何天风的居然是王天木的副官马河图。无论马河图为什么开枪,下属犯事,长官王天木难辞其咎。而王天木又是他的死党,如果被王天木牵连,让李士群抓住了把柄,密告到汪精卫那里,自己就很难过关了。据朋友透露,汪精卫有意让自己出任伪政府的警政部部长,一旦收到牵连,别说升官了,恐怕连76号主任的位置也保不住了。想到这里,丁默村就别提多生气了,破口大骂,王天木简直就是头蠢猪!

这个时候,李士群也从内线得到消息,伪政府的警政部部长的职位,汪精卫已经内定给了丁默村。要想取而代之,就必须把丁默村拱下去,眼前的暗杀案,给李士群提供了最好的机会,他哪里会放过呢?李士群对丁默村的不满是有原因的。他当年要把丁默村拉进来入伙,主要是打丁默村资历的牌子,以提高自己的影响力,希望丁默村当个挂牌主任,不掌实权。可后来一看,不是那么回事儿。丁默村来了以后,不但分享他的权力,还要争夺警政部部长这个职务,这不是和李士群唱对台戏吗,李士群岂能答应。正好趁这个案子,杀杀丁默村的威风,狠狠打击丁默村一伙人的士气,树立自己在76号的权威。所以对何天风、陈明楚被杀案子,李士群坚决要一查到底,并召开紧急会议商讨有关事宜。

76号的重要人物全都来了。李士群、丁默村、顾继武、蔡洪田、凌宪文、黄香谷、茅子明、马啸天、林之江、冯国桢、杨杰、裘君牧、吴四宝等,在会议桌前坐成两排,大家面色严峻。王天木丧魂落魄地坐在左排末尾,那双平时放出狡猾、锐利光芒的眼睛此时黯然失神。前来开会的人议论纷纷,只有王天木一个人低头不语,此刻,他不知道自己应该说什么。

会议的气氛十分紧张。

所有参加会议的人都把目光聚焦在王天木的身上。大家心知肚明,持枪行凶的马河图是跟随王天木多年的副官兼保镖,和他一起打拼,有出生入死的兄弟般的情谊。马河图和陈明楚、何天风两个人也没有过结,从私人的角度看,马河图也不应该对陈明楚、何天风下手。他为什么要暗杀陈明楚、何天风呢?唯一可以解释的理由就是一个:马河图是军统潜伏进76号的卧底。既然如此,他的长官王天木能不知道吗?能一点察觉也没有吗?放到一般人的身上还可以说得过去,可放到王天木身上就解释不过去了,他是资历很深的老牌特务,身边有这样一颗"定时炸弹",一点马脚不露是不可能的。这样看来,王天木就是知情不举,有重大包庇的嫌疑。尤其叫大家怀疑的是,怎么单单在他去卫生间的时候马河图开枪,不就是为了放过王天木吗?因为如果王天木在现场而毫发无损的话,他就更脱不了干系,这可能是他们事先就商量好的。

王天木成了众矢之的。他有口难辩,一再解释说,马河图暗杀陈明楚、何天风绝对和自己没有任何关系。从现在的情况看,他也承认马河图很可能是被军统收买策反,但自己确实不知道内情。王天木的这通解释没有说服前来开会的人,反倒被质疑,如果马河图真是被军统收买,第一个应该暗杀的就是王天木,下手的机会也很多,为什么没有暗杀你,反倒杀了陈明楚、何天风?大家这么一问,王天木就无话可说了,按照常理也的确是这样,谁都知道他是军统局一定要除掉的叛徒,为什么马河图不杀他呢?

来开会的人一顿猛烈炮轰,叫王天木难以招架,真是跳进黄河也洗不清了。他只好把求援的目光投向了坐在主持人位置上的丁默村,希望他站出来为自己说几句话。

丁默村脸色阴沉,一言不发。事到如今,丁默村对王天木的话也是半信半疑了,觉得大家说得有道理。为了避免受到王天木的牵连,他干脆保持沉默。丁默村心里想,马河图的事你王天木不会一点都不知道。你和马河图的关系谁都清楚,他当刺客你怎么会不知道?丁默村也是原国民党的老牌特务,对戴笠惩治叛徒的规定是非常清楚的,像王天木这个级别变节的人,军统是绝对不会放过的。丁默村看看王天木,那种疑惑的眼神好像在问王天木:你如果不是军统的人,这次为什么没杀你?为什么你偏偏能躲开?按理说,马河图要暗杀的话,第一个就是你才对,去舞厅的几个人当中,你的官阶最高,怎么会把你放过了?

王天木也不是傻瓜,他一看丁默村的眼神,知道坏了,丁默村是指望不上了。只能自己给自己狡辩,说真的不知道马河图被策反了,大家说他知道马河图的事情,真是冤枉他了。如果自己不是侥幸去卫生间,也肯定被马河图暗杀了。

越解释大家越不信。来参加会议的人都信奉这样一个逻辑:你能从军统叛变到76号,就能从76号再叛变回军统。这时,王天木就是有一百张嘴也说服不了别人了。这个巧合让王天木有口难辩,丁默村最害怕的事情是李士群借题发挥。不出丁默村所料,李士群果然就这样做了。他采取的策略是一石二鸟,既给王天木颜色看,也打击丁默村。本来对王天木策反是他的主意,现在反倒说:"我对王天木当时主动变节是有怀疑的。但丁主任说了解他,在军统又当过王天木的领导,所以我相信丁主任不会错的。我对王天木很信任,各位也看到了我对他还是很关照的。因为我相信丁主任的眼光,他是不会看错人的。但是,现在出现了这样叫人痛心疾首的事,我想丁主任能不能解释一下,这到底是怎么回事呢?"李士群巧妙地把皮球踢给了丁默村。

听到李士群直接点了自己的"将",丁默村的脸色红一阵,白一阵,挂不住了。因为在76号谁都知道王天木是丁默村的人,李士群的意图是想说你丁默村和王天木、马河图他们有关系,你也许是个双重间谍,是军统安排在76号的卧底。可这话不能说出来,这需要有证据支持才行。所以,他只能向这个方面引导,不能把话直接说明。

叫李士群这么一挑拨,开会的人果然把枪口对准了丁默村,纷纷叫他说清楚,到底是怎么回事。丁默村也不是傻瓜,当然明白李士群葫芦里卖的是什么药。如果再不站出来撇清这件事情,他可就要吃不了兜着走了。

"各位,我是对王天木很好,但是,他发生这样的事情我的确不知道。

147

血搏

我丁默村到76号来,表现的怎么样大家是有目共睹的。军统局最想杀的人是谁?是汪精卫,我有的是机会接近汪主席,如果我真是个双重间谍的话,早就暗杀汪主席了,早就到重庆请功去了,得到的高官厚禄相信也不会比在76号低。"叫丁默村这么一表白,开会的人觉得也有道理,对立情绪缓和了不少。"我如果真的是卧底,汪主席能一点察觉没有吗?为什么还要提名我来当警政部部长呢?"丁默村使出最后一招,提醒那些有点愤怒的与会者。看到形势有所缓和,丁默村趁热打铁,说:"我提醒各位不要中了军统的反间计,错杀了自己人。王天木的事情在没有彻查之前我没有发言权,各位也是一样。说他被军统局策反,谁有证据?但这不是说他就没有责任,的确有许多让人怀疑的地方。我也不庇护他,按照规定,该怎么处理就怎么处理!"丁默村的这番表态,扭转了对自己的不利形势,也彻底地把王天木推到了前台。王天木这个时候,真正尝到了"翻脸不认人"的滋味。肠子都悔青了,自己拼死拼活为76号卖命,没想到就落得这个下场,当初真是瞎了狗眼看错人了。

王天木做梦都不会想到自己会成为76号的阶下囚。当他被戴上手铐拘押在囚室的时候,怎么也想不明白自己为什么会落得这般下场。还有一件事他始终也搞不明白,跟随自己多年被自己当亲兄弟一样对待的马河图怎么会被军统收买策反?唯一叫他感到有点安慰的是,马河图念旧情没向自己开枪。按照军统局的规矩,自己一定是这次暗杀的目标,看来平时对马河图的小恩小惠还是管用了。想到这里,王天木感到自己活着实在是万幸。

王天木在76号的牢房里被关押了两年,因为一直找不到他被军统局策反的证据,两年以后被释放了,安排了一个闲职。76号没对他下杀手是投鼠忌器,害怕军统特工以后没人敢再投靠他们了。但军统局对他的追杀令一直没有撤销。戴笠坠机失事后,当年他签发的一批追杀令也无疾而终,没有人再追究王天木当年投敌变节的事了。王天木通过这件事也是彻底心灰意冷,非常低调,从不抛头露面,悄悄淡出了人们的视线。大陆临解放前,王天木搞到了一张去台湾的船票,搭船去了台湾。在船上被军统局过去的老同事认出来,问王天木到台湾后准备怎么办?王天木没有回答,闭口不谈当年的往事。到台湾后没多久他就生病死了,结束了可耻的一生。

　　利用马河图暗杀何天风、陈明楚这件事情,李士群扳倒了丁默村,使丁默村的仕途受到了很大影响,伪政府警政部部长的职位改由大汉奸周佛海担任。李士群本来以为丁默村不担任这个职务他会接替,没想到汪精卫权衡再三后,还是没让他占到便宜。这也叫李士群很失望,遂对周佛海产生不满。而丁默村遭到这次打击后,在76号的地位被彻底削弱,重要的决策他都插不上手了。

宁死不屈

在彻底打击和削弱了丁默村之后，李士群顺理成章地坐上76号的头把交椅。但他的日子并不好过，他自己清楚几年来用招降纳叛，威逼利诱，厚禄收买的策略壮大起来的特务队伍，表面看上去很风光，其实内里潜藏着巨大危机。76号和军统之间的彼此渗透和策反从来没停止过，而军统局上海区锄奸队这个与他不共戴天的对手也没有叫他过上一天安稳日子。他每天都提心吊胆、胆战心惊地过日子。别看汪精卫叫他当了76号的老大，可是，他要拿不出成绩来说明自己的领导能力和魄力，这个位置是谁的还不好说。接二连三的军统特工成功暗杀变节分子，令76号的能力受到汪伪政府领导层的质疑，李士群太需要破获一个大案来提振士气，向自己的主子邀功了。

就在李士群急于找到一个突破口，打一场翻身仗的时候，幸运之神向他招手，给了他一个千载难逢的机会。

这是一个下午，李士群坐在办公室的沙发上看《孙子兵法》，忽然电话响了，是李士群的秘书打来的，说有一个外线电话打进来，问李士群要不要接？李士群问是谁打来的，秘书说是一个书店的店员打来的。76号准备发展这个店员为在册特务，交代过他，想加入76号必须要提供一份有价值的情报。所以，今天他打电话来，说有情况报告。如果在平时，这样外围准特务的情报李士群是不会听的，一般也不会有什么大的价值。赶上他今天没什么事，倒想听听这个店员收集到了什么情报。于是就和秘书说，把电话接过来。

打电话的人听上去是个年轻人。李士群问他想报告什么,他反问李士群是不是76号的最高责任人。李士群还是头一次遇到这样的事,马上产生了兴趣,说自己是李士群,是76号的主任,有什么情报尽管和他说。可对方说,情报太重要了,不能在电话里说,约李士群到外面的一个咖啡厅去说。李士群的第一反应是,这是一个"钓鱼"计,把自己"钓"到设置的陷阱里,会有人对自己实行暗杀。可他又一想,不太对,如果是陷阱的话,这个店员不敢这么明目张胆啊!于是,他问这个店员,到底有什么重要情报,电话里说不方便,可以到76号来直接报告。店员的回答叫李士群大吃一惊,"这个情报里涉及的人就在76号里,我到你们那里要是知道了,还不要我的命吗?我不能去!你想得到情报的话,就出来,不出来就算了!"店员说话的口气很硬。李士群倒抽了一口冷气,想到前不久被策反的马河图,自己真的不敢掉以轻心。"如果你的情报的确有价值,我有重赏!"李士群没忘了引诱对方。"那你就把钱准备好吧!"店员十分有把握地说。

会面地点安排在一个咖啡厅,李士群对保卫工作做了周密部署,觉得万无一失,他才出面。

书店店员是个小伙子,他带给李士群的情报的确是一个爆炸性的消息:有人在76号埋下了炸弹,要把76号炸上天!

李士群怕是听错了,又问了一遍。

书店店员回答是一样的,埋设炸弹的人叫诸亚鹏,是76号二处的一个专员,他是在王天木变节之后被逮捕的,被抓捕后马上叛变投靠了李士群,帮助76号抓获了六个军统特工,破坏了一部秘密电台,李士群对他很赏识,没想到他要炸毁76号!

这样的情报太重要了,重要到李士群有点不敢相信。

"是真的吗?"

"是真的。"

"你怎么得到这个情报的?"

李士群连声问那个书店店员,生怕搞错了。

书店店员的回答是这样的:他有一个朋友在一家舞厅当招待员,昨天诸亚鹏带着一个女人到舞厅去跳舞。休息的时候,两个人在包间里喝了很多酒,那个舞女说,不让诸亚鹏在76号干了,整天为他担惊受怕,叫他带自己上南京去。诸亚鹏说不着急,再过几天就能带舞女远走高飞了,不上南京上重庆。舞女说他吹牛,诸亚鹏说不是吹牛,他在76号安了炸弹,成功了会有很多赏金,带着舞女想上哪儿上哪儿……正好店员的朋友进包间送茶水听到了这些话。就把这件事当笑话说给店员听,店员觉得事情重大,一定要向76号的报告,才马上给76号的值班室打电话……

书店店员的话不可不信,不可全信,有了马河图暗杀陈明楚、何天风的教训,李士群做事是小心又小心,生怕再弄出什么差错来。

李士群回到76号,对这份情报做了分析,认为可靠面比较大,决定先把诸亚鹏拘押起来。他打电话叫诸亚鹏到自己的办公室来一趟。

半个小时以后,诸亚鹏来到李士群的办公室。一进门,有两个特务在他的身后关上上了房门,第三个特务走过来,收去了他佩带的手枪,第四个特务过来把他全身上下搜查了一遍。

诸亚鹏脸色煞白不知所措。

李士群让诸亚鹏坐下,开门见山和他说:"我不想为难你,可你也不能为难我!出了一个马河图已经叫76号丢尽了脸面,不能再出第二个马河图了。眼前就是给你两条路,一是把埋炸弹的事原原本本交代出来,将功赎罪;二是什么也不说,直接枪毙你。我已经没耐性了,不想给你动刑,就给你一个痛快吧!"李士群的话透着一股狠劲,一听就不是随便说的,诸亚鹏的双腿禁不住打战。诸亚鹏是个冷面杀手,但不是像郑苹如那样坚强的战士,在任何时候,他都是以自己的利益为考量的,特别是在生死面前,他不想当郑苹如那样的烈士。

在思考了几分钟以后,他决定向李士群坦白,自己确实被军统局策反,并接受了军统局的命令,在76号的一条排水暗沟下面埋上了重磅炸药。炸药是军统局上海区技术室提供的,爆炸力非常巨大,如果引爆的话,整个76号都会飞上天。

听到这里,李士群的冷汗从后脊梁流了下来。

如果没有及时得到情报的话,恐怕自己已经飞上天了。

看着李士群阴冷的眼神,诸亚鹏的脸上也流下了冷汗,为了保住自己的性命,诸亚鹏交代得十分彻底。没等李士群问他怎么被策反的,诸亚鹏就交代策反自己的军统局特工名字叫陈三才。

陈三才是个留美学生，回国后和一个朋友一起开了一家北极冰箱公司，专门做电冰箱生意。他的这个朋友是一个爱国青年，积极宣传抗日救国，引起76号特务的不满。有一次，他到法租界给客户送货，被76号的特务在客户家门口给暗杀了。朋友的死极大地刺激了陈三才，汪精卫投敌叛国的汉奸行径让他义愤不已。国难当头，陈三才把自己的生死置之度外，决心为国锄奸。就这样，他从一介书生变成了反汪抗日的斗士，暗地资助抗日活动，引起军统局上海区区长陈恭澍的注意，决定把他发展为军统局的秘密特工。陈三才是个商人，又是留美归国的科技人才，一般人不会想到他是军统局的秘密特工，参加行动会更隐秘，更方便。

陈三才被发展为军统局秘密特工后，他经营的北极冰箱公司就被成了锄奸行动队的一个秘密据点。锄奸行动队的特工在这里碰头，制定了策反诸亚鹏、安放重磅炸药炸毁76号的行动计划。如果这个计划取得成功，76号就终结了，这对汪伪政府来说，肯定是个致命的打击。

在76号的排水暗沟里，特务们把已经安装好的重磅炸药一包一包地起了出来，看到这些炸药，特务们不寒而栗，他们天天等于坐在火药桶上，只要一引爆，他们就会粉身碎骨啊！死里逃生的特务们很不平静，令他们后怕的是，这次炸药被排除了，谁知道下次炸药会放到什么地方，不抓到军统安放炸药的幕后指使者，76号就没安稳日子。那个谋划爆炸的陈三才就像一颗定时炸弹，在特务们的心里深深地埋下了阴影，叫他们心惊肉跳。

这也是李士群的心病。陈三才是谁呢？到哪里找到他呢？一切都是个谜。

诸亚鹏被捕，叫陈三才非常意外，也打乱了他的行动计划。他原来的部署是很周详的，第一步，秘密收买追随王天木投靠76号原军统特务诸亚鹏，第二步有诸亚鹏为内应，找机会狙击汪精卫的汽车，将他击毙在车内。因为汪精卫坐的都是防弹汽车，陈恭澍还专门为陈三才配备了穿甲枪。可是，在秘密跟踪汪精卫一段时间后发现找不到动手的机会。陈三才只好另外想办法。经过和陈恭澍仔细研究，认为在76号安放重磅炸药炸毁这个魔窟是一个行之有效的办法，可以直接捣毁汪伪政府的特务老巢，给汪精卫迎头痛击！

没想到功亏一篑,就要成功的时候,诸亚鹏被李士群抓捕,并供出了所有秘密。计划失败以后,陈恭澍约见了陈三才,告诉他说:"你必须撤离上海回重庆,在这里对你来说太危险了!""我不同意。"陈三才干脆果断地说:"上海这么大,找一个人就像大海捞针一样,76号特务找到我的可能性太小了。另外,我还有一个优势,我以前没有在军统局干过,是你在上海新发展的秘密特工。76号从军统局变节过去的特务也都不认识我,想找我就更难了。见过我的人只有诸亚鹏,靠他自己在上海把我找到几乎是不可能的。所以,我必须在上海坚持斗争!"陈恭澍听了陈三才的话,觉得也有一定道理,就同意了陈三才继续在上海潜伏的要求。

陈恭澍告诉陈三才切断与北极公司的一切联系,转移到其他地方等候接受新的任务。

从诸亚鹏的口里李士群得知陈三才是直接在陈恭澍领导下工作的,只要抓住陈三才,就可能找到陈恭澍,而陈恭澍一旦被捕,军统局上海区就会受到毁灭性的打击,76号才算获得胜利。所以,不惜一切代价抓到陈三才是76号当前最重要的任务之一。陈三才刚刚转移不久,76号的特务们到了北极冰箱公司,可惜他们来晚了,连陈三才的人影也没见到。

为抓获陈三才,76号花费了很大的工夫,设计了多种方案都无功而返。这个问题一直令李士群焦躁不安,始终无法找到陈三才的藏身之处,难道说,陈三才已经离开上海了吗?

为此,李士群召集了76号各厅、处的特务负责人来开会,研究对策。在会上,这些特务负责人大部分倾向陈三才还在上海,他们分析的依据和陈三才本人竟然是惊人的相似,76号的特务没有认识陈三才的,所以他会认为自己很安全,会继续留在上海和76号斗争。接下来讨论的问题是,如果陈三才没走,怎么才能找到他?在讨论这个问题的时候,三厅的一个处长说:"我有一个想法,不知道对不对?"李士群说:"有想法就谈,说不定给我们大家一点启发。"这个处长说:"陈三才过去是做电冰箱生意的,不会不和客户打交道。我们不认识他,那些买电冰箱的客户还不认识他吗?"他这句话像根火柴,"呼啦"一下把特务们的思维点亮了,是啊,把北极冰箱公司过去的客户找出来,叫他们帮助寻找陈三才,也许就会找到他。于是,这些特务集思广益,制定了一个"顺藤摸瓜"计划,看到这个计划,李士群连连用手敲着桌子,"好好,妙妙!"

按照这个计划,76号派出许多特务,调查北极冰箱公司原来购买过电冰箱客户。那时候电冰箱是个十分稀罕的东西,老百姓见都没见过,能使用的人家就更少了,都是一些有钱人。因为上海有外国租界多,外国人多,电冰箱客户中不少是外国人。76号的特务冒充巡捕房和警察局的人挨家挨户走访这些电冰箱客户。每到一个客户家,他们就会拿出陈三才的资料,说他是个诈骗公司钱财的骗子,卷走了客户买电冰箱的钱,现在正在抓捕他。有知道他下落或者能够提供线索的人,会得到一大笔赏金。这样,许多客户都答应帮助他们寻找陈三才。

过了几天,有一个名叫伊万诺夫的俄国人来到76号,声称自己有重要情报要报告。在没有交出情报之前,他先与李士群谈情报的价钱,要价是十根金条。李士群有点怀疑,"什么情报值这个价钱,你先说给我听听。"伊万诺夫说:"陈三才曾经买通一个俄国护士要对汪精卫下毒……"李士群听到这句话,马上断定伊万诺夫提供的情报值十根金条,立刻叫人把金条拿来,摆在伊万诺夫的面前。伊万诺夫先把他知道的情报向李士群原原本本做了汇报。

伊万诺夫曾经在北极冰箱公司买过电冰箱,和经理陈三才相识,被陈三才重金收买,为暗杀汪精卫牵线搭桥。伊万诺夫怎么会有机会暗杀汪精卫呢?陈三才凭什么看中了伊万诺夫呢?原来,这个伊万诺夫是个牙科医生,他有一个叫洛万夫的朋友在法租界开一家诊所,曾经给汪精卫看过病。汪精卫在1910年3月准备用炸弹暗杀清朝政府的摄政王载沣,事泄被捕,被判处终身监禁。1911年10月武昌起义后,汪精卫才获释出狱。他在坐牢的时候,落下了严重的腰疾,犯病后疼痛难忍,所以犯病时要经常到医院就诊。可他又不相信中国人,害怕看病的时候谋害他。只要条件允许,汪精卫就到外国人开的医院或诊所看病。洛万夫因为医术高超,诊所在法租界很有名,所以,汪精卫腰疾老病犯了的时候就来他的诊所看病。陈三才从伊万诺夫的嘴里得知这一情况后,感到有机会除掉汪精卫。

汪精卫信不过中国人,就特别请了一位俄国女护士给自己当看护,并定期去法租界的洛万夫开的俄国诊所就诊。陈三才通过伊万诺夫认识了这个俄国女护士,许以重金让她伺机下毒,把汪精卫毒死。当时的计划是在给汪精卫打针时把毒药下到针剂里，叫汪精卫一针呜呼。可这个俄国女护士毕竟不是职业杀手，也没经过这方面的训练，临阵胆怯了。本来已经把毒药药剂放到针剂里了，端着药托盘去给汪精卫打针的时候，俄国女护士害怕了，进到汪精卫的房间后，手一哆嗦，药托盘歪了，里面的针管掉到地上摔碎，针也没打成。

俄国女护士的反常表现引起了汪精卫的注意，他马上表示不打针了，改做按摩治疗，还叫来秘书在旁边看着……汪精卫的这一变化，打乱了投毒毒死他的计划。跟着，汪精卫就辞退了这个女护士，本来约定好的去洛万夫的诊所治疗也取消了。军统局锄奸队的行动队员已经做好了在去诊所的路上劫杀汪精卫的准备，因为汪精卫临时变卦而无法实现……

伊万诺夫的情报像是给李士群打了一针强心剂，重新燃起了找到陈三才的希望。更重要的是伊万诺夫说，就在前几天，他在惠安路上见到过陈三才，他上去和陈三才打招呼，陈三才躲开了，钻进了一条巷子不见了。

这条线索对李士群来说实在是太重要了，说明陈三才的确没有离开上海。只要他还在上海，就有办法找到他。李士群找来一个专门画人物像的画家，又把诸亚鹏叫来，让他和伊万诺夫一起，详细描述陈三才的长相，画家根据他们的描述把陈三才的肖像画出来。

李士群把陈三才的画像制作成照片，交给76号所有的特务，并在伊万诺夫报告的陈三才出现的惠安路那条街道附近布置了便衣特务，按照常规，陈三才不会偶然出现在这里，也许他就在附近工作或居住……

这天晚上八点多钟，李士群接到一个特务的电话，他看到一个长得极像画像上的人走进附近的一个餐馆。李士群说："宁可抓错，也不放过！"

抓捕陈三才是以秘密绑架方式进行的，当陈三才从餐馆里吃完饭走出来的时候，没走多远，身后开来一辆汽车，下来几个特务强行把他推上了汽车带走了。

看到陈三才眉清目秀的样子，就是一个书生，李士群以为轻易就可以撬开他的嘴巴，得到他想要的口供。没想到，陈三才是一块难啃的硬骨头，宁死不屈。这大大出乎李士群的意料，在军统局的特工中这样的人很难找。他把陈三才交给了手下的特务，还放了狠话："一定从他的嘴里掏出东西来！"

76号的酷刑令人闻风丧胆,李士群觉得对陈三才只要一动刑,他就什么都招了。76号对"犯人"用刑多种多样,主要有三种:"抽皮鞭子"、"上老虎凳"、"灌辣椒水"。"抽皮鞭子"的鞭子不是骑马用的那种软皮子做的马鞭,而是牛皮做的,有三根手指头那么宽,两尺多长,软里带硬,不用力抽到人的身体上,马上就隆起一道红血杠,若是使劲狠狠地抽打在人的脊背上,立刻就是一条血印子。抽两三鞭子下来,背上的血肉会和衣服粘在一起,想脱都脱不下来。如果平抽下去,皮鞭子全面接触到皮肉,伤势较轻;若把鞭子稍翘斜,挨打的部位受力不平均,就会疼得非常厉害,入肉更深。即使伤好后,也不容易复原。如果施刑人把鞭子抽下去再用力一拖,就会从身体上拉掉一块皮,疼痛难忍,昏死过去。

　　"上老虎凳"是很厉害的刑具之一,人只要躺上去,就会被折磨得死去活来。它是一条木头做的长板凳,宽度可容一人躺在上面。上刑的时候,把人强制摆平在凳子上,然后再用绳子连人带凳一起捆起来,人动都不能动。此刻,就要开始审讯了,如果答不出特务想要的口供,施刑人就在受刑人的双脚脚跟底下那根粗筋的部位垫上一块砖。砖是普通的红砖或灰砖,大约总有两寸厚。这么厚的东西,硬要塞在脚跟下头而膝盖关节部分要反方向的抽紧弯曲,那会是什么滋味?加到三块砖的时候,痛彻心脾,脚筋都要绷断,到了这种程度,受刑人早已昏厥过去。

　　"灌辣椒水"也是一种酷刑。先是把人捆在"老虎凳"上,而后再将凳子连人倒竖起来,使一个人失去正常状态。然后用一把装满辣椒水的大壶往鼻孔里不停地灌辣椒水。开始时,人还可以憋足一口气往外喷,可是一吸气,辣椒水又进来了。这个时候,又咳又呛,胸腔肿胀……其痛苦滋味很难想象,有些人被灌得当场喷血不止。

　　除此而外,还有各种刑罚三十多种,残酷程度平常人无法想象。经过刑罚的人不死也得脱张皮,没有坚定的毅力,想要坚持到底几乎是不可能的。

　　李士群觉得对陈三才这样一个白面书生,用上几回刑他就乖乖地什么都交代了。出乎他的意料,什么刑具都用上了,陈三才就是不开口,宁死不屈,什么口供也没审出来。

　　这叫李士群很不甘心,他亲自上阵对陈三才劝降。"把知道的都说了

血
搏

吧,跟着谁还不是混碗饭吃!只要你招了,76号里的大小官职你随便挑,只要你答应跟着我就行……"李士群的嘴皮子都要磨破了。换来的是陈三才的几句话:"让我当汉奸没门!我能挨得起老百姓骂,我祖宗挨不起!我没你李士群的脸皮那么厚,跟狗皮一样!"每句话都戳到了李士群的心窝子里去了,等于刨了他的祖坟。李士群脸色铁青,咬牙切齿,"好,有种,你就到阎王爷那里报到吧!"

陈三才受尽酷刑坚贞不屈,无计可施的李士群只好把处决陈三才的报告送到汪精卫那里。汪精卫一想到陈三才买通俄国女护士想要自己的命,恨得牙根都发痒,立刻批复"马上枪决"。

1940年10月2日,年仅39岁的陈三才走向刑场从容就义。陈三才就义的时候一直面对着行刑特务的枪口,他说:"我倒要看看日本人的狗是怎么打死我的!"陈三才大义凛然,高呼:"中华万岁!"

关于陈三才的牺牲,陈恭澍亲自给戴笠写了报告,提出军统局应号召全体人员学习陈三才,为国家效忠。褒奖陈三才的行为,表彰他勇于牺牲的精神。

军统局为此为陈三才举办了隆重的追悼会,号召全体特工向他学习,不怕牺牲,报效国家。戴笠还以此激励下属说:"我们都要以他为榜样,宁死不屈,以寒敌人之胆。身为军统局工作人员,当为抗日锄奸而不顾牺牲流血,尽其努力。"

多少年过去以后,提起陈三才这个名字,许多军统的人还记得他,伸出大拇指夸他是条汉子,是为国牺牲的楷模。

死有余辜

　　由陈三才主导的暗杀汪精卫的计划失败后,76号的特务展开了疯狂的反扑行动。他们到处抓捕军统潜伏在上海的特工,还拉拢租界巡捕房巡捕一起参与抓捕行动,这样一来,军统潜伏特工的损失就相当惨重。当初为了利用法租界和公共租界的特殊优势,保持有生力量,军统局上海区指挥部把一些特工都安排在这两个租界里。和租界工部局警务处达成的默契是不在租界里开展锄奸行动,维护租界治安稳定。租界工部局警务处也不对军统特工采取行动。因为租界里相对安全,军统局上海区指挥部的部分秘密电台也设在租界里。这些事情租界工部局警务处和所属的巡捕房都是心知肚明,睁一眼闭一眼,不找军统特工的麻烦,两者相安无事。

　　但是,这种平衡现在被打破了。

　　法租界巡捕房督察长程海涛是一个非常贪婪的家伙,李士群十分了解他的为人,决定从他这里入手,拉拢其成为自己的帮凶。李士群在东亚大酒店摆下宴席宴请程海涛,请他帮助清除在法租界里的军统特工。程海涛装模作样地说:"这件事我不好插手啊,因为法国人禁止巡捕房介入你们和军统之间的争端,我不好对他们下手的!"李士群说:"他们在租界里私藏军火,架设电台,违反了你们的规定。他们在租界外面杀人然后跑到租界里躲藏,这难道还构不成抓捕他们的理由吗?"程海涛不说话,也不点头。李士群也不愿意再费嘴舌,拍了三下巴掌,一个特务拿一只首饰盒过来,放到餐桌上。李士群皮笑肉不笑地说:"打开!"特务把首饰盒打开,里面全是金灿灿的金条。程海涛一下看呆了。"全是你的!"李士群说。"我的?"程海涛抬头看着李士群有点不相信。"可是有一个条件你得答应我,就是帮我们……"后面的话李士群没说。"不好办啊,找不到理由啊……"李世群冷笑着,说:"就说他们妨碍治安,有重大犯罪嫌疑……这还用得着我教你吗?"程海涛看看首饰盒里的金条,又看看李士群,最后点点头了。

程海涛帮助76号清除隐藏在法租界里的军统特工和秘密电台。因为军统上海区指挥部对这一变故估计不足,事先也没有做好防范,被程海涛打了一个措手不及,损失惨重。短短几天时间里,程海涛率巡捕房的巡捕伙同76号特务还有日本便衣宪兵,突袭军统局上海区属下的四处办公地点,抓捕特工十一人。军统局上海区一大队队长立刻向军统局上海区区长陈恭澍报告突然发生的情况。陈恭澍意识到事态严重,指示还在法租界潜伏的特工全部转移。就在陈恭澍紧急布置特工们转移的时候,法租界又有一个交通站被程海涛带人破坏了,交通站负责人同时被抓捕。程海涛的破坏力之大超出了陈恭澍想象,形势非常严峻!

军统局上海区指挥部的领导对法租界和公共租界巡捕房的巡捕采取不排斥、不打击、不敌视、多利用的政策。因为在巡捕房做事的这些中国籍巡捕大多数人还都是为了生活,即使为执行警务对军统特工有所不利,只要不是非常有破坏作用,军统特工基本采取容忍的态度,一般不采取报复措施。因为有的时候他们还需要借租界的特殊地位来做一些事情,保护自己的同志和电台。一些有同情心的租界巡捕还帮助军统特工做些事,两下互有让步,以求得各自的平安。但是,如遇有甘愿为虎作伥,成心与军统为敌者,那就另当别论了。军统特工把这类巡捕看作是抗日战争中的民族败类,一定列入黑名单予以清除!法租界巡捕房督察长程海涛就是这种人。军统局上海区指挥部决定除掉程海涛,经请示戴笠后,戴笠立刻在回电中说:"立刻行动,以寒奸贼之胆。"

这天下午,程海涛正在办公室里看文件,门外有人喊"报告"。"进来。"程海涛说了一声。随即,一个青年巡捕走了进来,"督察长,有你的信。"青年巡捕手里拿着一封信。程海涛也没在意,头都没抬,随口说:"放在桌子上吧。"那个青年巡捕又说:"督察长,这信不是邮寄来的,是有人专门送来的。""是吗?送信的人呢?"程海涛放下手里的文件,问道。"他已经走了,只说是急件,请马上交给你!""知道了,你出去吧。""是。"青年巡捕打个敬礼,转身走出办公室。

　　程海涛看到放在办公桌上的是一只牛皮纸信封,鼓囊囊的。"什么信呢?"他心里一边想一边拿起信封,随手拿起剪刀把信封剪开。信封里好像装着什么东西。程海涛把信封里的东西倒出来,听到"当啷"一声,掉到办公桌上,发出清脆的响声。

　　是一颗子弹!

　　程海涛的脸色立刻变得铁青。

　　再看那封信,是这样写的:

　　"我们都是中国人,不要为虎作伥,残害自己的同胞,与人民为敌者都没有好下场,请自重。如果痛改前非,我们既往不咎,和平共处。如变本加厉,不思悔改,我们必定一起算账!"

　　很简单的几行毛笔字,写在一张毛边纸上,透出的杀气叫程海涛有点心惊胆战。摆在他前面的是两条路,与军统和解,不要再找麻烦;与军统为敌,死心塌地跟着李士群。程海涛犹豫不决。这时,电话响了。程海涛拿起电话,打电话来的不是别人,是李士群。"老兄,你协助我们破案有功,日本人要犒赏你啊!"听得出来,李士群正是春风得意。"我有麻烦了。"程海涛哭丧着脸说。"麻烦,出什么麻烦了?谁敢在太岁头上动土啊!"李士群好像不在乎的样子。"是军统,他们给我送来一颗子弹。"程海涛看着办公桌上的子弹说。李士群停顿了一下,又说:"我早就预料到他们会这样做,已经替你把退路想好了。帮我们把军统特工清除掉,给你一大笔赏金,安排你去日本。我不相信他们会追到日本去!"这句话给程海涛吃了一颗定心丸。接着,李士群又说:"你已经和他们成了对头,一不做二不休,干脆来个斩草除根,免得后患!"这番话给程海涛打了气,他觉得李士群说得对。另外,程海涛也想,军统特工在租界里也不敢放手作案,只要自己小心,他们也奈何不了自己。想到这里,他放心了,随手把桌子上的子弹扔到了废纸篓里。

　　这时,电话又响了,是香海戏园子的老板打来的,告诉程海涛,今天晚上有京戏名角白兰花在戏园子里唱戏,问他去不去,如果去的话,就给他留一个包厢。程海涛是个戏迷,尤其迷恋白兰花的京戏,巡捕房里的人都知道。只要白兰花唱戏他几乎是每场必到,香海戏园子的老板知道他的这

血
搏

个嗜好,只要白兰花唱戏一定会通知他。如果是平常日子,他会一开口答应。可今天不同以往,看着桌子上的那只信封,程海涛心里在画魂:去还是不去呢?如果军统特工打我的黑枪怎么办?"督察长,你到底来不来啊?"香海戏园子的老板在电话里催他。"我一会儿告诉你。"程海涛把电话扣上了。

如果不敢去看戏的话,无意就是向军统表示了自己的胆怯,以后连大门都不敢出了,这不是缩头乌龟吗?可是去的话真出了事怎么办?程海涛犹豫不决,最后决定还是和李士群商量商量怎么办。他把电话打给李士群,听到李士群"嘿嘿"冷笑几声,接着说:"你找几个精干巡捕当保镖,我再配给你几个弟兄保护你,我就不信军统在租界里敢大开杀戒,还真是无法无天了!"这话就像给程海涛打了强心剂,叫他立刻来了精神,马上给香海戏园子的老板打电话,通知他留一间最好的包厢,今天晚上他肯定要去看白兰花的戏。

下午的时候,程海涛先派几个巡捕到香海戏园子去观察地形,确定保卫人员的位置。觉得有把握之后,他才和李士群通电话,希望李士群派的特务早点过来。李士群一口答应,说这事情交给吴世宝去做,叫他放心好了。

按照以往的看戏习惯,吃完晚饭,程海涛早早就到戏园子去了。可今天他改变了主意,决定晚些时候去,打破自己以往的活动规律。

程海涛到香海戏园子的时候,《霸王别姬》的第一出戏已经唱完了,他听到观众的喝彩声。程海涛小心翼翼地观察四周,没什么反常。四个巡警把他围在中间,前后还有四个76号派来的特务保护,一路小跑进了戏园子的包厢。周围立刻有巡捕和特务站岗,不许别人靠近。程海涛长长喘了一口粗气,这一会儿他觉得自己安全了。

《霸王别姬》演了将近三个小时,一切风平浪静。中间程海涛还叫一个巡捕上台代表自己给白兰花献了一束鲜花,白兰花几次向他坐的包厢鞠躬致意,乐得程海涛大呼小叫,直喊:"真他妈的过瘾!"

看戏回来的路上也没什么异常,程海涛反倒觉得自己太胆小怕事了。

第二天一早,李士群就打电话来问候他,顺便说,今天日本便衣宪兵和76号的特务在租界里有行动,请他配合。"没问题!"程海涛毫不犹豫答应了。

这次配合76号行动程海涛有恃无恐，把军统局上海区的一处秘密电台破获了。抓捕一名发报员，另外一个来这里送情报的情报员跳窗逃跑，躲过一劫。

事态非常严重。

当天，军统局上海区副区长根据陈恭澍的指示，给程海涛打去电话。电话一接通，这个副区长就直截了当地问："程先生，我们送去的信你收到没有？""收到了。"程海涛的口气显得满不在乎。"你是怎么想的？"副区长又问。"我能怎么想，这样的事情我也不是经过一次半次了。"程海涛说。"我们还是想给你一个悔过的机会，希望你不要与军统为敌。"副区长态度还比较温和。程海涛说："我也是没办法，干这行的，总得干出点成绩向上面交差吧。你们的人撞到枪口上了，也不能怪我，算是倒霉吧！"程海涛口气挺硬。副区长还是好言规劝，"我们理解你的难处，但也不能太过分，能'交差'也就算了，为什么一定要和我们过不去呢？别忘了你是中国人，应该为抗战出点力！我们军统利用租界是为了同日本鬼子斗争，不是在租界为非作歹，这一点你是清楚的！请你想明白与我们为敌的后果！"副区长把后面的话加重了语气。程海涛想了想，用轻蔑的口气说："我是没办法，在其位谋其政。你坐我这个位置，也得这么办！""这么说你是不想回头了？"副区长问他。"哈哈哈"程海涛大笑起来，"你们要办我，我也没办法。但是，你们可想好了，办不了我，你们在租界就别想好好待一天！"程海涛毫不示弱。"那我们就骑驴看账本，走着瞧！"副区长把电话狠狠地挂断了。

放下电话，副区长向陈恭澍做了汇报，就四个字形容程海涛"丧心病狂"。陈恭澍也说了四个字"格杀勿论"。

陈恭澍马上给戴笠发急电，请求批准制裁程海涛。

在不了解军统内情的人看来，军统的外勤单位（外地的区指挥部、派驻站）要制裁谁还不是自己说了算，不需要向军统局报告，实际不是这样。因为军统局为了获取情报，在日军和汪伪政府内部、情报部门、特务部门都打进了自己的卧底内线，而这些卧底内线除军统局总部少数高层领导知道外，别人并不了解。而这个卧底内线因为工作需要，表面上可能与敌人沆瀣一气，成为外勤单位的制裁目标。如果不请示军统局就自己动手制

163

血
搏

裁,很可能"大水冲了龙王庙"自己杀自己人。所以,军统局规定,外勤单位没有想制裁谁就制裁谁的权力,依照规定,必须将准备制裁对象的有关资料以及有关事实,呈报上级核示,批准后,才交所属单位执行。比如说,某个人在汪伪政府任职,表面上看已构成被制裁的条件,可是幕内也许他是军统局安排在汪伪政府的一个卧底,如果仅仅以表面现象就决定制裁,说不定会误杀自己人,所以制裁名单必须完成上报手续。

关于制裁程海涛的报告和资料上报给军统局后,很快就得到了批复,准许制裁。

军统局上海区指挥部得到制裁令后,把暗杀程海涛的任务分配给锄奸队、第一、二、三行动大队四个单位。为什么要分配给这么多的单位执行呢?交给锄奸队不是也可以吗?军统局上海区区长陈恭澍是这样考虑的,程海涛既然和军统结怨,他就不会不考虑自己的安全问题,制裁任务交给多个单位执行,可以有效发挥每个单位的力量,这么多的单位瞄准一个暗杀目标,总会找到可利用的机会,暗杀成功的把握更大一些。陈恭澍同时规定,不管哪个单位暗杀程海涛,都可以按照各单位制定的办法执行,暗杀成功后,直接向他本人报告,核实后上报军统局申请奖金。

陈恭澍的指示下达到各个执行单位后,各单位积极性都很高。一是对程海涛恨之入骨,早就想杀了这个王八蛋;二是暗杀成功会有丰厚奖金,这也很有诱惑力。行动三大队大队长林佳文接到陈恭澍的指示后,立刻召集手下三个行动小组组长开会,研究落实暗杀程海涛的办法。一组组长说:"找到他并不难,难的是不掌握他的活动规律。他总躲在巡捕房里不出来,我们拿他有什么办法。"其他人点头说这是个难题。"老虎还有打盹儿的时候呢,我就不相信找不出他的破绽来!"林佳文不同意大家的观点,要大家再想想,还有什么办法没有。想了半天,三组小组长想到一个事,"听说他特别喜欢看京戏,还是名角白兰花的戏迷,几乎是每场必到。""有门。"林佳文接上说:"就顺着这个思路,想想怎么做文章。"一组组长说:"在戏园子里动手不失为一个好办法。问题是我们不知道白兰花什么时候唱戏,不知道白兰花唱戏时程海涛来不来,即使知道他来,也不知道他什么时候来,带什么人来……"听到他这样说,林佳文点头表示同意。一组组长又说:"如果能在巡捕房找个内线就好了,让他帮着咱们盯着程海涛,只要他出来活动,马上报告我们,就可以安排动手!"一组组长的话提醒了林佳文,他忽然想到了一个叫白雨龙的巡捕,他曾经帮助军统局上海区指挥部抓捕了私携金条潜逃的元佩涛,得过悬赏奖金。这次是不是可以利用一下。主意打定,林佳文就说:"我在巡捕房找个内线,只要他肯帮忙,制裁程海涛是早晚的事。"大家又研究了近期的工作,就散会了。

当天晚上,林佳文请白雨龙在一家酒店喝酒。林佳文和白雨龙互相不认识,林佳文在电话里告诉白雨龙:"你进了豪门酒店上二楼3号包间,我在那里等你。""林先生,我不认识你,找我喝酒有什么事吗?""我有一笔生意介绍给你做,保证挣大钱!""请问你是谁?"白雨龙还在刨根问底,那面林佳文已经把电话挂断了。放下电话,白雨龙心里一个劲地打鼓,去还是不去呢?白雨龙犹豫不决。想了半天,最后还是决定试试运气。

在订好的时间,白雨龙来到豪门酒店,站在门前想了半天,最后还是推开酒店的转门走了进去。他暗中摸了摸别在腰间的手枪,心里多少有了胆子。

走进大门,就有迎宾小姐走来问他:"请问先生有预订吗?""啊,二楼3号。"白雨龙回答道,又问迎宾小姐:"3号有客人来吗?""有。"迎宾小姐回答。"几个人?"白雨龙又问。"一个。"迎宾小姐边说边把白雨龙引上楼。这时,白雨龙多少有点放心了。

在3号包间,林佳文看到白雨龙进来,急忙站起来说:"欢迎白先生光临,我姓林。"他伸手和白雨龙握了一下手,请白雨龙坐在自己的对面。白雨龙一坐下就开门见山问:"我们素不相识,林先生怎么会知道我……""你帮过我们,记得那个姓元的吧?"林佳文轻描淡写地说。白雨龙心里"咯噔"一下,知道林佳文是干什么的了。"我们之间已经了解了。我帮你们,你们也给我钱了,谁也不欠谁的。"白雨龙说完,站起来想走。林佳文摆手叫他坐下。"那笔生意是做完了,现在不是又有生意找上门来了吗?""可我不想再趟这浑水了。"白雨龙摇头道。林佳文一笑:"有生意做总比没有好啊,钱还咬手吗?坐坐。"白雨龙没有坐下的意思,他不想再干担惊受怕的事了。林佳文看出白雨龙的心思,加重了语气说:"不是你想做不做,是必须做!""为什么?"白雨龙问。"因为你帮我们的事要叫76号知道了,可就不好玩了!"林佳文端起茶壶,往茶杯里倒水。白雨龙坐下了:"你这是威胁我？"林佳文摇摇头："不。只是请你帮忙。当然，不是白帮，有酬金。"尽管心里很不情愿，白雨龙还是没想出什么好的摆脱办法，只好走一步看一步了。

林佳文叫服务生上酒上菜。

喝酒的时候，林佳文把自己的想法告诉了白雨龙。"有一点爱国心的中国人也不能看着这个王八蛋祸害自己的同胞无动于衷，抓去我们十几个的弟兄，两天后就枪毙了六个！"林佳文把手里的一张《上海新闻》报打开，上面有枪毙六个军统特工的消息和照片。"我相信白先生是个明事理的人，是一个能看清大是大非的人！"林佳文的语气很坚定，"看着那么多中国人被日本鬼子残害，看着程海涛为虎作伥一点反映都没有的话，还够得上是个人吗？"林佳文看着白雨龙，突然把话停住了。白雨龙没说话，死死盯着报纸上的那张照片，他端起酒杯，把里面的酒喝光，自己又倒上一杯酒。"程海涛做的事我知道，"看着林佳文，白雨龙说："咱们干一杯，你这个忙我帮了！""我没看错你，好样的！"林佳文和白雨龙干杯，把酒喝得一干二净。

白雨龙发现程海涛的行动十分诡秘，行踪飘忽不定，他外出的时候很难确定是在什么地方。看来，他对军统的暗杀活动保持着高度警惕，要想找到他的破绽的确不容易。经过一段时间的观察，白雨龙还是发现了程海涛的一些活动规矩。程海涛是个戏迷，特别迷恋白兰花的京戏，只要有白兰花的戏，他都会去捧场。当然，出去看戏的时候戒备很严，不但有巡捕房的巡捕给他当保镖，76号也会派特务来保护他的安全，在戏园子里动手暗杀他有很大困难。能不能在他去看戏的路上动手呢？也不是容易办到的事。程海涛每次出去看戏行进的路线不确定，说好走某条路，忽然临时变卦，又改走别的道路，看得出他的小心和狡猾。白雨龙只好告诉林佳文，需要耐心等待，一定会找到机会除掉程海涛的。

这是一个星期天，一早天上就开始淅淅沥沥地下起了小雨。巡捕房的巡捕们闲着没事，坐在值班室里闲聊。白雨龙倒了一杯茶水，一边喝茶一边和大家说着笑话。就在这时，有一个人从值班室的窗前走过，有一个巡捕说："这不是香海戏园子的孙老板吗？下雨天跑来干什么，不是有什么案子吧？"另一个巡捕说："下雨天，有案子也不去。再说了，一个戏园子能有什么事儿。"说着就把话岔到一边说起了别的事情。白雨龙不认识孙老板，听到这话，心里暗想：下雨天孙老板不会无缘无故地跑到巡捕房吧，他来干什么呢？如果是一般人白雨龙也就不会放在心上，可孙老板是戏园子的，就叫白雨龙格外留了一个心眼儿。白雨龙装作无事的样子，从值班室里走了出来，径直奔向程海涛的办公室。

走到程海涛办公室门口，白雨龙放慢了脚步，看看四下没人，便把耳朵贴近房门，想听听里面的人说什么。可是房门关得太严，只能听到有人说话，却听不清在说什么。这时，白雨龙听到走廊里传来脚步声，急忙离开房门，转过头来，看到巡捕房的杂役拎着一只暖水瓶走过来，他是给程海涛送热水来的。白雨龙迎上去，说："把暖瓶给我吧，正好要找督察长有事，给你捎着。"杂役也没多想，就把手上的暖水瓶交给白雨龙，还说了一声"麻烦你了"，转身回去了。

白雨龙在房门前喊："报告！"也不等程海涛叫他进去，自己推开房门走了进去。

程海涛看到白雨龙猛地走进来，一愣。白雨龙笑着，举举手上的暖水瓶，说："杂役有点事，让我替他给督察长送瓶热水来！""啊，放那吧！"程海涛看看白雨龙，用手指了指茶几说。茶几旁边的沙发上坐着孙老板。白雨龙向程海涛的办公桌上瞄了一眼，看到上面放着一张请柬，距离远，看不清楚上面写的什么。白雨龙急忙对程海涛说："督察长，我给你换杯热茶吧。"说着很自然地走到程海涛的办公桌前，端起程海涛前面的茶杯，借着往茶杯里倒热水的工夫，眼睛飞快地看了看请柬上的内容。白雨龙把倒好热水的茶杯放到程海涛面前，说："督察长，有事你叫我！""好好，你去吧。"程海涛向白雨龙挥挥手，白雨龙转身退出程海涛的办公室。

白雨龙没有回值班室，他直接走出巡捕房，来到大街上，找到一个公用电话亭。摸出一枚硬币塞进投币孔，拨了林佳文的电话。很快，电话接通了。"我找林老板。"白雨龙小声说。"我就是。"听得出是林佳文的声音。白雨龙赶紧说："今天晚上，上海总商会会长在家里唱堂会，祝贺他家老太爷七十大寿。京戏名角白兰花到场，特地给程海涛发了请柬，请他到时捧场。""程海涛肯定能去吗？"林佳文问。"这说不好，一般情况下他会去的。这次是香海戏园子孙老板亲自来送的请柬，知道程海涛要外出的人很少，我想他一定会去捧白兰花的！"白雨龙说出自己的判断。林佳文说："我们做好准备,见机行事!你要小心,千万别暴露了。"白雨龙撂下电话,匆忙走了。雨下得越来越大,白雨龙一溜烟地跑回了巡捕房。

白雨龙溜回巡捕房后,悄悄换了身干衣服,若无其事地回到值班室,和没事一样,和大家又说又笑,没有人注意他在这个时间出去干了什么。

接到白雨龙的电话后,林佳文立刻召集来三个行动组的组长,精心布置暗杀程海涛的计划。"这次只要他出来,无论如何不能叫他跑了!"林佳文一边在桌子上铺开地图一边这样说。"龟儿子,这次别想跑了!"三组组长早就憋了一口气,恨不得马上宰了程海涛。四个人趴在地图上,详细研究了上海总商会会长家的地理位置和周边的道路,制订了两套暗杀程海涛的方案。

晚上五点钟,程海涛给李士群打去电话,告诉他自己今天晚上要到租界外活动,请他派特务保护自己。李士群问他去什么地方,他说去总商会会长家听堂会。李士群劝程海涛说："到租界外活动不安全,今天天气又不好,我看就算了吧。"程海涛有点不高兴,说："我可是有些日子没听白兰花的戏了。上次想到淮海戏园子去听,你说不安全我就没去,这次不能再拦着我吧。我总不能连门也不敢出,总在租界里转悠吧？"李士群听他这么说,也不好再反对,虽然心里直骂"不知好歹的东西",可想到在租界里有好多事情还要程海涛帮助,只好答应派特务保护他。

其实,程海涛不是不知道自己到租界外面临的风险,可几次去看戏都没发生什么事,叫他胆子大了不少,尤其是接连破坏了军统局上海区的几个联络站和交通站,抓捕了三十多个军统特工,大伤了军统的元气,也没看军统局上海区指挥部有什么反击动作,看来他们也没什么了不起。自己天天小心翼翼的,是不是自己吓唬自己啊,想到这里,程海涛的胆子似乎又大了起来。另外,他对白兰花的京戏也实在是着迷,前几天还给白兰花送去一只玉手镯,白兰花一再表示感谢,说要单独请他吃饭。今天晚上唱堂会还特意给他下请柬,也是对他格外有番情意,哪里有不去的道理。"我就不信军统有三头六臂,能把我吃了!"程海涛这样想着,打电话告诉他的一个心腹,准备让六个巡捕今天晚上跟自己出去执行任务。假公济私对程海涛来说,也不是一次半次了。程海涛之所以胆大包天,敢出去参加今天晚上的堂会，还有一个理由，这个上海总商会会长也在军统的制裁名单里,76号对他的安全保卫工作做得非常细密,生怕有什么闪失,跟日本人交不了账。参加他举办的堂会安全是没有什么问题的。来回的路上只要多加小心,多改变几次行进路线,叫军统掌握不了规律,应该不会出什么问题,这在前几次已经证明过了。

就在程海涛准备出行的时候，林佳文带领他的行动队员们也在紧锣密鼓地准备实施暗杀程海涛的计划。他们决心很大,这次一定不能叫程海涛逃掉。

程海涛和六个巡捕及四个76号的特务分乘三辆轿车去参加上海总商会会长的堂会。一路平安无事,到了总商会会长的家里,已经是高朋满座,十分热闹。虽然说只是一个堂会,可来捧场的人不算少,足足有两百多人,这里面有不少都是汉奸。程海涛看到这些熟悉的面孔,心里更加宽慰:人家都不怕我怕什么。他被让到靠前排的座位,程海涛得意地跷着二郎腿,嘴里还不时地哼上几句京戏。

整个晚上,程海涛都是在亢奋中度过的。白兰花当晚唱的是折子戏,每唱到高潮处,程海涛高声喝彩,还不停地给白兰花送飞吻,弄得坐在他旁边的几个汉奸都看不过去了,对他直翻白眼。程海涛满不在乎,一副目中无人的样子。盯着白兰花目不转睛,心里盘算着:什么时候能把这个小戏子弄到手呢?

堂会没唱完,程海涛就决定提前离场。他还是保持了足够的警惕性。程海涛悄悄走到前庭,那里有一个接待室,凡是保镖都待在那里。程海涛站在门口, 向坐在里边的六个巡捕和四个76号的特务一摆手, 意思是说"我要走了"。看到程海涛在门口示意要走,里面坐着的六个巡捕和四个76号特务赶紧出来,悄悄地向停车场走去。

三辆轿车在大街和里弄里穿来走去,完全没有什么规律,这是程海涛摆脱军统暗杀的一招棋,尽量经过居民多的地方,军统特工害怕伤害无辜百姓一般是不会在这样地方动手的。拐来拐去,离租界的入口就不远了,到这个地方相对就安全了,程海涛悬着的心这才放下。跟在后面的轿车是76号特务乘坐的,看到快到租界入口了,就鸣了三声喇叭,意思是说他们要回去了。听到后车的三声喇叭,程海涛和司机说:"回三声, 叫他们走吧！"司机按了三下喇叭，后面的轿车听到后，调头回去了。

前面有两条路通向租界的入口，走左边的一条更近一些。程海涛决定走近路，他告诉司机："快点开，一直走！"马上就到租界入口了，程海涛绷紧的神经松弛下来，他觉得军统特工就是一群笨蛋。他万万没有想到，在通往租界的两条道路上，军统特工都做了严密部署，防备他溜掉，不管是从哪条道路进租界，都有事先埋伏好的军统特工准备暗杀他。

眼看就到租界了，程海涛心里高兴，禁不住"嗷"地一嗓子，吓了司机一跳，接着程海涛就唱开了京戏《苏三起解》。刚唱了一句，只听"嘎"的一声轿车猛地刹车。"混蛋！"程海涛大骂司机，抬头向前看去，只见一辆黄包车横在马路上。"他妈的，快叫车夫把车挪开！"程海涛大叫。话一出口，忽然感觉不对，"我的妈啊，是军统！"这念头猛地一闪。"咣当"一声，后车窗被人用大铁锤砸开了，跟着，塞进来一颗手雷……

一声巨响过后，程海涛坐的轿车燃起了熊熊烈火，轿车跟着就爆炸了……

第二天，在上海出版的各大报纸都对这次暗杀事件进行了报道。《上海新闻》的报道最为详细，从程海涛离开租界开始写，一直写到轿车爆炸，最后一段话是"人算不如天算。程海涛捧京戏名角，没想到把自己送上了不归路。看来与军统作对还是没有好下场！"

这次暗杀程海涛在租界的巡捕中引起相当大的震动，那些帮助日军宪兵队和76号做过事的人人自危，吓得大气都不敢出。有的通过各种渠道和军统方面取得联系，表示痛改前非，好好做人，不再与军统为敌。暗杀程海涛收到了杀一儆百的效果，巡捕们互相告诫，唯恐得罪了军统，给自己惹出麻烦。

军统局为此给暗杀程海涛有功人员颁发了3万元奖金。颁奖令中说："你们不顾个人安危，坚决铲除危害中华民族之孽障，扬军统之神威，应大力褒奖。望再接再厉，为抗战贡献力量。"

陷入圈套

　　暗杀程海涛成功,给陈恭澍增添了很大荣耀,戴笠也觉得自己的脸上有光,当初没有看错人。陈恭澍当然也洋洋得意,觉得自己这个军统局上海区区长兼军统上海站站长不是吹出来的,取得这样的成绩足够让自己扬眉吐气了。就在陈恭澍暗暗高兴的时候,他收到了一封检举信,写信人名叫朱敏,检举对象不是别人是他的上司——军统上海锄奸行动队第二行动组组长周西垣。

　　周西垣是嘉兴人,在上海潜伏化名冯贤,是由忠义救国军调到上海潜伏参加锄奸队的。军统潜伏在上海的特工中出了一个叛徒叫万里浪,曾经是第四行动队队长,也是来自忠义救国军,和周西垣很熟悉。朱敏在检举信里说的就是他们两个人的事。朱敏说,万里浪变节投伪后,受到李士群的重用,担任了伪国民政府特工总部一处处长。万里浪为了表现自己,也是为了邀功请赏,大肆破坏军统在上海的组织机构,大肆拉拢他认为可能变节的军统特工,周西垣就是他瞄准的目标之一。周西垣被万里浪威胁利诱,果然上钩。两人暗中秘密联系,对组织非常不利,希望组织马上对周西垣采取措施。

　　看到这封检举信,陈恭澍半信半疑。因为检举信里没有举出具体有力的证据。朱敏在检举信中说周西垣与76号的万里浪秘密勾结,图谋不轨,这是一件很严重的事,直接危害组织安全,不可忽视。可职业习惯又叫陈恭澍起了疑心:按照军统人事任用的惯例,外勤单位人员之间,大部分都彼此有些渊源,要不就是合作亲密无间,要不就是互相信赖,要不就是有某种关系,这样是为了适应地下工作,更好地开展对敌斗争。朱敏与周西垣的原始关系虽然一时无可查考,相信也不会例外。可他现在居然检举自己的上级,到底是为什么很值得打个问号。陈恭澍想,如果是他们之间因工作意见不合,互相排斥,朱敏先发制人,打周西垣的"小报告"有意捏造事实,对他进行打击,自己偏听偏信岂不是冤枉了好人?可是,如果不相信朱敏的检举,万一周西垣真的与万里浪勾结,做了内鬼,就可能对军统上海组织造成极大伤害,谁也担负不起这个责任。到底怎么办,陈恭澍陷入深深的矛盾之中。想来想去,他想到一个人可以帮自己解决这个难题,这个人就是刘原深。他是军统局上海区委的助理书记,和陈恭澍的个人交情很好,看问题有自己的见解,工作能力也强,曾帮助陈恭澍解决了不少难题,陈恭澍对他十分信任。

很快,刘原深来到陈恭澍的秘密办公处,听候陈恭澍的指示。

陈恭澍先把朱敏写的检举信拿给刘原深看,告诉他这是由锄奸队行动队第一行动组组长交给自己的。这个组长和朱敏是老乡,朱敏委托他来转交。"你对这件事怎么看?"陈恭澍问。"宁可信其有,不可信其无。在敌后工作一切都得加倍小心。"刘原深回答。"依你的意思,我们应该怎么办?"陈恭澍又问。刘原深想了想,说:"我先和朱敏取得联系,考察他一下,看看他到底是怎么回事,是不是公报私仇?""这样好,免得冤枉自己的同志,也绝对不能放过变节分子。"陈恭澍连声说。

刘原深和朱敏约定在一家酒馆见面。

见到朱敏的第一印象,刘原深感觉他是一个朴实憨厚的小伙子。朱敏刚见到刘原深的时候,还有点拘谨,手都不知道往哪里放好。刘原深说:"我是上海区的助理书记刘原深,你的检举信陈区长收到了,他派我来专门听你的汇报。"朱敏忙说:"周西垣和76号勾结的事是千真万确的!""为什么这么说?"刘原深问道。朱敏说:"因为他和我谈过这事,说万里浪开出优厚的条件。还要拉我入伙给76号当内线,瞎了他的狗眼!"朱敏狠狠地骂了一句,十分气愤的样子。刘原深想,这事情如果是真的性质就很严重了,自己也不能听朱敏一面之词。于是说:"我和他当面谈谈,也许他是一时糊涂,走错了路,做通他的工作,也许能挽救他。"朱敏一听,脸色都变了,说:"绝对不行!他不是个君子,万一向76号告密,你就惨了!"刘原深说这番话也是半真半假,试探一下朱敏的态度。

　　在没见到朱敏之前,刘原深对朱敏检举周西垣一事做了分析,认为有这样几种可能:一、两人之间可能有利害冲突或私人恩怨,到了不可开交的程度,朱敏陷害报复周西垣;二、朱敏不甘心在周西垣手下做事,觊觎周西垣的组长职位,欲取而代之,故加以诬陷;三、朱敏和周西垣双双投靠76号,接受万里浪的指使,扮演"双簧",以"窝里斗"形式为诱饵,促使上海区派员直接进行了解和调解,以乘机逮捕更高层领导人,达到最大限度破坏军统局上海区指挥部的目的。在这些假设中,最后一项假设是最严重的,也可以说是一个最危险的假设。如果真是这样的话那可就是一个大阴谋了,刘原深不得不防。不过在刘原深的观念中,周西垣算是一个老特工了,弃明投暗,难以理解。而且朱敏的检举报告,等于是事前向军统提出了警告。如果军统投鼠忌器,始终不派领导人与他们接触,也不做调查和调解,他们下的圈套不就白费了吗,他们又能得到什么呢?这不是等于破坏了他们扮演"双簧"的计划吗?这么仔细推敲,刘原深又把自己的想法否定了。

　　根据事实与情理判断,各项假设都有可能。如果周西垣真的是叛徒,去和他见面肯定不行,要另外想办法。刘原深问朱敏:"如果我不好直接和周西垣见面,依你看该怎么办才好?"朱敏说:"我没有什么好办法。只是觉得目前的情况很紧急,怕他一旦叛变,打我们措手不及。我自己被卷进去事小,影响组织安全事大,所以请组织早做决断!""你说得对!"刘原深同意朱敏的看法,"这么重大的事情不是我能说了算的,要请示上级。你回去听我的指令吧!发现什么可疑的苗头,马上报告!"临走,刘原深又嘱咐了一句。

　　回到陈恭澍的秘密办公处,刘原深把和朱敏的谈话内容原原本本地和陈恭澍汇报了一遍。陈恭澍一边抽烟一边皱着眉头思索,想了半天才问刘原深:"万一我们弄错了,把自己的同志冤枉了怎么办?"他这么一问,叫刘原深也不好回答了,毕竟是只听了朱敏的一面之词,如果把周西垣制裁了,又查证制裁错了,后悔可就来不及了。"你是区长,还是你做决定!"刘原深不敢给陈恭澍出主意,干脆把事情推了出去,以免将来自己承担责任。"我们来考验一下周西垣怎么样?"陈恭澍看着刘原深说。刘原深问:"怎么试探呢?"陈恭澍凑近刘原深,低声把自己的想法说了。刘原深听了,

173

血
搏

连连点头："周西垣是玉石还是石头，这下就露出原形了。陈区长，你这招可是太高了！"刘原深伸出大拇指夸奖道，陈恭澍很得意地笑了。

送走刘原深，陈恭澍正为自己的计划自鸣得意的时候，外面有人敲门。"请进！"陈恭澍说。门开了，走进来的是军统局上海区指挥部的总会计黄笑南，他是接替生病的原总会计白绳祖，从重庆军统局刚刚调到上海的。陪他一起来的还有军统局的两个审计人员，他们到上海来的任务，就是审计上海区指挥部的财务情况，审计完之后就回重庆了，留下黄笑南打理上海区的财务工作。黄笑南只有三十多岁，比陈恭澍小好几岁。可在敌后工作的经验却很丰富，有一定的斗争经验。他的到来，对陈恭澍开展工作很有帮助，陈恭澍也愿意听取他的意见。

看到黄笑南进来，陈恭澍急忙站起来，说："黄会计，你来这些天一直忙于工作，连出去玩的时间都没有。今天有时间的话，我陪你出去走走，看看外滩，逛逛城隍庙。"黄笑南一摆手说："我哪里有那个时间，等忙过这阵子，把工作理出了头绪再玩吧。"说着，他坐到了陈恭澍的对面。陈恭澍要给他倒茶，也被他制止了。"我有事情和你说，说完就走。"黄笑南对陈恭澍说。"什么事，你讲。"陈恭澍对黄笑南的意见还是很重视的。黄笑南说："我这里有很多陈年老账必须处理。虽然做账时已经采取了一些技术手段，可是敌人也不是傻瓜，总能从中找出破绽，抓到我们的把柄。这些账目搞不好会惹大祸。"黄笑南的想法和陈恭澍的想法不谋而合，陈恭澍早就意识到里面的风险，只是找不到好的处理办法。"你说怎么办？销毁吗？"陈恭澍急忙问。黄笑南说："销毁不行，局里有要求，这些原始单据必须保存六年以上，我们还得保存好，免得以后麻烦。""可是集中存放是不是太冒险了？"陈恭澍看着黄笑南说。黄笑南点头，"正是，这也是我今天找你要汇报的事情。"黄笑南顿了顿，接着说下去，"我准备把它们存在不同的地方，这样万一暴露了损失也会小一些。"陈恭澍非常赞同黄笑南的意见："你准备把这些东西转移到什么地方呢？你刚到上海，人生地不熟的。""这就是我要向你汇报的第二件事。我有一个亲戚叫黄四毛，是本地人，人品没说的，非常可靠。我想让他帮助我做这件事情，向你报告，看行不行？"陈恭澍沉思了一下，"我们的工作都是提着脑袋做事，他合适吗？"黄笑南点头："没问题，如果黄四毛不是个坚定分子，我也不敢找他。我很了解他，才找他帮助我们工作。另外,我也不会告诉他这些账是干什么用的,他会以为是做生意的往来账,不会有什么疑心的。"陈恭澍听到这话,连连点头,"好好,就照你的意思办好了。"黄笑南起身,又和陈恭澍说:"我们不能总利用米店做掩护,时间长了容易暴露。我想另外找一个店铺,搬家。""恐怕找不到合适的地方。"陈恭澍有点拿不定主意。黄笑南一边向外走一边说:"还是换换地方好,那个米店的地理位置我觉得也不是很好。"

送走黄笑南,坐到椅子上的时候陈恭澍觉得黄笑南说得有道理,只是显得有点匆忙。叫陈恭澍没想到的是,正是黄笑南的这些措施,在日后挽救了军统局上海区潜伏特工免受灭顶之灾。

陈恭澍忽然又想起了考察周西垣的事情,他在琢磨着行动的细节,尽量做到万无一失。

这天一早,周西垣刚刚来到他工作的东洋贸易公司,就有电话找他。周西垣接起电话说:"我是周西垣,请问你是……""我是三叔公,四表弟病了,让你抓五服汤药,送到三叔公家里。"对方不等他回话,就把电话放下了。这是预定的暗号,表示上级要会见他。周西垣心里一阵狂喜,以致忘记了放下手里的电话……

刘原深约周西垣在豪帝夜总会见面,时间是晚上八点。周西垣穿了一套深色的蓝西装,早早就来到了夜总会,等待和刘原深见面。坐在一个角落里的周西垣不时地看着手腕上的手表,感觉时间过得特别慢。

差六分钟八点的时候,刘原深出现了。他手里拿了两份报纸,一份是《申报》一份是《文汇报》,还拿了一束马蹄莲。这是识别信号。周西垣看到刘原深,起身打招呼:"刘先生,请到这里。"刘原深径直走到周西垣的对面,坐到那张空椅子上。放下手里的东西,刘原深自我介绍:"我是刘原深,上海区助理书记。"周西垣一听,很高兴,这个级别的领导已经算是不小了,可自己最想见到的人是军统局上海区区长兼军统上海站站长陈恭澍。"保持耐心,保持耐心。"周西垣在心里暗暗告诫自己,脸上显出很热烈的表情。"见到你太高兴了。不知道找我有什么事情?"周西垣满脸堆笑。刘原深说:"是想安排给你们小组一个暗杀任务。"周西垣看看对面的刘原深,"制裁谁?""万里浪。""啊……"周西垣有点没想到。"有困难吗?"刘原深紧紧盯着周西垣的脸,看他有什么反应。看刘原深这样看着自己,经过特殊训练的周西垣的面部一点表情都没有。"真是个老手。"刘原深在心里暗自佩服周西垣。

短暂的沉默后，周西垣问刘原深："要求时间吗?""越快越好!"刘原深回答。"可是……"周西垣抬头，欲言又止。"有什么困难吗?"刘原深问道。周西垣放下手里的茶杯，说:"内部有点小问题。""什么问题，说说看。""我们有一个叫朱敏的，老是和我那个……就是有矛盾吧，我怕对执行任务不利，请上级出面协调。""啊，知道了。"刘原深点头道，"你先执行任务，朱敏的事情回头再说。""要是他不听安排，影响行动怎么办?"周西垣提出自己的困难，将了刘原深一军。刘原深只好说:"让我好好考虑考虑怎么办。""我先制定制裁计划，有问题找领导汇报。"周西垣招呼服务生过来，要两杯生啤酒。"你自己喝吧，我走后你再走。"刘原深站起来，拿起自己带来的报纸和马蹄莲花，先走了。

过了两天，刘原深接到周西垣的电话，简单汇报制裁万里浪的准备情况。周西垣最后说:"朱敏有通敌嫌疑，请求立即把他调出行动组。""你有证据吗?"刘原深问他，周西垣说:"当然有，我请求当面向陈恭澍汇报，请陈区长决断立刻铲除叛徒。""好，我会转达你的意见。"刘原深答复周西垣。放下电话，刘原深立刻电话联系陈恭澍，汇报了周西垣的反常举动。陈恭澍听了以后，说:"周西垣不是马上采取制裁行动，却纠缠朱敏的事情，这里肯定大有文章，看来，我们对他的判断是对的。""下一步怎么办?"刘原深问陈恭澍。"你去见他，让他拿出朱敏是叛徒的证据，然后问他制裁万里浪什么时间动手。""好吧。"刘原深接受陈恭澍的命令。

刘原深和周西垣的会面地点还是像上次一样在豪帝夜总会。

见到周西垣后，刘原深毫不客气，马上叫周西垣拿出朱敏叛变的证据。周西垣语出惊人:"我们组里的人发现他和万里浪见过面，把我们要制裁的消息告诉了万里浪，致使万里浪闭门不出，导致制裁计划不能实现。"看刘原深半信半疑的样子，周西垣显得很气愤，"他自己投敌，还诬陷我。如果不清除这个叛徒，制裁万里浪就很难完成。他给万里浪通风报信，我们根本找不到机会!"周西垣非常气愤，用手敲打着桌子。"小声，"刘原深小心地向四周看看，对周西垣说:"你不是说你们行动组里有人发现朱敏和万里浪勾结吗?能不能叫他出来作证?""当然能，如果证实了朱敏是叛徒怎么办？"周西垣等于是逼迫刘原深表态，可刘原深又做不了主，得请示陈恭澍。"请区长陈恭澍裁定。"刘原深一着急，脱口说了这句话。"行！陈区长裁定最好，免得冤枉好人。请陈区长出面审查，看看他到底是不是叛徒。"周西垣马上接着说。刘原深刚才把话已经说死了，不好收回，只好顺水推舟，"好吧，明天下午在霞飞路正华书店见面，你把能证明朱敏是叛徒的人带来提供证据。""一定，一定！"周西垣肯定地说。

刘原深和周西垣分手后，马上请示陈恭澍。"现在他们两个互相说对方是叛徒，我们也没有确凿的证据来证明，十分棘手。周西垣又搬出一个证人出来作证说朱敏和万里浪勾结，是叛徒。强调制裁万里浪没有成功是因为朱敏通敌，这反倒将我们一军，搞不清楚谁真谁假了。他还要求你出面甄别，我也不知道应该怎么进行下去了。"刘原深感到很为难，这种事情他是第一次遇到。陈恭澍想了想，说："明天还是你出面见周西垣和那个证人，看看他们怎么说，然后再走下一步棋。我总觉得制裁万里浪迟迟没动手，恐怕其中有诈。的确需要好好甄别。"接受陈恭澍明确指示，刘原深准备再次会见周西垣和他带来的证人。

在准备去会见周西垣之前，刘原深做了另外一手准备。他找到一个与自己单线联系的军统特工老周，他和老周说："你明天和我去见两个人，他们都不认识陈恭澍，你就说自己是陈区长，见机行事。""是。"老周答应。

第二天，刘原深带老周提早来到霞飞路的正华书店，先把书店的周围巡视一番，看看有没有可疑情况。他们都是老特工，嗅觉非常灵敏，只要有异常，还是能够察觉到的。仔细观察后，没有发现异常，两人一前一后走进书店，装作买书的样子在书架前拿起书本随意翻阅。

接头的时间到了，刘原深看到周西垣和一个年轻人从书店外面走进来。见到刘原深，周西垣把身边的年轻人介绍给他，"这是我们行动组的小孙，朱敏的情况他都了解，让他直接和区长汇报吧。区长来了吗？"刘原深看看周西垣很是镇定，不慌不忙，就指了指站在隔排书架前正在看书的老周说："陈区长已经来了，想亲自听取你们的汇报，我们过去吧。"这时，周西垣向周围看了一下说："这地方读者来来往往说话不方便，是不是能换个地方说话？""换哪里？"刘原深问。"街对面有一个咖啡馆，去那里怎么样？"周西垣用手指了指街道对面，刘原深看到了那个咖啡馆。"好吧。"刘原深同意了。周西垣说："请陈区长一起去吧。""我们先过去安排好,再来请他。"刘原深说。

三个人走出书店大门。刚出门,周西垣忽然喊了一声"陈恭澍",老周马上转过头来,向周西垣点头,好像他就是陈恭澍一样。突如其来发生的情况,叫刘原深感到十分错愕,责怪周西垣道:"你喊什么,不是说一会儿过来叫他吗?""我想叫陈区长一起过去算了。"周西垣狡辩道,刘原深突然感到不安!

这时,猛的从后面窜出两个彪形大汉,左右架住刘原深的胳膊,旁边疾驶来一辆灰色轿车,两个彪形大汉拖着刘原深往轿车里塞。看到周西垣狞笑的脸,刘原深什么都明白了。"老周,快跑!"这是刘原深被塞进轿车前最后喊的话。

老周从书店里窜出来,拔腿就跑。后面,周西垣和那个年轻人一边挥舞着手枪一边喊:"站住!"老周拼命地向前跑着,只要进了胡同就安全了。后面的枪声响了,老周一个趔趄,好像是被谁推了一巴掌,整个人向前扑去,倒在马路上。鲜红的血从他的后背上涌了出来。周西垣跑了过来,把倒在地上的老周抱起来,"快叫救护车!"周西垣大声喊叫。老周的头一歪,没有了呼吸。

刘原深被捕后,李士群亲自审讯他。没有像对待普通军统特工那样是在刑讯室里,而是把他带到自己的办公室。这是李士群的一贯伎俩,他对军统高层领导一直都很客气,因为这些人对他来说是有用的,对付军统潜伏特工离开这些军统高层变节分子是万万不能的。

在去李士群办公室的路上,刘原深一直在责备自己的草率,为什么不谨慎一点呢?同时,他对朱敏也加深了怀疑,他究竟是不是与周西垣演双簧,引诱自己钻进他们布置好的陷阱呢?如果朱敏不是叛徒,他能不能除掉周西垣这个叛徒呢?这成为压在刘原深心上的一块石头。

来到李士群的办公室后,李士群很客气地亲自给刘原深倒茶,"这可是上好的碧螺春啊,刘兄尝尝味道怎么样,这是一个小弟兄孝敬的,说不定你还认识呢!"李士群把一杯碧清的茶水放到刘原深的面前,意味深长地说。刘原深见到在李士群办公室巨大的写字台的玻璃板底下压着一张红纸,上面写着:"李主任,奉上碧螺春两罐,敬请笑纳。晚辈朱敏拜上。"刘原深的脑袋"嗡"地一下,一片空白……

好后悔啊,这样一个叛徒自己怎么就没看出来呢?

此刻,刘原深追悔莫及。可惜太晚了!

刘原深猜中了,朱敏果然是和周西垣唱双簧,引诱军统局上海区高层领导上钩,真是追悔莫及啊!刘原深的心理崩溃了……在李士群的威逼利诱下,他把自己知道的军统局上海区特工组织情况全部向李士群交代了。李士群夸他"是个识时务的人",答应一定不会亏待他。

跟着,军统局上海区在上海的联络站和交通站接连被76号特务破获,四十多名潜伏特工被捕,军统损失惨重。

投敌变节

得到刘原深被捕的消息,陈恭澍急得像热锅上的蚂蚁。他现在必须马上通知与刘原深有联系的特工马上隐蔽起来,他们都是军统局上海区的主要领导,一旦被捕,后果不堪设想。要通知的人都联系上了,唯独没有联系上的是军统局上海区书记齐庆斌。

这时,陈恭澍接到一个电话,打电话的人是公共租界的一个巡捕,他是军统安插在公共租界巡捕房的卧底。"日本宪兵队和76号特务汇同公共租界巡捕房今天抓捕了潜伏在租界里的军统人员十多个……"陈恭澍握电话的手有点发抖,他尽力稳住自己的情绪,问:"还有什么?"打电话人说:"一个联络站被破坏,一部电台落到了敌人的手中。发报员被捕了……"电台落到了敌人手中,发报员同时被捕,事态相当严重。陈恭澍必须把情况向戴笠做汇报,请示怎么办。陈恭澍掌握三部电台,出事的是其中一部,他手上还有一部电台,碰巧出了故障不能使用,要想给戴笠发密电,必须到另外一个秘密电台处向戴笠发出加急密电。这部秘密电台恰恰放在军统局上海区书记齐庆斌家里。

没有联系上的人恰恰是齐庆斌。

"他不会出什么事吧?"陈恭澍在心里这样问自己。去还是不去,的确是一个难题。如果不去,上海发生的一切重大变故戴笠就不知道,以后怎么办谁也不敢决定,可要是去,齐庆斌那里万一出现意外情况怎么办?去还是不去,陈恭澍十分矛盾。想了半天,陈恭澍决定冒一次险。他从住处出来的时候已经是凌晨四点了。

76号的特务抢在了陈恭澍的前面,控制了齐庆斌。

76号特务来的时候,齐庆斌刚好在家里。他听到了"砰砰"的敲门声后,感到事情不好,急忙把预先设定的遇险信号——一支拖把挂到阳台上——那是告诉前来接头的特工,情况紧急不要入内。

等他回到屋子里的时候,一群特务已经破门而入,冲了进来。

特务们没有急于把他带走,而是在屋子里仔细地搜查。藏在阁楼夹皮墙里的电台被搜了出来,这是意外收获,特务们禁不住欢呼起来。

搜出电台后,特务们不甘心,还想着再诱捕前来接头的人。带领特务们前来执行任务的小头目是一个军统变节分子,他对军统局的联络操作规程了如指掌,把屋子里外打量了一遍,便看到了挂在阳台上的拖把。

拖把挂在阳台上没什么稀奇的,老百姓在阳台上晒拖把不是常有的事吗?可他却看出了蹊跷:拖把没湿啊,为什么放到阳台上晒呢?还有,拖把是用白布条做的,里面偏偏有几条红布条,显得很扎眼!这是为什么呢?

"遇险信号!"他的脑子里这样的念头忽然一闪,随即明白这只拖把挂在阳台上是干什么用的了。

他把挂在阳台上的拖把取了下来,冷笑着对齐庆斌说:"我们就等着有好戏看吧!"

齐庆斌知道完了……

齐庆斌家住在一幢公寓房子的四楼,有临街的窗子。陈恭澍走到齐庆斌家对面的街道,抬头望了望齐庆斌家的阳台。上面空空的,没有挂那只有红布条的拖把,说明一切正常。于是,他脚步轻轻地过了马路,向楼门口走去。

陈恭澍走上楼,来到齐庆斌家房门口,按照约定一轻两重敲了三下门,没有人应声。等了一会儿,再敲了三下,依然没有反应。这么早,他不应该出去啊,陈恭澍这样想。忽然听到好像里面人在喊什么,是嘴巴被捂住发出的那种声音。"不好!"陈恭澍立即转身向楼下跑。听到楼上的房间门开了,有人跑出来,还喊着:"站住!"陈恭澍来不及回头看是什么人,飞快地跑出大门往东转,一路狂奔。东面不远有一条胡同,里面全是棚户杂院,跑到那里就安全了。另外一个叫陈恭澍非常懊恼的事情是,因为今天凌晨走得太匆忙,他穿了一件长衫,还忘带手枪了。以至于他失去了反抗能力,穿长衫跑也跑不快!

一时大意,千古悔恨啊!

追赶陈恭澍的特务很快就追上了他。其中一个特务来了一个饿虎扑食,把陈恭澍扑倒在地上。陈恭澍拼命地反抗着,只觉得肚子上挨了重重的一击,疼得他失去了反抗能力,特务们一拥而上,把他压在身下,手铐戴在了他的手腕上。

陈恭澍被捕了。

他准备好了,要像陈三才那样面对牺牲。

后面发生的事情出乎陈恭澍的意料。他被带到了76号,见到了多年的老对手李士群。这样的见面是他意想不到的,感到十分屈辱。"成者王侯败者贼",这是陈恭澍想到的话。没想到的是,李士群对他十分客气。一阵寒暄,又端茶又拿点心,好像是多年不见的老朋友,连在场的特务们都给弄糊涂了:这也不像是你死我活的对手啊,怎么跟朋友似的?

李士群和陈恭澍说:"咱们虽然是对手,可我佩服你是条汉子,绝对不会为难你,你就放心好了。在这里有你吃有你喝,就好好待着吧。"

这一待就是半个多月,不打不骂,受到优待。所谓优待,就是软禁,不能出76号的大门。陈恭澍渐渐明白,李士群是用对付王天木的办法来对待自己,目的还是叫自己投靠76号。想想这些年戴笠对自己的栽培,想想自己发过的报效国家的誓言,想想当汉奸被万人唾骂的下场,陈恭澍怎么想怎么觉得自己不能投敌变节,那可是万夫所指啊!

他决定和李士群开诚布公地谈谈。

听到陈恭澍要找自己谈话,李士群很高兴,看来这些日子的工夫没白费,有效果。很爽快地接见了陈恭澍。问他:"想好了,和我一起干吧!"陈恭澍摇头道:"和你干我就成了王天木,会有什么好下场呢?你也别费劲了,该杀就杀该砍就砍吧,人活着不就是为个名声吗?我不能坏了自己的气节,叫人骂我是叛徒啊!"李士群了解陈恭澍是死心塌地跟着戴笠走的,不会轻易就范,所以也准备了几个方案对付陈恭澍,他不相信陈恭澍是铁板一块,钉不进钉子。陈恭澍看着李士群,心里想,我看你拿我有什么办法,我做好了死的准备,你还能拿我怎么样?

李士群"嘿嘿"一笑,从公文包里取出一张报纸的小样,放到陈恭澍的面前，说："你先别着急表态，你看看这个。"说着把报纸小样往前推了推。陈恭澍拿起报纸小样一看，禁不住"哎呀"叫了一声。报纸小样上刊登的是陈恭澍和19个军统特工的照片。在他们的照片下面，是一份黑体字印的声明《关于脱离军统局的声明》。看到这个，陈恭澍的脑袋"嗡"的一声，这套办法是军统局过去对付抓获的共产党党员使用的，没想到李士群全盘照搬，学得一点都没走样。陈恭澍说话都有点结巴了，"李，李主任，"陈恭澍第一次称呼李士群的官衔，"你你，你不能这样！""我不能哪样啊？"李士群皮笑肉不笑地看着陈恭澍，心里别提多得意。陈恭澍舔了一下嘴唇，说："这不是我的意思，你不能这样！"李士群又笑了："陈站长，恭澍兄，你我干这行也不是一年两年了，不择手段是我们的家常便饭，只要降服对手就好。你过去对付共产党不也是这么做的吗？"陈恭澍一言不发，李士群的话全都说到他的痛处，戳到了他的心窝子。"别抱什么幻想了，还想风风光光地回军统？怎么可能呢？还是老老实实在我这里干吧！"李士群说得很恳切，耐心劝导陈恭澍。看来这是李士群早就精心策划好的，陈恭澍同意不同意不是他自己说了算的，明天出版的报纸都会把这个《关于脱离军统局的声明》发表出去，生米做成熟饭。

陈恭澍的脸上冒出了冷汗。

"陈恭澍，想活着必须付出代价。明天这个声明一登报，你死了都没代价了！怎么辩解也没用，都是个变节分子。识时务者为俊杰，你就不用再做傻事了！"李士群很耐心地劝导陈恭澍。

面对严酷抉择，陈恭澍动摇了，他知道反抗是无济于事的，报纸会刊登他的照片和这个声明。不管他怎么为自己辩解，军统局都不会相信他了，王天木就是最好的例子。只要他活着从76号出来，就一定被军统认为是叛徒，就得不到军统局的信任。"留得青山在，不怕没柴烧"，陈恭澍的脑海里猛地冒出了这个念头，只要人活着，总还是有给自己辩护的机会，如果死了，又有什么价值呢？陈恭澍沉默了。在李士群看来，陈恭澍保持沉默，就意味着妥协，默认了他和自己的合作。

1941年11月28日，在上海出版的《新申报》和《中华日报》同时刊登了陈恭澍等19个军统特工的照片和他们的声明，表示痛改前非，为汪伪政府服务。在这些登报的军统局特工当中，有几个人并没有投敌，他们宁死不屈。有的在他们的照片登报前就已经被李士群秘密处决了,他们被李士群硬栽上了"投敌"的骂名,死不瞑目。而他们在军统局也被当成叛徒打入了另册,这对他们真是太不公平了!这样的历史冤案在军统局里还有多少,因为无法查清的原因,谁也说不清楚。所以戴笠曾经感慨地和他的部下说,当特工你就得做好有时被冤枉的准备。

作为军统局上海区区长兼上海站站长的陈恭澍,曾经给李士群制造过许多麻烦,叫他狼狈不堪。照理说,逮住陈恭澍他必除之而后快,为什么还要留着陈恭澍呢?李士群打的什么算盘呢?李士群做事从来不是只顾眼前,瞻前顾后是他一贯做事原则。虽然给日本人和汪精卫做事,对国内外的局势他时刻关注。从当时的战争局势看,李士群并不看好日本和汪伪政府的前景,他觉得日本人在战场上的优势已是强弩之末,总会有没落的时候。一旦日本人在中国站不住了,他们扶持的傀儡政权倒台就是必然的,"皮之不存毛将焉附",在战争或和平依旧扑朔迷离的20世纪40年代初,到底将来跟着谁才能走得更长远,这是李士群必须要考虑的问题。"如果日本人和汪精卫倒了,掌握中国命运的还是蒋介石政府,到那个时候,军统局势必大行其道,提前与军统局搭上关系才会有发展的机会。"李士群一直这样盘算着。而能和戴笠说上话的,陈恭澍是比较好的人选,所以李士群要牢牢拉住陈恭澍,为自己将来留条后路。从目前看,在暗杀和保卫汪精卫的斗争中,76号暂时获胜,但在未来更长的时间里李士群必须想方设法和军统局联系,拿着自己掌握的情报去换取未来生存的机会。为这个,他必须要拉住陈恭澍,让他成为自己将来生存的一颗棋子。一切都是为了将来还有生存空间,这是李士群的处世原则。

唯一值得庆幸的是,军统局上海区的会计室所在的掩护场所———家五金店虽然也遭到了破坏,但因为黄笑南事先转移了大部分军统局上海区的账目和单据,使76号并没有从这里得到多少破坏军统组织的线索,从而使军统特工组织避免了更大的损失。76号特务抓到了黄笑南的亲戚黄四毛(化名),他一口咬定自己就是一个伙计,只管干活,别的什么也不知道。76号特务也确实没找到他当军统特工的证据,拷打了几次,黄四毛死活就是一句话:"我是伙计,啥都不知道。当伙计老板让干什么就干什么。"特务们打断了黄四毛的一条腿,最后看榨不出什么油水,又残废了,就把他释放了。

实际上,黄笑南转移的那些账目和单据都是由黄四毛经手办的,黄笑南一开始就对军统的特工不相信,因为他看到许多军统特工被捕后当了叛徒,生怕他们祸及组织,反倒相信了这个看上去不起眼的亲戚。黄四毛为什么不怕死,拼命保护这些账目和单据呢?黄笑南都搞不明白。直到多少年后,黄笑南才知道了黄四毛的真实身份,竟然是中共的一名地下党员,这才知道黄四毛的意志为什么这样坚定,为什么冒死保护军统特工。黄笑南不禁感叹:"还是共产党了不起!"

因为捣毁了军统局上海区的情报系统,又俘获了军统局上海区区长兼上海站站长陈恭澍,通过他成功劝降了一批军统特工,李士群很是风光。汪精卫也论功行赏,擢升李士群为警政部部长、伪江苏省省长,李士群登上了他人生权力的最高峰。他领导的76号也达到成立以来辉煌的顶点。李士群自己也不会想到,从这以后,76号开始逐渐走了下坡路。

血
搏

罪有应得

    汪精卫任命李士群兼任伪江苏省的主席以后，李士群的尾巴翘了起来，把汪伪政府的许多要角都不放在眼里。他控制的江苏当时在汪伪政府里是最富庶的地区。这个省主席到了李士群手里，他的势力就大肆扩展，权欲也过度膨胀，对各派势力都不放在眼里。这样就和整个汪伪政府其他一些高层人员之间的矛盾和冲突越来越激烈，其中矛盾最大的是周佛海。

    周佛海是湖南省沅陵县人，1897年5月29日出生，早年留学日本，参加过中国共产党，因革命立场不坚定退党。20世纪30年代，蒋介石为了巩固自己的统治，先后建立两大特务组织。在国民党建立中统特务，其核心组织为"清白团"。建立第二个特务组织，就是以黄埔军人为核心的"复兴社"，后改为军统组织。周佛海被指名为该组织最高级干部。后来他投靠汪精卫。1940年3月30日，汪精卫的伪国民中央政府在南京成立，周佛海得到了伪财政部部长，伪军事委员会副委员长，伪中央政治委员会秘书长等要职，后又任伪行政院副院长，伪中央储备银行总裁，伪警政部部长，伪清乡委员会副委员长，伪物资统制审议委员会委员长，伪上海特别市市长等职务。

    按常理说，周佛海和李士群都是汪精卫的死党，两个人应该互相配合为汪精卫卖命才对，他们怎么能起内讧呢？原来，周佛海曾先后担任汪伪政府警政部部长、行政院副院长、财政部部长等要职，官阶一直在李士群之上，李士群很不服气，觉得周佛海不过是要要嘴皮子，动动笔杆子，哪里能和我出生入死相比，所以很不买周佛海的账。两个人矛盾加深，对汪精卫的统治很不利,汪精卫就出来调和,让周佛海把警政部部长的职位让出来,由李士群担任,也算是给鞍前马后的李士群一点奖赏。周佛海虽然不愿意,可也不好不给汪精卫面子,最后还是自己辞职把职位让给了李士群。可李士群却不领情,心里想,这官位不是你主动让的,是汪精卫逼你让的。周佛海不当警政部部长了,就想把自己的一个手下介绍给李士群,弄个副部长的职位。没想到李士群一点面子不给周佛海,当着周佛海手下的面,一口回绝了。周佛海没想到李士群完全不把自己放在眼里,放肆到这样的地步,灰溜溜地带着他的手下回去了。从此,两人积怨越来越深,周佛海必置李士群死地而后快。

周佛海也不是什么省油的灯,对李士群的这一箭之仇,哪里有不报之理,想方设法要找李士群的毛病,对李士群落井下石。

1942到1943年之交,世界反法西斯战争形势出现重大转变。日军在中途岛战役中惨败,丧失了海上主动权。此后,日军在西南太平洋又遭到美军毁灭性打击,战争形势不利的一面倒向日本。为了应对与英美迫在眉睫的决战,日本开始推行一个政策,叫"对华新政策",主要内容就是要扶持汪伪政府,让汪伪政府更多地担当起维护稳定汪伪政府统治区的责任,日本好把更多的兵力抽调到东南亚及其他战区,与英美军队作战。汪精卫积极配合日本的新策略,称太平洋战争的目的是要完成解放亚洲的历史使命,他领导的伪政府要与日本同心协力,做一个建设亚洲新秩序的强有力伙伴。为了替日本弥补战争物资消耗,汪伪政权把搜刮到的大量农产品和矿产等战略物资运到日本。在汪伪政府统治区,实行物资配给制度,所有物资都被汪伪政府所垄断。当时的上海、南京、杭州、苏州这些城市的居民买不到粮食,也很难买到油料,物资极度匮乏,生活非常困难。配给的粮食根本不够吃,居民只能买黑市的米。所谓黑市的米,就是由一些个体小贩冒着生命危险,到上海郊区农村偷偷买米带到上海来卖。中间要穿过几道日本宪兵和汪伪警察的封锁线,非常危险。一旦被发现,弄不好要杀头。所以黑市的米也贵得吓人。

在这种形势下,上海市人心惶惶,局面十分不稳定。因为日伪统治区的粮食流动都被限制,上海发生了粮荒。日伪当局为了维持上海的局面,叫李士群改变粮食控制政策,允许江苏等地的粮食流通到上海来,解决上

血搏

海的粮荒。可是,让日本人和汪伪政府没有想到的是,李士群却找出种种借口,不同意把江苏等地的粮食卖到上海来。这是为什么呢?

日本华中宪兵司令部特高科派出日本特务进行了秘密调查。调查的结果,叫宪兵司令部的人大吃一惊。原来,李士群看到苏北地方一些游击区的粮食更加紧张,粮食可以卖比黑市更高的价钱,于是想到了一个赚钱的好办法,就是把大量粮食通过关系卖到苏北去,牟取暴利。在这种情况下,日伪当局叫他放宽管制,把江浙一带的粮食运到上海来卖,他怎么会有积极性呢,当然是能拖就拖了。日本特务还侦察到了另外一个情况,更叫日本人大为恼火。李士群不但倒卖粮食,他还偷偷往苏北游击区走私药品,这是最犯忌的事。当时,新四军在苏北开辟了游击区,坚持抗日活动,给日军沉重打击,让他们伤透了脑筋。为此,他们对苏北游击区实行严格的经济封锁,严禁一切物资流入苏北游击区,尤其是药品、棉纱和炸药,更是管制得特别严格,发现走私一律处决。而这三类物资又是最赚钱的,别人都不敢走私,李士群却依仗自己的势力,自己给自己大开方便之门,在药品走私上赚大钱。这无疑是在太岁头上动土,日本人怎么会放过他。尽管李士群已经触怒了日本人,日本华中宪兵司令部特高科也想收拾他,但无奈李士群手里握有特务武装,规模很大,已经羽毛丰满了,日本宪兵司令部要动他,也得考虑后果,投鼠忌器,不是想动李士群就能动得了的。

而这个时候,在上海发生了一件光天化日之下抢劫黄金的事,更是叫日本的特务机构对李士群产生强烈不满,促使他们下决心研究解决李士群的办法。

这是深秋的一个早晨,一辆装满金砖的铁甲车从上海海关大楼的后门缓缓开了出来,这车金砖是运往日本人开的正金银行的。

铁甲车出海关大楼后,在半路被一辆疾驰而来的小汽车迎头拦截,早已埋伏在路边的一伙人冲了上来。铁甲车被迫停住,司机一看苗头不对,关了油门拔出钥匙,跳出车外逃得无影无踪。没了车钥匙,劫匪们开不了铁甲车,眼看到手的黄金拿不走。这时候,远处警笛大作,日本宪兵已经赶了过来,劫匪们只好脚底抹油溜了。

日本海关黄金的劫案,十分刺激日本宪兵司令部和特务机关,在上海占领这么多年,这样的事情还是第一次发生,日本特务机关派出大批特务调查这件事到底是谁干的，一定要把抢劫黄金的主谋找出来。

他们先在海关内部做调查。

这批金砖是日本占领军买军备物资用的，计划从海关运往正金银行。两个地方都在上海外滩，相隔不过一千多米。可日本人为了掩人耳目，准备将黄金装入铁甲车，由海关后门出来，再经过四川路向北，再折入汉口路向东后到外滩进正金银行。这个计划是严格保密的，怎么会被劫匪知道呢？如果不是海关内部人透露，外人是不会知道的。

日本特务在海关和银行两个方面进行秘密调查。

调查的焦点慢慢地聚焦到一个人身上，这个人就是海关财务部副主任太元龟郎。他是一个循规蹈矩的日本人，平时为人低调，不很张扬，做事也很谨慎。不然他也不会被委任为财务部副主任。但他有一个嗜好，就是喜欢赌博。经常去的一个地方叫丽都赌馆。

这个赌馆原来是76号警卫大队长吴四宝的师父高鑫宝开的。吴四宝自从进了76号，就成为李士群的左膀右臂，以心狠手辣、杀人如麻著称，一般人都害怕他。如果谁家的孩子哭闹不听大人的话，大人说一句"吴四宝来了"，孩子吓得就不敢哭了，可见吴四宝的恶名有多大。

吴四宝当上了76号的警卫大队长，趾高气扬不可一世，杀人敛财成为他的拿手好戏。敛财的手段之一就是收保护费。不管经商大贾还是小商小贩一律都不放过。他师父高鑫宝开了丽都赌馆，他也派人去收保护费。高鑫宝一听是徒弟吴四宝派人收保护费，鼻子差点气歪了：这简直是大逆不道啊！不但没给钱，还把派去收保护费的特务大骂了一顿。

那个特务回来，添油加醋在吴四宝面前告了高鑫宝一状，说："如果高鑫宝带头不交保护费的话，这保护费就别想收上来了！"听到是师父高鑫宝挡了自己的财路，吴四宝咬牙切齿地说："老东西，我看你是活腻味了！"

当天晚上，高鑫宝就被人打了黑枪，死在自己的赌馆门口。

吴四宝披麻戴孝出席高鑫宝的葬礼，一口一个"师父"，一口一个"我要给你报仇"，可大家心知肚明，打高鑫宝黑枪的没别人，就是吴四宝，可没有人敢说出来。高鑫宝死后，吴四宝顺理成章地接管了师父的赌馆，再到别处收保护费的时候，没有一个人敢不交的，就连平时耍横的地头蛇也都按时交纳保护费，和钱财比起来还是保命要紧。吴四宝还经常策划绑架

血
搏

富商名流,勒索钱财。他的贪得无厌和心狠手辣,在上海滩臭名昭著,只要能搞到钱没有他不敢做的事。

　　太元龟郎为什么经常出入丽都赌馆呢,这里也是有原因的。开赌馆坐庄家的必定要出老千,耍手段作弊才能赚到赌客的钱,反过来说,赌客要想赌赢,就必须和庄家联手才行。开始太元龟郎到丽都赌馆赌博,也是输多赢少,后来遇到了丽都赌馆的一个保镖,那个保镖把他介绍给了丽都赌馆的内场经理,就是赌馆保镖的头目,听说他是海关财务部的,保镖头目很热情地告诉他什么时候下注,怎么注意观察赌台上的变化,什么时候见好就收……太元龟郎自从和这个人交上朋友后,就很少输钱,两个人也成了无话不谈的好朋友。

　　丽都赌馆的复杂背景和它的主人引起日本特务的注意,也弄清了太元龟郎为什么总去丽都赌馆的秘密。他们秘密抓捕了太元龟郎,直截了当问他,在运送黄金的前一天晚上,他去了哪里,都和什么人接触,说没说运送黄金的事情?

　　太元龟郎知道自己不交代是过不了关的。于是,交代了自己那天晚上在丽都赌馆的一切活动,包括和丽都赌馆的内场经理说过第二天运送黄金的路线。自己当时还开了一个玩笑,"这是脱裤子放屁,费二遍事啊!"没想到,这是为人家提供了情报,丽都赌馆在他身上的投入终于得到了回报。

　　吴四宝听说日本人有一大笔黄金要运送的时候,顿时起了贪念,决定在半路上设下埋伏、拦路抢劫。吴四宝如此胆大妄,日本人岂能饶了他。日本宪兵队很快就把吴四宝抓获归案。显赫一时的76号警卫大队长,就此成了日本宪兵队的阶下囚。

　　吴四宝被抓,李士群有些幸灾乐祸,因为有的时候,他已经管束不了这个恶魔了。平时李士群心里恨得要死,可自己又不能动手收拾他,毕竟76号开张的时候,吴四宝是立了汗马功劳的,现在卸磨杀驴,李士群觉得自己面子上过不去。日本人抓了吴四宝,等于是帮了他一个大忙。

　　可是,就在吴四宝被日本宪兵队关了不到一个月,李士群又出面保他。这就奇怪了,既然李士群对吴四宝深恶痛绝,怎么还替吴四宝求情呢?这里有两个原因,一是吴四宝老婆天天去找李士群,要求李士群出面去保释吴四宝。李士群不保吴四宝，吴四宝老婆就到处说李士群过河拆桥，没人情味，时间一长，李士群招架不住了。二是76号成立就是帮日本人以华治华，现在自己的手下出问题，让日本人来整治他，显得76号无能，太没面子，就不能自己管教管教吗？基于这两个方面的原因，李士群决定出面保释吴四宝。日本人说，他出去再胡作非为怎么办？李士群拍着自己的胸脯说，我照你们的意思办他还不行吗，你们想怎么办他我就怎么办他。

日本宪兵司令部研究了以后，觉得现在还得利用李士群，不能与他闹翻，得给他一点面子，同意放吴四宝出来。可想到吴四宝无法无天敢抢日本人的黄金，日本宪兵司令部又咽不下这口气，不能叫这个恶棍逍遥法外，好像什么事都没发生一样，那不是太便宜他了吗？

日本宪兵司令部想了一个惩治吴四宝的办法。

吴四宝出狱的时候，日本宪兵端来一桌饭菜，让他吃了送行饭再走。还一口一个"吴先生，对不起，请原谅"。吴四宝觉得日本人挺给他面子，就吃了一点饭菜。他万万没想到的是日本宪兵在饭菜里下了毒，决定毒死他。因为李士群出面保释他，日本宪兵司令部不好拒绝，又不想放他出去，才决定用毒药结束他的性命。

吴四宝满怀兴奋，出狱后回到苏州自己的老家。到达苏州的第二天下午，吴四宝上吐下泻不止，暴死在自己的家里。

穷途末路

从1938年底汪精卫逃到河内,军统局就开始组织对他的暗杀,前后共有
五次,每次都是功亏一篑,没有成功。除了河内那一次外,其余几次暗杀,都
和李士群的成功化解有直接关系。可以说,如果没有李士群的精心保护和防
卫,汪精卫已经死了好几次了。这叫戴笠非常恼火,对李士群恨之入骨,欲除
之而后快。戴笠曾命令军统特工,谁能干掉李士群,有十万赏金,官升三级。
潜伏在上海的特工更是不遗余力,但都因为李士群的防守严密而没有成功。
戴笠对李士群恨得咬牙切齿,恨不得咬下他的一块肉来才解恨。戴笠一直关
注着李士群的一举一动,寻找机会除掉这个叫他头疼的对手……

　　1943年后,随着日军战线的不断扩大,对于军事物资的需求更加紧
迫。而此时沦陷区里的经济和供应也已到了山穷水尽的地步。战局开始朝
着不利日本的方面转化。见事不妙的汪伪政府里的成员纷纷寻找退路。精
于算计的李士群不会感受不到形势的变化,当初他极力劝降陈恭澍为的
就是这一天,好给自己留条后路。他通过陈恭澍向戴笠伸出了橄榄枝,试
探戴笠对自己的态度。当年陈恭澍在报纸刊登脱离军统局的声明,戴笠对
陈恭澍的处境表示理解,对他采取了不同的对策,就是没下制裁令暗杀陈
恭澍。现在李士群通过陈恭澍向戴笠示好,戴笠并不买他的账,想起这些
年的恩怨情仇,想想那些死在76号里的军统特工,戴笠岂能放过李士群?
就在这时候,周佛海向重庆军统局表示悔意,愿意照军统局的指示做事,
将功赎罪。军统局为了考验周佛海这个大汉奸是不是真的想投向国民党,
也是对他诚意的一种考验,戴笠指示周佛海去暗杀李士群,并叫周佛海制

定一个详细的计划。

　　周佛海知道自己罪大恶极,如果不做出点成绩,一旦抗战结束,军统局是绝对不会放过自己的。再说,他早就对李士群耿耿于怀,欲除之而后快,现在有这样一个机会,一举两得,为什么不做呢?于是,周佛海制定了一个周密的除掉李士群的计划,分为上、中、下三策:上策是利用日本人杀掉李士群;中策是由汪伪政府内部找借口除掉李士群;下策是军统派人暗杀李士群。这三个计划,都制定得很具体很详细,一起提交给戴笠,请戴笠最后定夺。

　　在仔细研究了这三个计划以后,戴笠批准先执行上策,利用日本宪兵队,利用日本人也想除掉李士群这样一种心态,用日本人的刀杀李士群!

　　当时苏北游击区的物资十分匮乏,尤其是到了冬天,因为缺少棉布做棉衣,许多新四军战士都是穿着单衣过冬,为此有不少战士冻病冻伤,采购棉布做棉衣是游击区的当务之急。对于这种情况,日本华中宪兵司令部也是非常清楚的,所以下了一道死命令,任何人不许向苏北游击区运送棉布,违反命令一律就地处决。在以前的调查中,日本人知道李士群向游击区走私违禁物资,但都没有抓到把柄,没有证据。捉贼捉赃,没有按住他的手腕子,就没办法惩治他,可对这种和日军不同心同德的人一定得想办法惩治不可。周佛海知道日本人想抓到李士群把柄,一直没找到直接的证据,如果有这种证据提供给日本宪兵司令部的话,相信李士群就没什么好日子过了。怎么才能抓到李士群的把柄呢?周佛海绞尽脑汁地想啊想,还真想起一个人来。这个人叫孙朝贵,以前是周佛海的下属,在军统局做事,后来被76号俘获,当了叛徒,现在是76号三厅二处处长。

　　这天傍晚,孙朝贵接到一个电话,打电话的人说:"我姓许,是上海市政府秘书处的。我有点事情想和孙处长谈谈,周佛海市长说,这个事情只能和你谈……"孙朝贵害怕别人假冒把自己骗出去对自己不利,就问:"你知道周佛海家里电话号码吗?"周佛海家里的电话是保密的,知道的人很少。那个许秘书马上就把周佛海家里的电话号码告诉了孙朝贵。按照这个电话号码,孙朝贵打了过去,没想到接电话的是周佛海的夫人,她和孙朝贵也认识,证实确实有这么一个许秘书,孙朝贵这才放心了。

　　第二天上午,孙朝贵和许秘书在一家西餐厅会面。

许秘书和孙朝贵说:"我有一个朋友,是一家织布厂的老板,手里有一批棉布想出手。卖给日本人太便宜,拿到市面上出售又怕被日本人抓住。听说私运到苏北能卖个好价钱,你看能不能帮个忙?""有多少?"孙朝贵问。许秘书说:"有几万米吧。"孙朝贵想,如果货物量小的话,这买卖就不值得做了,可是有几万米的棉布,是一笔大买卖,会赚钱不少。"卖到苏北是赚钱,可也是个掉脑袋的事啊!"孙朝贵看着许秘书说。许秘书笑了笑,"要不怎么来找你呢?76号一定有办法,你们能开出《特别通行证》嘛!""是周佛海市长的买卖?"孙朝贵试探着问。许秘书神秘一笑:"不全是他的,还有别人的。这么大的一批货,没背景肯定是搞不到的,咱们就是跑腿的,落点小钱花花。"许秘书很认真地说。"那我回去和李主任商量商量。"孙朝贵站了起来,许秘书喊服务员过来结账,两个人一前一后离开了西餐厅。

这期间,李士群因为兼任江苏省省长,在苏州办公。孙朝贵赶到苏州,直奔李士群的办公室,把情况和他做了汇报。

李士群手里握着一支铅笔,在桌子上轻轻地敲着。听说是周佛海的生意李士群不想插手。可最近确实没什么好的生意可做,日本人查得太紧了,紧俏物资弄不到。周佛海是上海市市长,所以才有这个方便条件。"他妈的,肥缺都叫他占了!"李士群心里骂了一句。"李主任,如果做成这笔生意,我们会有四分利啊!"孙朝贵眨巴着小眼睛,不想错过这个机会。"我是想日本人……"李士群有点担心。"他周佛海在日本人面前也是个红人,他都不怕我们怕什么?"孙朝贵鼓动李士群。李士群多少还是有点担心,他隐隐约约觉得日本人这段时间跟自己不冷不热的,什么地方有点不大对头。到底是为什么,他也说不清楚,还是小心一点好。正这么想着,他的秘书进来了,递给他一份战情通报。第一页就写着,日本军队在苏北被新四军消灭了一个中队……

看到这条消息,李士群心里"咯噔"一下,日军被消灭的人数并不多,可照这样情形下去,他们迟早在中国是站不住的。自己将来怎么办?就算和戴笠拉上关系,没有钞票开路也不行啊!逃到香港去的话,总得有钱啊!李士群这么想,转过头和孙朝贵说:"这笔生意就做吧。""可李主任你得签发一个《特别通行证》,不然出不去……"李士群打开保险柜,拿出一张《特别通行证》。当他签下自己的名字后,又嘱咐孙朝贵说:"别着急,让那个许秘书出示周佛海的亲笔签字的手令后再做这单买卖！小心再小心！"孙朝贵笑眯眯地把《特别通行证》拿到手上，连连点头。

周佛海匆匆赶到日本华中宪兵司令部特高科，找到科长冈村大佐，密报李士群暗中与苏北共党游击区来往，向游击区运送禁运物资，把一些棉布囤积在一个秘密仓库里，与日本宪兵司令部对抗。周佛海知道，李士群实力不断扩大，已经不听日本人的摆布，这被日本宪兵司令部忌恨，再加上一个暗通共党的罪名，他可就要吃不了兜着走了！冈村大佐脸色铁青，告诉周佛海："周市长，如果这次查证属实的话，一定会叫你满意的！"周佛海心满意足地离开了日本华中宪兵司令部特高科，他相信宪兵司令部这次不会袖手旁观的，一定会叫自己满意的。想到这里，周佛海禁不住笑出声来。

当天下午，日本华中宪兵司令部特高科在闸北的一个废弃工厂仓库里查获了已经包装好的棉布，并在现场扣押了几个看守物资的76号特务。特务拿出李士群开的《特别通行证》，和宪兵司令部特高科的日本特务说，货物是周佛海的，李士群才给开了《特别通行证》。他们有周佛海的手令，是市政府秘书处许秘书亲自拿来的。可是打开装手令的公文袋一看，里面只有一张《大东亚画报》的内页。几个特务说，明明看着许秘书把手令装在这个公文袋里的，怎么会变成画报的内页呢，一定是许秘书掉包了。可他们又拿不出证据来证实自己说的话。日本特务打电话到周佛海办公室，问许秘书在哪里，办公室回答说根本就没这个人……

冈村大佐听到日本特务的报告大发雷霆，一拳砸在桌子上的玻璃板上，玻璃板顿时四分五裂……

做了一辈子职业特务，李士群对待周围任何一点变化都是很敏感的，不然的话他也不会活到现在。谨小慎微一直是李士群的处世哲学。他已经感到了日本人对他态度的变化，李士群忐忑不安起来……

1943年9月6日，李士群接到日本华中宪兵司令部特高科主任冈村大佐邀请，说要在上海家中为他设宴款待，有事情和他谈。李士群本不想去，思前想后，可不去又不行，最后还是硬着头皮从苏州赶到了上海。

对这次赴宴，李士群是有所防备的。在冈村家的门口，李士群和他的几个保镖说："如果过了两个钟头，我还没出来，就是出事了！你们就冲进去，他们不把我交出来，尽管开枪！"可他千防备万防备，还是上了日本特

血搏

务的圈套。

在冈村家里,有三个宪兵司令部特高科的人陪李士群吃饭。面对满桌日本风味菜肴,李士群很少动筷,只有别人已吃过了的菜,他才稍加品尝。他牢记吴四宝是怎么死的,不就是吃了日本宪兵的送行饭吗?

到宴会快要结束的时候,冈村大佐的太太端上了来一碟牛肉饼。"李主任,这是我做的最拿手的日本菜,请您尝一尝!""怎么就给我一个人吃啊?"李士群有点怀疑。冈村大佐的太太马上解释:"日本人的习惯是单数为敬,不能成双。所以先端一份给最尊敬的客人,然后再端三份给其他人……"说着,那三份牛肉饼也端上来了。李士群看到其他三个人都吃了牛肉饼,冈村大佐劝他也尝尝,还说不然他太太会很难过,以为招待不周客人不满意。出于礼貌,李士群勉强吃了一小口牛肉饼。

在友好的气氛中,宴会结束了。

回到苏州两天后,李士群突然感到不适,上吐下泻。

李家从上海和苏州请来了多位名医进行诊治,面对李士群的病状,医生们都束手无策,不敢开方下药。这种病他们还是头一次见:汗水像雨水一样从李士群的体内渗出,护士用毛巾为他擦汗,毛巾都湿透了,汗水还是一个劲儿地从身体里渗出来,赶紧再换一条新毛巾给他擦。这么多医生,竟然不知他患的是什么病,只有给他打生理盐水补充水分。李士群身体卷缩成一团,不断地呻吟着……

一天时间过去了,李士群体内的水分排泄尽了,才一命呜呼,结束了他可耻罪恶的生命。

家人把李士群的呕吐物拿去化验,确诊是一种阿米巴毒。这种细菌只有日本才培养得出来,当时别的国家都没有。人中了这种毒是没救的,上吐下泻导致全身脱水。如果早发现还有救,36个小时以后想救也救不了。病毒在体内成几何级数繁殖,繁殖到36个小时后总爆发,这个时候吃什么药都无法清除病毒,患者没有救了。

大汉奸李士群就这样被他的日本主子毒死了。

李士群死后,76号的大小头目为了接替李士群的位子,争得不可开交。日本华中宪兵司令部将汪伪特工总部进行了彻底改组,显赫一时的76号特工总部就此土崩瓦解。

尾 声

1944年3月,由于陈年枪伤发作,汪精卫前往日本名古屋帝国大学医学院救治。11月10日,因病发不治,死于日本。

南京伪国民政府在中山陵旁边的梅花山上安葬了汪精卫。为了怕人掘墓焚尸,在修建陵墓时,汪精卫的老婆陈璧君特意让人将五吨碎钢掺入混凝土中,浇筑成厚厚的墓穴。1946年1月21日晚上,根据蒋介石的命令,一队国民党军队的工兵用炸药炸开汪精卫的墓穴,将他的尸体秘密火化。大汉奸汪精卫死无葬身之地。

1945年8月14日,日本天皇公布《停战诏书》,宣布无条件投降。两天之后,陈公博召开临时会议,宣布存在了五年零五个月的伪国民政府解散。

1945年9月2日,日本政府向中国等盟国递交了投降书。7天后,中国战区受降仪式在南京举行,八年抗战终于以中国的胜利宣告结束。

1946年9月,丁默村作为汉奸被逮捕,在南京接受审判。1947年7月5日,丁默村被处决,得到了应有的下场。

1945年9月,周佛海被国民党军统局特工逮捕押送至重庆软禁。1946年解往南京,交付法庭审判,被判处死刑。1947年3月,蒋介石下特赦令,改为无期徒刑。1948年2月28日,周佛海病死狱中。

1945年10月,陈恭澍在上海被军统局特工逮捕解往重庆关押。1946年因戴笠坠机身死,陈恭澍原来在军统局一起工作的旧属同僚出面为其说情,以及当时反共政策的需要,陈恭澍被释放,并被派往北平专搞特务武装。1949年,平津解放前夕他逃往台湾。晚年靠写回忆录为生,因处处谨慎低调,病死后埋葬在什么地方都不为人所知。

　　据1948年的《中华年鉴》统计,自1945年11月至1947年10月底,全国各省市法院处理汉奸案件情况是:检察方面办结45679案,起诉30185人,审判方面办结25155案,其中死刑369人,无期徒刑979人,有期徒刑13570人。